ANAMNESIS

AF
CRIME

Mat Sidal

ANAMNESIS

novae res
WYDAWNICTWO INNOWACYJNE

Kto nie dąży do rzeczy niemożliwych,
nigdy ich nie osiągnie.

Heraklit z Efezu

I

Dzień chylił się z wolna ku końcowi, jednak ciepłe podmuchy wiosennego wiatru powstrzymywały mnie przed szybkim powrotem do domu. Chciałem się jeszcze nacieszyć widokiem płynącej rzeki i szaloną gonitwą młodych zajęcy, które na plac swych beztroskich zabaw wybrały pobliskie łąki. Po nieokrzesanych paradach zwierzęca gromadka zaczęła skubać łapczywie soczystą trawę, a ja obserwowałem zwierzęta z coraz mniejszą uwagą i niebawem moja jaźń zapadła w głęboki sen. Nagłe przebudzenie tliło się jeszcze zgliszczami nieodgadnionych obrazów i niezrozumiałych snów – rzeką widocznie przepływała niedawno jakaś szalupa. Na wodzie tworzyły się stopniowo zanikające wodne sznury. Kiedy ziewnąłem i przetarłem oczy, dostrzegłem przypatrujące mi się ślepia. Wprawdzie z przybrzeżnych szuwarów wystawała tylko część głowy, jednak domyśliłem się, że musi to być sporej wielkości szczur wodny, który zniknął nagle w gęstej trzcinie. Usłyszałem tylko plusk zmąconej wody. Przeczesując oczyma pobliskie trawy, zauważyłem szkiełko odbijające ostatnie promienie zachodzącego słońca. Nie było to jednak denko od butelki, jak początkowo myślałem, ale soczewka okularowa oprawiona tak, aby można ją było bezpiecznie włożyć do oka. Obejrzałem szkiełko, a następnie położyłem je na dużym kamieniu. Pewnie należało do jakiegoś starszego wędkarza, który oczy miał już nie te, a zamiłowanie wędkarskie nadal silne. Sam nie potrafiłem usiedzieć z wędką nad rzeką. Gdyby chociaż ryba wprawiała w ruch spławik…

Pustka w mojej głowie nie wróżyła nic dobrego. Wprawdzie podczas pisania zawsze na początku się z nią zmagałem, patrząc na pustą kartkę, jednak tym razem nawet nie myślałem o pisaniu. Może potrzebowałem mocniejszych wrażeń, które dałyby mi impuls, pomysł i pragnienie, aby łączyć litery w wyrazy, a z nich tworzyć atramentowe kolonie? „Na wszystko przyjdzie czas" – pomyślałem, usprawiedliwiając tym samym swą twórczą niemoc. Wiedziałem, że przyjdzie w końcu czas i pojawią się wrażenia, nawiedzą mnie zaskakujące myśli. Uczucie głodu twórczego obudziło we mnie niechybnie łaknienie, które łączyło mnie z typowymi pragnieniami człowieczymi. Odzywało się co pewien czas, zamieniając mnie w mruczącego ssaka.

Gdy już wracałem do przytulnej chaty, rozmyślałem o kulinarnych planach na wieczór i propozycji wspólnej wyprawy w dalekie góry rzuconej przez przyjaciół. Towarzystwo doborowe, może poza nową pięknością Romana, która gubiła się w tematach naszych przepełnionych fantazjami dyskusji, a na dodatek obrażała się wciąż z powodu naszych wysublimowanych żartów. Dochodziłem wolno do granic swej osady i pomyślałem, że zamiast włóczyć się po okolicy, powinienem raczej zabrać się za wiosenne porządki. Drzewa wymagały przycięcia, dziury w ogrodzeniu odpowiedniego załatania. Planowałem narąbać kolejną partię drewna do kominka i do podwórkowego rusztu. Ceniłem sobie ład i estetykę wnętrza, ale w gonitwie za ulepszonym, modnym i efektownym, która stała się udziałem wielu znajomych, zajmowałem stanowisko minimalisty. Znając swych kompanów, wiedziałem, że ta pogoń była inicjowana raczej nie przez nich, a przez wybranki ich serca. To one usypiały ich chłopięcą niewinność. Zresztą podczas naszych męskich spotkań budziła się ona w całej okazałości.

Minąwszy bramę swej zagrody, zdecydowałem się zajrzeć do starej stajni, aby zabrać stamtąd wielką torbę podróżną i powoli zacząć szykować się do wyjazdu. Pewnie jak zwykle połowa torby wypełni się książkami, a resztę zajmą traperskie akcesoria, namiot, linki, luneta i pomniejsze drobiazgi. Przez chwilę szamoczę się z zardzewiałym zamkiem starej stajni, która służy obecnie za garaż, chłodnię i drewutnię jednocześnie, a następnie oświetlam wnętrze. W toczonej przez korniki szafie przy tylnej nawie odnajduję dosyć zniszczoną torbę podróżną. Muszę w końcu odrestaurować tę szafę. Czas odcisnął na niej piętno, ale po włożeniu odrobiny pracy zdobione witraże nabrałyby znów dawnego blasku i uroku. Już nawet upatrzyłem na nią miejsce w zakamarku mojej chaty. I oto widzę sieć pajęczą. I znowu mały wyrzut sumienia, kiedy muszę zniszczyć to dzieło utkane przez długonogiego mistrza. Zniszczyć ten intrygujący majstersztyk? „W dzisiejszych czasach nikt nie pozwala już pająkom tworzyć w domostwach, ci mali artyści zostali wygnani na strychy, do szałasów i garaży. Są przeganiani do miejsc, w których nie straszą swoją obecnością i manifestacją wolności" – myślę i obserwuję jednocześnie, jak pająk ucieka po ścianie do wydrążonej jamy. Zostaje misterna pajęczyna, symbol zasadzki, jak i miejsc dawno nieodwiedzanych albo całkiem zapomnianych. To jej struktura była wykorzystywana przez Indian do tworzenia łapaczy snów. Złe sny miały się zatrzymywać w sieci splecionej na środku, zaś te dobre dobroczynnie spływały na śpiącego. Gdyby tak ten wynalazek mógł uporać się też z moimi snami!

Ale pora otrząsnąć się z tej pajęczyny myśli i rozważań! Przyciągnąłem torbę i skierowałem się ku wyjściu. Tuż przy drzwiach stajni moją uwagę przykuła zawieszona na ścianie siatka na motyle. Zawsze przypominała mi poprzedniego właściciela tych włości, niejakiego Filipa. Był rozkojarzonym przyrodnikiem, który w wolnych chwilach oddawał się pasji łapania owadów czy płazów. Jego postać z tą oto siatką, gdy czaił się na motyle, była dla mnie wesołym wspomnieniem dawnych czasów. Jawił mi się teraz ubrany w różowe krótkie spodenki, z których wystawały chude jak patyki, długie nogi. Nosił do tego białe skarpetki, za duże kolorowe klapki, obcisły pulowerek oraz czapkę przypominającą pilotkę – jak postać ze śmiesznej bajki. Brakowało mu jeszcze tylko szalika i różdżki. Kiedy spoglądał na swe żyjątka przez dużą szklaną lupę, widziałem w nim przejęcie i zaangażowanie. Zapewne młody Darwin, patrząc na swe rozmaitości gatunkowe, musiał mieć podobny wyraz twarzy. Filip znalezione okazy zabierał na uczelnię, do pracy naukowej. A przed trzema laty wyjechał do Londynu, gdzie objął lukratywne stanowisko na uniwersytecie przyrodniczym, ja zaś objąłem w posiadanie jego letnią rezydencję. Filip pozostawił znaczną część przedmiotów gospodarstwa domowego i wiele przydatnych w pracy wiejskiej narzędzi. Najbardziej ucieszyła mnie łódź. Uszczelniłem ją mieszanką smoły i specjalnego kitu. Niedługo nadejdzie czas na wodowanie. Łódź, chociaż mała, była ciężka, więc mocowałem ją do samochodu, a droga nad rzekę zabierała wtedy tylko kilka minut. Pływanie po rzece, zwłaszcza po jej mniejszych dopływach, było bardzo przyjemne. Podziwiałem wtedy malownicze widoki, leniwie przesuwające się przed moimi oczami. Najwspanialsze doznania zapewniało jednak wpłynięcie do zatoki, gdzie można było przywitać się z bezkresem morskiego widnokręgu. Jednak w wietrzne dni trzeba było niemało trudu i pewnych umiejętności, by kierować łódką.

Bałagan w starej stajni sprawił, że wróciłem do rzeczywistości, potykając się o jakieś graty. Obiecywałem sobie po raz wtóry wiosenne porządki, właściwe zagospodarowanie obejścia tak, by mieszkało się przyjemnie nie tylko w lecie. Czasu do późnej jesieni było sporo i postanowiłem go właściwie wykorzystać. Rzuciłem krótkie spojrzenie na stare olchowe krzesło. Stanąłem zaskoczony.

– To tutaj cię zostawiłem – powiedziałem do swego wysłużonego telefonu. Liczba nieodebranych połączeń mnie zadziwiła. Wyświetlane numery nic mi jednak nie mówiły i nie miałem chęci na rozmowy z tymi, którzy się za nimi kryli. Wiodłem ostatnimi czasy życie niemalże pustelnicze, które uśpiło potrzebę rozmów i kontaktów z ludźmi.

Wyszedłem za zagrodę, pod starą jabłoń. Jej gęste białe kwiaty były w tym roku wyjątkowo okazałe i dawały dobrą prognozę na obfite owoce. Dużo zależało teraz od tego, czy nastaną wczesnowiosenne przymrozki. Ptaszek ze słomką w dziobie zatrzymał się na gałęzi i oznajmiał gotowość do budowania swej siedziby ze słomy i drobniejszych gałęzi. Pomyślałem z rozbawieniem, że daje mi wyraźnie do zrozumienia, że moje gniazdo też powinno być jeśli nie zbudowane, to przynajmniej naprawione i uporządkowane. Spostrzegłem też, że już zaczęło się wyrzucanie na powierzchnię kopców czarnej ziemi. Wiedziałem, że Filip jeszcze nieraz zatęskni do swej byłej posiadłości. Kariera przeminie, a pragnienie życia z naturą jest zakodowane w naszych genach, tylko wyzwolenie tego pragnienia bywa zazwyczaj zakłócane przez chaos cywilizacyjny.

Oprócz kilku drzewek owocowych i grządek z warzywami nie miałem ani areałów obsianych zbożem pól, ani zwierzyny hodowlanej. Co prawda myśl o koniu, który skubałby teraz trawę i mógł wozić mnie na swym grzbiecie, nieraz mnie nachodziła, ale pozostawiałem ją w fazie kiełkowania. Cykl pracy letniej i zimowego odpoczynku był mi jednak obcy, wyłamywałem się z podstawowych zasad prawdziwej wiejskości i praw matki ziemi. Pisarz pracował niezależnie od pór roku i pogody: jego praca rozgrywała się w umyśle. Paradoksalnie częstokroć im bardziej beztroski wydawał się czas, tym więcej w głowie twórcy kotłowało się przeróżnych przemyśleń i spostrzeżeń. Samo zapisywanie, które wszyscy utożsamiają z pisaniem, było już tylko przelewaniem tych skrystalizowanych myśli na karty papieru czy w pamięć komputera. O tak, do jesieni czeka mnie jeszcze wiele przyjemnych chwil. Mój organizm wysyłał mi komunikat o potrzebie oczyszczenia go z zalegających zaszłości i nagromadzonych błędów.

A może jednak uraczę się jajecznicą? – przerywał moje rozważania głód. Co prawda już wieczór, ale dobra jajecznica na bekonie... Tak, jednak jestem zwierzem. W mojej bardzo słabo zaopatrzonej lodówce kawalera rzadko brakuje napojów, zwłaszcza tych procentowych, natomiast produkty spożywcze mają tendencje do zabawy w chowanego, gdy tylko otwieram drzwiczki. Wtem dostrzegłem między krzewami dzikiej róży jajkowatą głowę i twarz młodego chłopaka. Po chwili skojarzyłem, że to siostrzeniec mojego znajomego Ryszarda. Byli u mnie razem jakieś dwa miesiące temu.

– Gdzie też pan był, jak pana nie było? – wydukał z głupkowatym uśmiechem.

– A gdzie miałem być? Od dziesięciu dni się stąd nie ruszam na krok.

– A ja list przelecony mam dla pana, i to zapewne od lubej. A wujasa nie ma z panem?

– Nie ma. Właśnie zdziwiłem się, że sam tu do mnie zawitałeś.

Chłopak dopiero teraz wyciągnął z uszu małe słuchawki, poprawił czapkę założoną niedbale, z daszkiem skierowanym między ramię a plecy. Jego spodnie były tak szerokie w udach, jakby miały zatrzymać owoce jego potrzeb fizjologicznych.

– Wciągałem właśnie z wujasem żarełko, gdy zapukał listman i gada, czy wujas podejmie się kopsnąć panu te papiery. Mieliśmy zapodać wczoraj do naszej babeczki, więc sczailiśmy, że siedzi pan pewnie tu, na wichurze, to podrzucimy panu te papiery przy okazji. Zakumałem, że wujas wykieprowął sam, ale jak dziś nie przyaportował, to ciotka kazała mi spadać. Poza tym przylukałem, że nie zabrał papierów. Hm... w takim razie zacumował gdzieś na molo.

Dłuższą chwilę jeszcze stałem, zanim ukryty między szarymi komórkami tłumacz dokończył swą pracę i mogłem w pełni zrozumieć bełkot, który zaburzał panującą wokół ciszę.

– Na molo? Czyżby wyprawił się gdzieś nad jezioro?

– Widzę, że nie kumamy bazy. Molo to Miejskie Okolicznościowe Libacje Osiedlowe.

– Ach! Tam się wybrał – odpowiedziałem ze śmiechem. – Chodź do chaty, napijemy się czegoś dla ochłody i zjemy coś, bo kiszki mi marsza grają. Przyrządzę jajecznicę.

– Jajecznicę po studencku?

– To znaczy?

– Podchodzi się do lodówki, otwiera drzwi, drapie się chwilę po jajkach, no i zamyka drzwi.

– Nie – będzie konkretna, na boczku.

– Thanks, ale spadam, bo jeszcze ziemi muszę sporo zdeptać. Żółtko w dekiel pucuje. Lato tu, że hej.

– Rzeczywiście, w mieście to jest trudne do zaobserwowania, a źródłem informacji o porach roku jest temperatura. Tutaj można to poznać nawet węchem albo słuchem. Bóg stworzył wieś, a człowiek miasto – podsumowałem.

– Bóg, e tam. Jestem antenistą. Nie mam nic do wichury, ale sam pan kuma, że to dobre dla zgredzików, młody nie miałby tu żadnych prospektów. No to siema. Aha, kiedy stanie pan u nas na dzielni?

Ponownie uważnie przysłuchiwałem się jego słowom, aby móc zrozumieć ten slang i udzielić odpowiedzi.

– Jeszcze nie wiem, wybieram się na małą wyprawę z przyjaciółmi. W razie czego dam Ryszardowi znać. Jeszcze raz ci dziękuję i życzę miłych odwiedzin babci. No i pozdrów waszą zgubę.

– Jo.

Młody „antenista" odszedł pospiesznie za zarośla, za którymi stał zapewne jego samochód. Powinienem raczej powiedzieć: jego bryka albo użyć jeszcze jakiegoś bardziej wymyślnego słowa. Wuj młodzieńca, Ryszard, był jednym z wielu sąsiadów, jakich ma człowiek miastowy, a ma takich, których zna z widzenia, takich, którym mówi „dzień dobry", i jeszcze takich, z którymi dłużej porozmawia. Ryszard mieszkał dosyć blisko mojego miejskiego mieszkania. Pewnego dnia taszczył do siebie płótno namalowane przez okolicznego malarza. Nawiązaliśmy pogawędkę i okazało się, że ten niepozorny, kulejący jegomość całkiem nieźle zna się na historii malarstwa. Wyraził wielki zachwyt nad moimi słowami o wyprawie łodzią po rzece i wodach w pobliżu mojej przyrzecznej osady. Jak mówił, sam chętnie zabawiłby się w pirata. Tym sposobem spędziliśmy dzień na przejażdżce łodzią. Jak zwykle mogliśmy podziwiać karłowate drzewa tworzące nad mniejszymi rzeczkami soczyście zielony baldachim. Wymienialiśmy się uwagami z obserwacji przyrody, cieszyliśmy oczy widokiem kolorowych ryb. Te piękne, dzikie tereny nie były przecież Niziną Amazonki, więc nieoczekiwane niebezpieczeństwa nam nie groziły. Jedynym zagrożeniem były chyba tylko komary, ale te na szczęście uaktywniały się najbardziej wyłącznie w pochmurne dni. Spotkaliśmy, jak pamiętam, przy postoju na wysepce młode studentki, przed którymi Ryszard przestawał być sobą i kreował swoje wodzirejsko-humorystyczne mowy, oczarowując nimi te syreny, które nagradzały jego słowa salwami śmiechu. Czuł wtedy w sobie młodą krew i zaczesywał łysinę na czubku głowy kosmykami ze skroni. Jakby dla zrekompensowania niedostatków na głowie nosił długie sumiaste wąsy, wiecznie też pokazywał światu uśmiechniętą twarz. Z kuflem piwa wyglądał jak prawdziwy szlachcic podczas uczty. O dziwo, przy swojej żoneczce zawsze zachowywał się raczej bez większej finezji.

Ryszard był jedną z nielicznych osób, które wiedziały o moim pobycie w tej pustelniczej chacie. Ostatnim razem zajechał do mnie właśnie z siostrzeńcem. Podobało mu się tutaj bardzo, ale nie miał nic do gadania, bo był pod pantoflem swojej połowy. Jak się zorientowałem, małżonka pełniła rolę żandarma i pewnie hamowała wyprawy męża za miasto. Ryszard powtarzał często: Bovary albo browary. Miał chyba biedak spokój tylko wtedy, kiedy żona wyjeżdżała do swej rodziny, szła na plotki do znajomej lub na mszę przy niedzieli. Systematyczność uczęszczania na mszę skończyła się jednak, kiedy kobieta nie mogła już zaskoczyć nową kreacją na kościelnym wybiegu. Na szczęście dla Ryszarda wybudowali w okolicy wielką galerię handlową i jego ślubna znów miała się gdzie pokazać i jak większość jej koleżanek miło i kulturalnie spędzić niedzielny czas.

Cała okolica sprawiała wrażenie wiejskiej osady, jednak w rozrzuconych między laskami i zaroślami głównie drewnianych chatach zamieszkiwano tylko w ciepłych miesiącach albo w czasie wakacyjnych wypadów. Sam zresztą tak czyniłem, choć tego roku zjechałem tutaj dużo wcześniej niż dotychczas i miałem zamiar spędzić długie miesiące, z krótkimi przerwami na letnie wycieczki, rodzinne wyjazdy i załatwianie koniecznych obowiązków.

II

Z torbą podróżną w jednej ręce i otrzymanymi od młodziaka listami w drugiej dotarłem do swej chaty. Torbę rzuciłem w kąt, przejrzałem korespondencję. Były tam wyciągi bankowe i inne niepotrzebne druki. Następnie zapoznałem się z ofertą pracy w biurze tłumaczeń. Zapraszali mnie do siebie na rozmowę kwalifikacyjną. Cóż, moje środki finansowe topniały i podjęcie pracy w ciągu najbliższych miesięcy wydawało się nieuniknione. Moją uwagę najmocniej przykuł jednak ostatni list. Przysiadłem na sofie i obejrzałem dokładnie kopertę.

– Krajowy Instytut Literacki? To pewnie jakieś propozycje dotyczące moich debiutanckich opowiadań. Może w końcu ktoś zakumał bazę – powiedziałem do siebie z gestykulacją i intonacją, którą przed chwilą raczył mnie ten nowomodny młokos od Ryszarda. Rozdarłem kopertę i skupiłem się na tekście.

Gratulujemy i informujemy o wygranej w krajowym konkursie na najlepszy debiut roku w kategorii „proza rodzima" organizowanym przez nasz instytut. Oficjalne pismo kierowane do Pana wróciło do nas bez odbioru. Przypominamy jednocześnie, iż zgodnie z regulaminem nr 180/gh konkursu Krajowego Instytutu Literackiego tegoroczny zwycięzca korzysta z wyjazdu na Światowy Zjazd Literatów. Jako że nasz kraj ma prawo uczestnictwa we wszystkich trzech konferencjach zjazdu, jest Pan uprawniony do wzięcia udziału w wykładach w podanych niżej miejscach. Koszty podróży i wszelkie inne związane z wyjazdem pokrywa Światowy Związek Literatów.

Załączamy program poszczególnych konferencji i imprez towarzyszących oraz wszelkie informacje dotyczące wyjazdu. Jednocześnie zawiadamiamy, że jeśli nie skontaktuje się Pan z nami do dnia 17 kwietnia br. bądź nie wyrazi chęci wzięcia udziału w konferencjach, z przywileju tego skorzysta wytypowany pracownik Krajowego Związku Literatów.

Czułem, jak moje ciśnienie podniosło się w parę chwil, i ciężko mi było usiedzieć na miejscu. Wstałem, czytając do końca pismo, przebiegłem wzrokiem po złożonych podpisach i przejrzałem załączone informacje. Plan konferencji w tak odległych miejscach przedstawiał się imponująco. Zdawałem sobie sprawę z tego, że nie będę miał czasu na euforię, tylko czeka mnie wiele pracy i obowiązków. Trzeba było w trybie ekspresowym przemyśleć plan działania. Najpóźniej jutro wieczorem musiałem być w stolicy, aby odebrać zaproszenia i inne dokumenty. Pojutrze rano odlatywał samolot do Lizbony, a dalszych szczegółów nie miałem zamiaru na razie analizować.

Zadzwoniłem do Krajowego Związku Literatów. Jak się szybko zorientowałem, liczyli na moją rezygnację. Już widziałem, jak delegat wytypowany na moje miejsce trzymał kciuki, abym się nie odezwał. Chociaż kto ich tam wie, może dla tych grubszych starszych panów takie wyjazdy nie były czymś pożądanym, tylko naruszały ich leniwy tryb życia. Następnie wykonałem kilka telefonów, odwołując bądź przekładając terminy czy planowane spotkania. Przyjaciół zmartwiłem wieścią, iż nie będę z nimi w górach. Nie opowiedziałem o powodzie zmiany decyzji, lecz postanowiłem opowiedzieć im wszystko po powrocie i osłodzić rozczarowanie podarkami z odległych miejsc.

W końcu postanowiłem zjeść kolację. A więc jajecznica. Jaja rozbijałem dziś mocno i bez wyczucia, że aż drobne odłamki skorup wpadały na patelnię. Jak nigdy zjadłem swój jajeczny posiłek bez pieprzu i soli, automatycznie, bo myślami byłem zupełnie gdzie indziej. Wyjazd nie był krótką wycieczką, tylko jawił się jako dość długa, ekscytująca przygoda. Z programu wynikało, że sporo czasu jest poświęcone wykładom i odczytom, ale wiedziałem dobrze, że program swoje, a życie swoje.

Otworzyłem torbę podróżną. Została niedawno przyniesiona z myślą o wyprawie w niedalekie góry, a wychodzi na to, że będzie mi towarzyszyć w podróży przez kawał świata. Przystąpiłem do układania bagażu, starając się zabrać tylko niezbędne rzeczy: książki, zeszyty, ubrania, obuwie, przybory skautowskie oraz wysłużoną kosmetyczkę. Kiedy wszystko spakowałem, wszedłem pod prysznic. Wytarłem się grubym, miękkim ręcznikiem, po czym przemaszerowałem do sypialni.

Tak to zazwyczaj bywa, że kiedy bardzo chce się zasnąć, adrenalina zaczyna nas spinać do szybkiego działania i operatywnego myślenia, we frustrujący sposób zakłócając sen. Minęło kilka minut, zanim wzrok przyzwyczaił się do panującej ciemności. Zacząłem wpatrywać się w obraz przedstawiający wędrowca trzymającego na ramieniu kij z zatkniętym na końcu tobołkiem. Malunek został tutaj po pierwszych właścicielach tej chaty, na długo przed zamieszkaniem tu Filipa. Był namalowany na drewnie przez całkiem utalentowanego malarza. Zazwyczaj wędrowcy mają powagę na twarzy, wynikającą zapewne ze zbytniego strudzenia długą drogą. Ten, który wędrował po mojej ścianie, miał jednak głupkowaty uśmiech, jakby był w stanie zaakceptować wszystko, co tylko się mu przekaże. Uśmiech wiary. Przeniosłem teraz wzrok na wzorki tapety ułożone w szeregi plamek. Jednak moja wyobraźnia szybko wyłowiła wśród nich wiatrak, Indianina z włócznią i głowę Lenina.

Zza okna dobiegały pohukiwania sowy. Światło księżyca oświetlało pokój, rozpryskując dyskretnie swą poświatę na stole i ścianach. Po dłuższej chwili mój słuch, dostrojony do panującej ciszy, zaczął wyławiać jej tętno. Tętno ciszy, które mogło też być tętnem czasu. Może czas i przestrzeń miały swoją ożywioną stronę i wyczuwalny miarowy puls niczym kosmiczny zegar. Jak bardzo ta cisza różniła się od ciszy w mieście! Cisza w mieście? Czy jest coś takiego? Nawet gdy miasto zamierało, człowiek wciąż słyszał echo zgiełku maszyn i ludzkiego roju krążącego między wielopiętrowymi ulami.

Powróciłem myślami do wyjazdu. Czy wszystko spakowałem? Nie chciałem zapomnieć czegoś, co mogło się przydać podczas podróży, choć co prawda już od pewnego czasu potrafiłem obyć się bez wielu przedmiotów.

Księżyc świecił coraz intensywniej, wstałem więc, by zaciągnąć zasłony. Byłem już bardzo zmęczony, bo zdało mi się, że pod lasem widzę jakieś postacie, a głowy tych ludzi przypominały do złudzenia kocie łby. „Najwyższa pora spać!" – pomyślałem. Gdy w pokoju nastał atramentowy mrok, obraz i wzory na tapecie przestały mnie absorbować, a senność zaczynała mnie wchłaniać coraz bardziej do krainy snu i po chwili przekroczyłem granicę ciemnego, coraz ciemniejszego lasu.

Zanim zaczęło świtać, mój samochód już ruszył po wyboistej drodze, zostawiając z tyłu śpiącą nad rzeką chatę i poranny koncert odgrywany przez ukryte w drzewach i zaroślach ptaki oraz kumkające na mokradłach żaby. Panował jeszcze półmrok, więc włączyłem światła. Wyjechałem na lepszą drogę i pomknąłem szybciej. Kiedy mój pojazd chował się za horyzontem, na brukowaną drogę wjechał czarny terenowy samochód, którego opony jechały dokładnie po świeżych śladach zostawionych przed chwilą przez moje auto. Barczysty mężczyzna zatrzymał pojazd w lesie opodal drogi, zabrał dość ciężki plecak i ruszył w kierunku rzadko porozrzucanych chat. Szedł pewnym krokiem, bo już przedwczoraj zbadał teren. Co prawda wtedy był dzień i szedł z lekką wędką, a nie z ciężkim plecakiem, ale kartografię terenu poznał na tyle, że nie musiał przystawać i zastanawiać się nad kierunkiem.

Gdy przybysz dotarł do malowniczo położonej chaty, pozaglądał ostrożnie, czy nie pali się jakieś światło, i zaszedł od tyłu letniskowej posesji. Nie obawiał się, że zacznie ujadać pies, bo takiego nie było. Mężczyzna przykleił plecy do ściany i odbezpieczył pistolet z tłumikiem, a następnie zerknął na zegarek. Z każdą minutą robiło się coraz widniej. Wstawał świt. Intruz spojrzał na ślady, które pozostawił, i odruchowo usiłował zatrzeć je butem, gdy jednak zobaczył, że ciągną się na całej długości jego trasy, zaniechał tego po namyśle. Uznał, że widocznie w nocy musiało lekko mżyć albo nadrzeczna wilgoć konserwowała pozostawiane w ziemi odciski butów. Uzbroiwszy się w cierpliwość, spoglądał na obejście, a po chwili postanowił ostrożnie obejść teren. Za rogiem zobaczył oparte o ścianę widły. Przeniósł wzrok na ślady opon ciągnące się od garażu. Poczuł niepokój i szybkim krokiem poszedł po koleinach pozostawionych przez samochód do krańca posesji i dalej już na drogę. Ślady były świeże. Nikogo więc nie było w domu. Mężczyzna zatem nie czekał dłużej i pobiegł prosto do chaty. Musiał dziś wykonać robotę i świadomość możliwych komplikacji paraliżowała go. Wiedział, co może go spotkać ze strony przełożonych, jeśli spartaczy sprawę. Mógł skończyć jak ten wąsaty, którego przedwczoraj zlikwidował nieopodal, kiedy ten, zapytany o Moriela, wygadał się, że idzie właśnie do niego. Tym razem to on, jeśli pismak się wymknie, mógł być ofiarą. Był przekonany, że jego cel niedawno odjechał autem, ale dla pewności zapukał w drzwi chaty. Odczekał chwilę, po czym wyjął z plecaka łom i kilkoma zamaszystymi ruchami wyważył spore wrota. Szybko spenetrował mieszkanie. Wiedział, że nie ma sensu jechać za ofiarą, bo nie miał pojęcia dokąd. Pozostał mu tylko telefon do przełożonych z prośbą o dalsze instrukcje.

Moskwa mimo kwietniowego przygrzewającego słońca wciąż była pokryta śniegiem. Iwan Porotkin wyglądał w zamyśleniu przez okno wychodzące na plac Łubiański i skupił wzrok na wróblach i wronach walczących o rozsypane na śniegu ziarna. Bitwa w końcu przeniosła się w powietrze, gdy ziarna zasypał przejeżdżający spychacz do śniegu.

„Muszę jeszcze przejrzeć przyniesione przez sekretarkę dokumenty i powoli przyszykować się do uroczystej kolacji z delegacją Iranu" – analizował Porotkin. Przeglądanie pism szło sprawnie i szybko. Dotyczyły one wykonywanych na bieżąco czynności wydziału odpowiedzialnego w głównej mierze za zapobieganie ryzyku i zwalczanie go w sytuacji godzenia w zasady ustrojowe, wizerunek państwa i państw bratnich. Kolejna sprawa jednak przyhamowała oficera. Z uwagą przeczytał pismo przewodnie, a następnie załączniki. Po chwili zorientował się, że dotyczą one niedawnych porozumień pekińskich. Prześledził stenogram informacji nagranej w wiadomości głosowej.

Zadanie „zgaszenia pismaka" niemożliwe do wykonania w wyznaczonym terminie z uwagi na brak danych o miejscu ostatniego pobytu. Czynności ustalające w toku. O wynikach poinformuję wkrótce.

* Zapis cyfry 3 cyrylicą.

Oficer przerzucił szybko pozostałe akta, zebrane dużo wcześniej, i odłożył je na szerokie dębowe biurko. Wcisnąwszy się głęboko w wielki skórzany fotel, wyciągnął nogi na blat i sięgnął po telefon.

– Słuchajcie, Siemionow, chodzi mi o pewien punkt protokołu pekińskiego, kryptonim „Pismak".

– Pamiętam, bo zleciłem go do koordynacji temu nowemu. Wiecie, towarzyszu, temu od reformy analitycznej. Młodzian się jednak wymądrza i może dobrze by było, aby ktoś wyższy rangą przemówił mu do tego tępego łba. Co was konkretnie w tej sprawie interesuje? – zapytał w końcu.

– W zasadzie... – zająknął się Porotkin. – To przyślijcie w takim razie tego waszego reformatora. Jak on tam się zwie?

– Ławronow. Aleksandr Michajłowicz Ławronow.

– Niech się u mnie stawi.

Porotkin wolnym ruchem odłożył telefon. Ta sprawa przywołała w nim wspomnienia ze spotkania w Pekinie.

* * *

Drobny człowiek przedstawiający się jako Li, o kruczoczarnych włosach, skośnych oczach i kamiennej twarzy instruował zebranych. Jego przemówienie tłumaczył biegły tłumacz. Na sali przeważali Azjaci, a pozostali uczestnicy zebrania o europejskich rysach zajęli miejsca po przeciwnych stronach długiego stołu.

– Macie, panowie, przed sobą wykaz osób, których wrogie nastawienie do naszych idei zawiera spory potencjał ryzyka. Jak już dziś rano szczegółowo to omawialiśmy, będziemy i musimy działać dla wspólnego dobra – zapobiegawczo i zarazem skutecznie. Jak pokazują doświadczenia, nasi wrogowie, niepowstrzymani i unieszkodliwieni w porę, rosną w siłę. Zdobywają popularność i medialne zainteresowanie wśród szerokiego grona odbiorców, a ich wywrotowe idee, pomysły i propozycje zaczynają kiełkować. Najbardziej podatnym gruntem są oczywiście młodzi. Nasze Biuro Centralne zawęża inwigilację internetową do niezbędnych haseł i osobników, gdyż fala przepływu niekontrolowanych informacji jest ogromna. Już od trzech lat, od kiedy zostałem przewodnikiem naszego oddziału, próbowałem przemówić przełożonym do rozsądku, przedstawiając analizy alarmujące o ryzyku i skali zjawiska.

– Mamy podobną sytuację – włączył się Porotkin. – Nie kontrolujemy w ogromnej mierze przepływu informacji. Podobnie jak u was oddanie społeczeństwu zaprzęgu do rozwoju gospodarczego pobudza apetyt na niezależność i wyzwolenie się spod kontroli państwa.

– Widzę, że dobrze rozumiecie i w porę dostrzegacie nurtujące nas problemy – z aprobatą przyjął te słowa Li. – A oto lista przypadków, którymi należałoby się zająć możliwie jak najszybciej.

Siedzący po prawicy Li mężczyzna podszedł do delegatów i rozdał kartki z listą nazwisk i krótką charakterystyką postaci i ich działalności.

– Punkty od pierwszego do dziesiątego zostawiamy do własnej realizacji, może za wyjątkiem punktu piątego. Osobnik będzie przejeżdżał przez wasze terytorium.

Możliwe, że będzie kontaktował się z przedstawicielami działającej u was legalnie partii opozycyjnej.

Mówiąc ostatnie zdanie, Li skierował szelmowski uśmiech do Porotkina. Wyraził w ten sposób swoją dezaprobatę dla zmian politycznych, jakie zaczęły zachodzić w Rosji. Nie rozumiał, jak można dopuścić do działania opozycję z prawem jawnej krytyki. Nawet jeżeli opozycja ta miałaby parasol bezpieczeństwa nad sobą, była jak kula śniegowa mogąca wywołać lawinę.

Świat czuł oddech wielkich Chin i kłaniał się nisko chińskiemu wzrostowi gospodarczemu. Li nie wierzył w analizy mówiące o przyczynach fenomenalnego rozwoju jego państwa, którymi jakoby miały być wolny rynek w wydaniu wczesnego kapitalizmu i brak formalistyczno-urzędniczej machiny kontrolującej przedsiębiorczość. „To ci nawiedzeni ekonomiści mogli formułować takie tezy" – myślał najczęściej. Odrzucał ponadto mit azjatyckiej mentalności i pracowitości. Li wiedział swoje. Ten spektakularny rozwój był wynikiem dbałości władz o swój lud. Władz, które pozwalają się ludowi rozwijać.

Chiński dyplomata kontynuował:

– W zasadzie przekazujemy wam do realizacji punkty od jedenastego do piętnastego. Jak ustaliliśmy, macie już założone teczki. Po spotkaniu przedłożymy wam ustalenia w tej sprawie. Mamy głęboką nadzieję, że będą one przydatne, a zawarte w nich spostrzeżenia okażą się trafne. Zanim omówimy te przypadki i oddam głos panu Porotkinowi – tu Porotkin uśmiechnął się na wspomnienie tego, jak Li z wyraźnym trudem wykrztusił jego nazwisko – pokrótce przedstawię tematy zawarte w punktach jedenaście i dwanaście, potrzebne do dalszych ustaleń i do podjęcia właściwych decyzji. Pierwszą jest sprawa węgierskiego organizatora festiwali muzycznych i czynnego muzyka. Opuścił nasz kraj i pewnie z obawy przed nami nie rozwijał skrzydeł i zaniechał głoszenia podczas koncertów buntowniczych myśli. Jednak wiemy o jego bardzo rozległych kontaktach z waszą opozycją i przygotowywaniu happeningów i spotkań „kulturalnych" podczas koncertów tego muzyka w pięciu waszych miastach. W materiałach mamy wykaz osób i organizacji opozycyjnych, z którymi Węgier nawiązał kontakt. Myślę, że uporacie się skutecznie z tym kłopotem i muzyk przepracuje się w czasie przygotowań do trasy koncertowej na tyle, że jego serce przestanie bić. Nie ukrywamy, że wolimy mieć czyste przedpole, a jeżeli uporacie się z waszymi dzisiejszymi wrogami, to wyeliminujecie zapewne naszych jutrzejszych. – Tu Chińczyk zawiesił znacząco głos, odchrząknął, spojrzał po zebranych i zaczął mówić dalej: – Temat z punktu dwunastego to przypadek z grupy potencjalnego, lecz realnego ryzyka. Nie mamy, co prawda, materiałów, ale niejaki Max Moriel, pisarz, swoją twórczością tych materiałów dostarcza. Znajdziecie w teczce notatkę naszego członka komitetu literatury, który opisał bulwersującą sytuację z ostatnich wyjazdów do Europy. Na jednym z odczytów rodak Moriela przeczytał jego opowiadanie, które w bezczelny sposób uderzało w wasze państwo. Nasz reprezentant opuścił oczywiście ten błazeński odczyt i sporządził stosowny raport. Stwierdziliśmy ponadto szydzenie z najbardziej szanowanych literatów rosyjskich, jak i rosyjskich władz. Tę kwestię zostawiamy wam.

* * *

Porotkin wrócił do teraźniejszości. Wziął pióro i zadekretował datę i godzinę oraz imię i nazwisko: Aleksandr Ławronow. „Niech ten zarozumiały smarkacz zobaczy, jak wygląda prawdziwa ciężka praca naszego wydziału" – pomyślał z satysfakcją. Przebiegł w myślach wszystkie informacje, jakie pamiętał na temat Ławronowa.

Pracował on w wydziale od niespełna dwóch miesięcy. Miał trzydzieści kilka lat, zdążył się wsławić jako organizator misji i placówek dyplomatycznych na Półwyspie Iberyjskim oraz w innych częściach Europy. Miał też na koncie kilkumiesięczny pobyt w Ameryce. Zasłynął także jako szanowany mediator. Pół roku temu wrócił do Moskwy, aby pomóc w przeorganizowaniu Ministerstwa Spraw Zagranicznych do nowych potrzeb i zadań. Doceniano jego talent organizatorski i międzynarodowe kontakty oraz doświadczenie. Bakcyla zagranicznych wyjazdów złapał dużo wcześniej. Studiując językoznawstwo, mógł sobie pozwolić na wyjazdy zagraniczne, kiedy żelazna kurtyna zaczęła się rozszczelniać. Gdy zaś skończył stosunki międzynarodowe, długo nie czekał na efekty. Praca w różnych ośrodkach europejskich przyszła szybko, a Ławronow realizował się w niej bez opamiętania. Po zakończeniu reorganizacji Ministerstwa Spraw Zagranicznych w Rosji poproszono go o pomoc w odświeżeniu Federacyjnej Służby Bezpieczeństwa, następczyni KGB, mieszczącej się w tym samym budynku niechlubnej Łubianki. Ławronow szybko znalazł się w Departamencie Kontrwywiadu, aby tam dokonać stosownych analiz. Miał się tutaj nauczyć zagrożeń i metod zapobiegania im. Już po kilku dniach żałował jednak, że się tam znalazł. W Departamencie Kontrwywiadu wszelkie próby ingerencji w ustaloną strukturę kończyły się fiaskiem. Aleksandr szczerze wątpił, czy jego sugestie zostaną zrealizowane.

Porotkin, przydzielając mu sprawę, wiedział, że uzależni go i zmusi do dłuższego pobytu w jego wydziale, a w dogodnym momencie pozbędzie się młokosa. Nie chciał u siebie nieproszonych gości, ale skoro dali mu tego żółtodzioba, to zamierzał pokazać, kto tu rządzi.

– Aleksandr Ławronow przybył – oznajmiła sekretarka, wsadzając głowę do gabinetu. Po chwili wszedł wezwany mężczyzna. Jego szczupła sylwetka w dobrze skrojonym garniturze prezentowała się doskonale. Krótko przycięta fryzura również była elegancka.

– Dzień dobry – przywitał się krótko z Porotkinem.

– Dobry, dobry, panie Ławronow. Szczególnie dla was. Postanowiłem właśnie zadbać o waszą edukację w naszym wydziale i docenić jednocześnie. Zadekretowałem wam do prowadzenia sprawę o kryptonimie „Pismak". To ta sprawa, którą już niedawno poznaliście.

– Tak, znam ją. Otrzymałem prozę Moriela. Jednak nie doszukałem się w niej niczego wrogiego. Przyznam, że lektura była na tyle pasjonująca, że zapominałem o innych obowiązkach. Ale chciałem przypomnieć, towarzyszu, że jestem tutaj w celu sporządzania analiz, a nie prowadzenia spraw.

Porotkin zrobił wyraźny grymas niezadowolenia.

– Mieliście się oddać do mojej dyspozycji. Bez osobistego prowadzenia sprawy nigdy się nie nauczycie, co można u nas zmienić czy poprawić.

– Uważam, że Moriel piętnuje, co prawda, beton aparatu ustrojowego, który się u nas nie zmienia, ale też pochlebnie wyraża się o niektórych cechach narodowych. Opowiadanie o konflikcie Behemota i Wolanda* czy próba zilustrowania ostatnich dni Gogola jest wręcz hołdem dla naszej literatury.

– Cóż, Gogol zrobił karierę nie na świecie, tylko na zgniłym Zachodzie. Mnie uczono, że był on zdrajcą narodu.

– W jakich szkołach was uczono? – z przekąsem zapytał Ławronow.

– W takich, w których na pierwszym miejscu stawiano patriotyzm i dumę narodową. Wy, młodzi, tego nie zrozumiecie, bo czego innego was uczą, a kraj pomału rozkupują miejscowi możnowładcy. Niedługo nic tu nie zostanie. Choroba pnie się coraz wyżej. I już

---

* Behemot, Woland – bohaterowie powieści „Mistrz i Małgorzata" Michaiła Bułhakowa. (Wszystkie przypisy pochodzą od redakcji).

w moim wydziale zaczynają eksperymentować i wprowadzać zachodnie pomysły i innowacje! – Porotkin
podniósł głos, zrobił się czerwony na twarzy. – Bierzcie
się więc do sprawy Moliera i informujcie mnie na bieżąco o istotnych wynikach i postępach.

Ławronow wykorzystał skrzętnie przekręcone nazwisko Moriela i dodał złośliwie:

– Może i ma pan rację, bo ten Molier to rzeczywiście kpiarz pisarski.

– Widzę, że zaczynamy się rozumieć. Macie zrobić
tak, aby już nigdy nic nie napisał.

– Nie napisze.

* * *

Kiedy Ławronow opuścił obszerny gabinet, Porotkin
jeszcze raz z zadowoleniem skonstatował swe zdolno-
ści przywódcze i umiejętności perswazyjne. Spoglądał
w stare lustro i gładził się po twarzy. Na czoło opadły
mu kosmyki siwiejących włosów. Jego czerwonawy nos
odznaczał się wyraźnie w pożółkłym zwierciadle, na-
leżącym ponoć niegdyś do cara. „Kiedy wymrą ludzie
mojego pokroju – myślał – cały kraj pogrąży się w niemocy i anarchii".

* * *

Ławronow szedł długim korytarzem i przeklinał dzień,
w którym się tu znalazł. Wiedział też, że sprawy się nie
pozbędzie. Musiałby sam wyzionąć ducha. Porotkin

zrobi wszystko, aby tylko utaplać go we krwi i zrobić z siebie prawdziwego patriotę. Aleksandr wyrzucał sobie, że nie doczytywał nawet do końca wielu podpisywanych oświadczeń. A były to zaprzysiężenia o zachowaniu tajemnicy służbowej oraz deklaracje, które wiązały go ze służbą. Te nieszczęsne papiery stawały się teraz w oczach Ławronowa cyrografami.

Leżąc w łóżku, mężczyzna planował wykorzystać swe znajomości, a miał ich sporo. Nie mógł zmrużyć oka, choć wskazówki na zegarze minęły już godzinę trzecią w nocy. Zrezygnowany odrzucił kołdrę i postanowił zaparzyć sobie herbaty w nadziei, że napój podziała nasennie. I wtedy dostrzegł leżący na szafce przy łóżku przekład opowiadań Moriela. Materiał został sporządzony przez zleconych tłumaczy na potrzeby zebrania pełnego dossier pisarza. Ławronow wrócił z herbatą i sięgnął po książkę. Zdał sobie sprawę z tego, że ma w ręku życie tego nieszczęśnika Moriela i to od niego zależy, czy w imię własnego bezpieczeństwa go uśmierci, czy też podejmie walkę. Nie podziałało to na niego budująco. Westchnął i zaczął przerzucać strony, które tak go pochłonęły przed kilkoma dniami. Uśmiechał się nad humorystyczną scenką. Po chwili jego wzrok spoczął na jednym fragmencie i półgłosem przeczytał:

Może to dzisiejszy skomplikowany świat dezawuował sferę przewinień na tyle, że nie były to przewinienia tak jednoznaczne jak te, których dopuszczali się nasi przodkowie. Wiedział jednak, że każdy został wyposażony w sumienie. Można było co prawda jego głos wyciszyć albo pozwalać, aby uchodził z duszy i leciał w krainy zapomnienia. Był to głos, którym przemawiał sam Bóg.

Mężczyzna odłożył książkę i wyłączył lampkę. Położył się z powrotem do łóżka. Wiedział już, że to będzie walka o życie zarówno własne, jak i pisarza. Wydając wyrok na niewinnego człowieka, straciłby godność, szacunek do siebie i poczucie człowieczeństwa. Był teraz wręcz zły na siebie, że tak długo miał jakiekolwiek dylematy. Tuż przed zaśnięciem pomyślał, że należało teraz grać rozważnie i przebiegle. Tak, musiał obudzić w sobie lisa. „Lew niech dodaje odwagi wszystkim myślom, które narodzą się jeszcze w mojej głowie" – pomyślał Ławronow i niebawem usnął wycieńczony.

Ⴃ *

Grupy zwiedzających sunęły między komnatami moskiewskiego Centralnego Domu Malarza. Wystawa malarstwa okresu międzywojennego cieszyła się całkiem sporym zainteresowaniem.

– Czy oprócz obrazów ekspresjonistów w przyszłym roku czekają nas jeszcze jakieś atrakcje? – zagadnęła dziennikarka moskiewskiej telewizji, trzymając mikrofon pod nosem Cristiny Vasquez, która zorganizowała wystawę.

* Oznaczenie cyfry 4 z cyrylicy.

– Na pewno będą niespodzianki. Jeszcze zobaczymy jakie. Może grafiki Salvadora Dali, może jeszcze coś ciekawego. Odwiedzający na pewno będą bardzo zadowoleni.

– A więc czekamy. Dziękuję bardzo. Żegnają państwa wspaniała Cristina Vasquez i Nadia Żarkowa.

Dziennikarze odeszli w stronę holu, a Cristina Vasquez poczuła, jak czyjeś ręce zakrywają jej oczy.

– Aleksandr?

– Ciężko cię zaskoczyć, chytrusku – odpowiedział z uśmiechem Ławronow i wymienili powitalne całusy.

– Nie, po prostu znam w Moskwie bardzo mało osób, a w dodatku potwierdziłeś, że się zobaczymy.

– Znowu wyładniałaś. To już prawie dwa lata, jak widzieliśmy się w Lizbonie.

– Chyba coś koło tego. Ty z kolei zmężniałeś.

– Gadasz – speszył się Aleksandr, choć wyprężył zaraz swą wysoką sylwetkę i pogładził się po krótko przystrzyżonych włosach. – Przepraszam za ten mój niedbały zarost, ale ostatnio nie miałem głowy do utrzymania się w należytym porządku.

– Wyglądasz przez to jeszcze bardziej męsko – pochlebiła mu Cristina.

– To ile tutaj zabawisz?

– Jestem tylko na otwarciu. Najpóźniej pojutrze planuję wylot do Paryża.

– W takim razie zaraz zabieram cię na kolację.

– Daj mi, proszę, jeszcze trochę czasu. Muszę sprawdzić, czy obrazy są właściwie wyeksponowane, i dokończyć formalności.

– Dobrze, poczekam na dole w kawiarence. A jak będziesz gotowa, to zabiorę cię w urocze miejsce.

* * *

W szklanych wisiorkach lamp odbijały się kształty ludzkich postaci. Rozmowy prowadzone przy każdym stoliku mieszały się w eleganckiej sali kawiarnianej. Kelnerka dopisała kolejne cyfry do rachunku i rozejrzała się uważnie po stolikach. Wychyliła się w kierunku pary siedzącej za kolumną, ale na razie nikt nie składał zamówień.

– A pamiętasz, jak dolałeś temu cwaniaczkowi, włoskiemu attaché, wódki do wina? Aż się zadławił i zapluł tego Niemca i pozostałych. Od razu stracił ten swój cwaniacki animusz.

– Sam sobie zasłużył – zawtórował śmiechem Aleksandr.

– Będziesz jeszcze organizować misje i działać poza Rosją? – zapytała go Cristina.

– Na razie się na to nie zapowiada, choć z chęcią wróciłbym już do starej roboty. Nieraz na nią narzekałem, miałem ochotę na większą stabilizację, ale okazało się i w moim przypadku, że wszędzie dobrze, gdzie nas nie ma. Teraz wróciłbym do starej tułaczki, i to na kolanach.

– Aż tak jest źle na nowym miejscu? Nawet nie wiem, co dokładnie teraz robisz.

– W biurokratycznej machinie jak czymś się wykażesz, to zaczyna wysysać z ciebie soki, nie dając nic w zamian. Miałem nabyć nowe doświadczenia, trafiłem tymczasem w pułapkę. Inną pracę zostawiłbym od razu. Ale te wszystkie zobowiązania, które człowiek podpisuje bez namysłu albo dlatego, bo po prostu musi... – Może to tylko chwilowe zajęcie. Wiem, że jesteś ambitny i wszystko się odmieni.

Wypowiadając te słowa, Cristina położyła dłoń na opartej na stole ręce Aleksandra. Ławronow poczuł się lekko speszony, ale starał się tego nie okazać. Cristinę poznał w Lizbonie. Pomógł jej zorganizować wystawy we wschodniej Europie, a potem wspierał ją w artystycznym podboju Ameryki. Patrzył teraz na tę szczupłą kobietę o wyraźnie zarysowanym biuście ukrytym pod czerwonym obcisłym golfem i pomyślał, że jest naprawdę śliczna. Jej czarne włosy współgrały z długimi rzęsami i ciemnymi oczami. Karnacja Cristiny zdradzała jej południowe pochodzenie. Zazwyczaj na jej twarzy gościł szeroki uśmiech. We wszystkich ruchach znać było dynamikę i werwę. Cristina była nad wyraz rezolutną Portugalką i oddaną sztuce duszą. Wprawdzie sama malowała, ale ostatnie lata spędziła na organizowaniu wernisaży i spotkań artystycznych. Studiując sztuki piękne i tworząc swe prace, myślała, że tak spędzi życie. Ale przyszłość okazała się inna. Gdy Cristina wspomagała i zastępowała czasowo koleżankę, znaną lizbońską artystkę, dała się poznać jako niezwykły talent organizatorski, który kruszył nawet zatwardziałe mury biznesu plastycznego. Z pewnością była to wielka zasługa jej optymizmu i uroku osobistego, który emanował na każdego, z kim kobieta choć chwilę przebywała. Kiedy zakosztowała wyjazdów zagranicznych jako przedstawicielka galerii, szybko poczuła zew podróży. Zyskała sobie licznych znajomych w ośrodkach sztuki w wielu zakątkach świata i jej czasowa praca się przedłużyła. Z miłą chęcią podjęła się dalszej działalności, zwiedzając przy tym wiele fascynujących miejsc i poznając całą plejadę utalentowanych i wartościowych ludzi.

Aleksandr z chęcią zatrzymałby ją przy sobie. Mimo że łączyła ich tylko przyjaźń, zaczynał odczuwać, że chce ją widzieć częściej. Ten nagły przypływ emocji do Cristiny powinien jednak zostać ostudzony. Jego plan wymagał teraz od niego skupienia, a przy tym Ławronow musiał go precyzyjnie przedstawić przyjaciółce i liczył na jej akceptację. Znając jej odwagę i upodobanie do wyzwań, wątpił w brak aprobaty Cristiny.

– Ale dziwne to burrito.

– To nie burrito, tylko blin. Tak naprawdę jedna z wielu odmian blinów.

– Bliny. Śmieszna nazwa. Coś się stało, Aleksandr? Tak nagle spoważniałeś, mój carewiczu.

– Mam do ciebie wielką prośbę.

– To mów.

– Trochę za dużo tutaj świadków. Zostawmy to na wieczór.

– Zabrzmiało tajemniczo. I chyba musi to być coś poważnego, bo zrobiłeś się... taki spięty.

– Może i jest to coś poważnego. Ale o tym później. Teraz lepiej powiedz, jak smakują ci bliny.

– Są takie inne, ale smaczne. Wino niezłe, choć mówiłeś, że w Rosji nie ma dobrych win, tylko dobre wódki. Napiłbyś się na pewno.

– Prowadzę auto i w dodatku jestem twoim szoferem. Wiesz zresztą, że nie piję prawie wcale i dlatego też godnym ambasadorem swej ojczyzny na tym polu raczej nie mógłbym zostać. A co do wina – jest ono włoskiej produkcji. A teraz opowiedz, co u ludzi. Nicole jeszcze pracuje?

– Nicole wyjechała do Hiszpanii, jakoś zaraz po twoim wyjeździe. Ze starej ekipy zostali Marco, Louis i Fernando.

– To koniecznie uściskaj ode mnie tych wariatów. Kiedyś myślałem, że niemożliwe jest z nimi dłużej przebywać, ale szybko zrozumiałem, że lubię ich bardzo i tęsknię za ich niewyparzonymi językami. Skosztuj kawioru. U was tak dobrego nie ma.

– Nie potrafię się przekonać do kawioru. Jak pomyślę, że to jest rybia ikra…

– Kurze jaja ci smakują, czyż nie?

– Niby tak, ale z tym jest inaczej. Przypomina mi małe robaczki.

– A ja uwielbiam wszystko, co ma związek z rybami. Jestem jak rekin żarłacz, jeśli chodzi o ryby. I między innymi z tego względu lubię wasz kraj. W Rosji można znaleźć dobrą rybę tak jak u was, są jednak kraje, gdzie o przyzwoitej rybce można zapomnieć.

– Temperatury jednak mamy inne. Jestem ubrana na cebulę, jednak i tak nie jest mi za ciepło. Nakarmiłeś mnie tak i napoiłeś, że czuję się jak ciężka ołowiana kula – rzekła Cristina, chwytając się komicznie za brzuch.

– U mnie odpoczniesz i spokojnie strawisz posiłek.

– A ten trudny temat, o którym wspominałeś?

– W takim razie chodźmy.

Cristina wyszła z Aleksandrem do samochodu zaparkowanego w pobliżu rzeki. Jechali najpierw skrajem parku Gorkiego, wzdłuż starych drzew. Potem zielona limuzyna włączyła się w sznur pojazdów, zespalając się z tabunem pojazdów, które niczym potężny wąż przesuwały się po ulicach oświetlonych z rzadka latarniami, zawieszonymi wysoko pod gwiaździstym niebem.

V

Droga do stolicy minęła mi szybko i bez niespodzianek. Odpływałem myślami w przyszłość, ale zamyślenie przeszkadzało mi w bezpiecznej i uważnej jeździe. Co chwila otwierałem szybę, aby ostudzić głowę w chłodnym wietrze. W mieście musiałem z kolei uzbroić się w cierpliwość. Zakorkowane ulice doprowadzały mnie do furii, dlatego też włączyłem radio i nucąc pod nosem, próbowałem trzymać nerwy na wodzy. Po dotarciu na miejsce nie miałem gdzie zaparkować, zeszło więc sporo czasu, zanim znalazłem gdzieś dozwolony skrawek. Powietrze miejskie było ciężkie od spalin, nasiąknięte wieloma zapachami i miałem wrażenie, że moje płuca nie otrzymują wystarczającej ilości tlenu.

Skręciłem w brukową wąską uliczkę i zawiesiłem wzrok na obrazach prezentowanych przy murach galerii. Kolorystyka raziła nieco, ale kilka płócien mnie zainteresowało, więc zanotowałem w pamięci nazwisko autora. Zauważyłem też wiekowy malunek, którego werniks wyraźnie zmatowiał i wyglądał jak pokryty kremowym frostingiem. Przedstawiał kobiecą postać w długiej białej sukni na zielonym tle. Było w niej coś ujmującego, co nie pozwalało oderwać wzroku.

Ruszyłem dalej nierówną ulicą i dotarłem pod właściwy adres. Siedziba Związku Literatów. Stary budynek prezentował się nad wyraz okazale. Renowacja zewnętrznej warstwy i odświeżenie płaskorzeźb przywróciły gmachowi jego pierwotny blask. Pchnąłem masywne drzwi i udałem się marmurowymi schodami na górę. Panował tutaj chłód typowy dla starych i wysokich korytarzy.

Moja obecność nie wzbudziła zainteresowania. Zostałem kilkakrotnie odesłany do różnych osób, które miały się mną zająć, a kierowały mnie do jeszcze innego pokoju. Gabinet niejakiego pana Henryka miał być tym właściwym. Kiedy zapukałem i znalazłem się w środku, przedstawiłem się krótko i w kilku zdaniach wyjaśniłem, co mnie sprowadza.

– Ach, witamy, witamy laureata. Tak jak mówił panu kolega przez telefon, myśleliśmy, że już się pan nie zjawi. No to czeka pana nie lada wyprawa. Siedem lat temu, na ostatnim światowym zjeździe, byliśmy reprezentowani przez naszego członka na jednej konferencji. Teraz udział dostała tylko jedna osoba z kraju, i to wytypowana przez fora czytelnicze. Zdaje sobie pan sprawę z tego, że szczęściarz z pana? A na dokładkę wylosował pan udział we wszystkich konferencjach.

– Szczęście sprzyja lepszym – odpowiedziałem z szerokim uśmiechem, co jak zauważyłem, wyraźnie podenerwowało mojego rozmówcę.

– Uważa się pan za lepszego? Widzę, że ma pan tupet. Z tego, co mi wiadomo, wydaje pan tylko opowiadania. Nie miałem okazji ich przeczytać. Nie wiem, czy do pana dotarło, ale powiadają, że to, co piszecie, czytają osoby uważane za dziwaków i nieznające się na dobrych tekstach literackich. Niech się pan oczywiście nie obraża. Ja nie oceniam, tylko powtarzam, co mówią inni. Zresztą pomijając bardzo niską frekwencję głosujących, został pan wskazany przez „Myśli Nowych Horyzontów", a więc nowe zrzeszenie działające w internecie i niemające nawet siedziby.

Gdy mówił o siedzibach, władzach i administracji, pomyślałem, jak bardzo był dotknięty chorobą biurokratyczno-instytucjonalną. Zapewne lata pracy w finansowanej przez państwo instytucji musiały zostawić ślady w sposobie myślenia i postępowania. Liczyła się pozycja, zapewnienie sobie i swoim zausznikom ładnych zarobków, a sama praca była wykonywana w myśl powiedzenia „czy się stoi, czy się leży, tyle samo się należy". Być może w młodości ten człowiek miał swoje zdanie, może pisał nieźle, ale lata pracy, marazm i rutyna zabiły w nim energię, zapał, młode serce. Wiele podobnych mu osób wraz z upływem czasu zintegrowało się z takim systemem pracy, nie zostawiając swemu ego potrzebnej swobody. Skażenie tą swoistą chorobą, upaństwowieniem, było najczęściej nieuleczalne. Mój szkic dłuższej prozy na temat prywatnych folwarków w jednej z państwowych instytucji czekał na ukończenie. Na razie przeprowadzałem nabór rzeczywistych bohaterów.

Powróciłem myślami do mówcy, a on kontynuował monolog, chcąc pozbawić mnie satysfakcji ze zdobytej nagrody. Powoływał się przy tym nie na własne zdanie, bo takiego pewnie nie miał, ale na jakieś stereotypy i wydumane osoby.

– Zdajecie sobie sprawę, młody człowieku, że zasłużeni pisarze nie pojadą z panem, bo nastały czasy, w których nobilitują człowieka nie namacalni ludzie, ale głosy niewiadomego pochodzenia?

Podczas jego wywodu chciałem sprostować, ale stwierdziłem, że lepiej nie prowokować żałosnych dyskusji, tylko załatwić wszystko jak najszybciej i się ewakuować. Jednocześnie podziękowałem w duchu czytelnikom z forum „Myśli Nowych Horyzontów" i postanowiłem w jakiś sposób odwdzięczyć się za kredyt zaufania, którym mnie obdarowali. Frekwencja głosujących była niska, bo i samo czytelnictwo w dzisiejszych czasach zostało wyparte przez szybką rozrywkę, wielki, kosztowny i pusty show dla niemyślących i niewymagających. Literatura niechybnie schodziła na bardzo daleki plan. Kto wie, może nawet obrała kurs wsteczny i wracała do czasów, kiedy przekazywano myśli pismem obrazkowym, w sposób możliwie prosty i przystępny. Teraz renesans przeżywały komiksy i inne ilustrowane historie, które za moich młodzieńczych czasów były czytane przez dzieci. Szablonowa sensacja, niewyszukane romanse i opowieści niesamowite z pogranicza kiepskiej fantasy i horroru, biografie celebrytów – to były gatunki, na których wychowywały się rzesze mieszkańców naszej planety. To oni mieli zastąpić tych, którzy zrobili tak wiele dla literatury, tych, którym życie rzucało kłody pod nogi i ciężko ich doświadczało, ale dzięki temu spisali niezapomniane karty. Spirala się nakręcała i wydawnictwa dostosowywały się do zapotrzebowania rynku. Musiały się utrzymać, więc wydawały i promowały to, czego chciała coraz bardziej niewymagająca większość. Liberalizm ze swą żoną Demokracją tworzyli nierozerwalny, choć i toksyczny związek. On zajął się dostarczaniem do budżetu koniecznych wydatków i pracował na zasadach wolnej konkurencji i wszelakiej swobody. Jego żona Demokracja po początkowych miodowych latach zaczęła trwonić pieniądze ze wspólnego koszyka, poddawać się panującym trendom i modom, oddawać lekkiej rozrywce. W końcu poczęła godzić w sens i wartość pracy wykonywanej przez męża. Ich związek przeżywał kryzys i tylko cienka granica dzieliła ich od rozwodu. Wydawcy przejęli prymitywne i chytre zarazem zachowania dominujących partii politycznych żerujących na oczekiwaniach zwycięskich milionów. Często nie skupiali się na treści, jakości, wydając grafomańskie i słabe publikacje sponsorowane w całości przez wszelakiej maści autorów. Na myśl przyszły mi stare słowa:

Te spokojne miłe czasy
Tam, gdzie tworzy się pod masy
Tam, gdzie śpiewa się bez słów
Kiedy tęgich mało głów
Już za nami szare dni
Bieda skryła się na strych
Kolorowych ulic raj
Zagubionych ludzi kraj
Cesarstwo upadło
Gdy bogactwo czujność skradło
Gdy zasady zabił rytm
Jednostajny transu chwyt*

Pan Henryk skończył monolog, wyraźnie zadowolony, że wyraził swoje zdanie. Zostałem skierowany do młodej kobiety po odbiór zaproszeń i wszelkich innych dokumentów związanych z wyjazdem. Kobieta, a raczej dziewczyna, była śliczna i miła w obejściu i na całe szczęście nasza rozmowa nie przypominała wcześniejszej. Zaproponowała mi coś do picia. Poprosiłem o filiżankę kawy. Okazało się, że panna pracuje w związku w celu – jak to określiła – pogłębienia wiedzy o funkcjonowaniu wydawnictw i organizowaniu promocji. Szczerze zazdrościła mi wyjazdu i zadawała mnóstwo pytań.

– Wie pan, ja też pisałam, ale musiałam jakoś zarabiać na życie, więc wybrałam pokrewne zajęcie. Udało

* Wszystkie wiersze – jeśli nie zaznaczono inaczej – napisał autor powieści.

mi się znaleźć tutaj pracę. Przynajmniej pewne zarobki. No i wyznam panu, że nie czytałam pańskich opowiadań. Tak naprawdę to wydało je małe wydawnictwo, któremu nawet nie patronujemy. Właśnie z moimi koleżankami się zastanawiałyśmy, że taki mały nakład tych pana opowiadań, a dotarły do czytelników i przyniosły panu nagrodę.

– Widzi pani, ważne, żeby robić swoje i nie czekać na nagrody. A wracając do pani pisarstwa... Już pani nie pisze?

– Pisarstwa? Hm... to za dużo powiedziane. Chwilowo nie, bo i czasu ostatnio nie mogę znaleźć.

– Nie wiem, czy ta pani praca to pokrewne pisaniu zajęcie. Może bliższa mu praca muzyka, drwala, malarza, rybaka czy aktora. Tutaj można tylko poznać, jak funkcjonuje wydawnictwo, jak aprobować nowe pozycje do druku czy zaznajomić się z meandrami procesu wydania książki.

– To też ważne – odparła z zapałem. – Może kiedyś się spotkamy, to poczytam panu moje wiersze. Koleżankom bardzo się podobały. Teraz nie jestem już poetką. Może kiedyś, jak pan, zacznę pisać opowiadania albo nawet napiszę jakąś ciekawą powieść.

– Moja droga, poetą się jest albo nie jest. To pewien specyficzny sposób patrzenia na świat. Poetą może być nawet ten, kto nie przelał na papier ani słowa, i nie da się przestać nim być – wygłosiłem, a moja młoda rozmówczyni wydała się zbita z tropu.

– Nie napisać ani jednego wiersza i być poetą? Zabawne to, co pan powiedział.

Nie próbowałem niczego wyjaśniać. Szybko zmieniłem temat, skupiając się na otrzymanych dokumentach.
Kiedy dostałem już wszystkie niezbędne upoważnie-
nia i materiały, podziękowałem za wszystko, pożegnałem się i zostawiłem tę uroczą, zagubioną dziewczynę.
Opuściłem budynek Związku Literatów, tę świątynię,
w której jeszcze odprawiano nabożeństwa, choć przy-
kazania religii już dawno poszły w niepamięć.

* * *

Nóż dzielił kolory na płaskim talerzu, a widelec na-
bierał na swe zęby mieszankę wszelakiej jarzyny ocie-
kającej tłustym sosem. Mój apetyt wprawiał smukłe
sztućce w niezwyczajnie szybki ruch. Wytarłem usta
czerwoną serwetką. Odetchnąłem z ulgą. Formalności
zakończone. Czasu do wieczora miałem na tyle dużo, że
postanowiłem zajrzeć w miejsce, które zawsze odwie-
dzałem w tej części stolicy. I już niebawem dostrzegłem
zdobione, piękne okna antykwariatu. Nie było mnie
tutaj już długo, bo i do stolicy nie wybierałem się tak
często jak dawniej. Od kiedy pamiętam, w antykwariacie sprzedawał charakterystyczny stary jegomość.
Jego śniada skóra współgrała z barwą opasłych tomów
i starych masywnych regałów, tak iż wydawało się, że
człowiek ów musiał tu być od zawsze. Moja wizyta prze-
biegła jak zwykle. Przy otwarciu drzwi zadzwonił gong,
a ja zostałem przywitany i zapytany, czego szukam.
    – Niczego konkretnego. Porozglądam się trochę.
Może upoluję jakiegoś białego kruka.

– Proszę bardzo. Ofertę mamy obfitą. Polecam szczególnie przedwojenne wydania Ewangelii. Mamy najlepsze ceny tych wydań w całym kraju. Za kilka lat będzie pan mógł na nich naprawdę sporo zarobić.

Znamienny był fakt możności nabycia świętych ksiąg jako zwyczajnych papierów wartościowych, jako lokaty ewentualnych korzyści finansowych, a nie korzyści duchowych i moralnych. Jednak w większości domów, choć na półce stoi księga będąca fundamentem religii, nie ma miejsca na jej analizę i przemyślenia nad treścią. Częstokroć księgi te trzyma się wyłącznie jako relikwie, symbole wiary, jednakże głód poznania jest na tyle mały, że ich zawartość jest dla samych domowników prawie nieznana. Paradoks polega na tym, że im w kraju większą rolę polityczną odgrywa dana religia, tym mniejsze jest zainteresowanie zgłębianiem tekstów i dogmatów wiary.

W antykwariacie panował ten niepowtarzalny zapach starego pożółkłego papieru, który wraz z aromatem płóciennych i skórzanych opraw oraz domieszką kurzu tworzył specyficzny bukiet woni, którego nie można pomylić z żadnym innym. Mnie ten zapach zawsze kojarzył się z czymś miłym, z morzem liter, z oceanem tajemnic, z mądrością starych książek i ich sekretami.

Antykwariusz niewątpliwie wpasował się do wnętrza. Miał dość długie siwe włosy i nosił staromodną aksamitną marynarkę. Wydawał się wyrwany z innej epoki, niczym książki tutaj zebrane. Kiedy wynurzyłem się zza półek niczym nasycony wilk, zaczął właśnie parzyć ziółka i nie przeszkadzał mi w mojej wędrówce, więc spokojnie zanurzyłem się na powrót w królestwie starych książek. Były one umiejscowione i usystematyzowane w sposób bardzo bliski temu, jaki zaproponował Eco*. Tak, jego koncepcja urządzania biblioteki powinna nosić nazwę ecologia. Dotknąłem słownika hieroglifów. Cofnąłem się w czasie i myślami znalazłem się w starożytnym Egipcie. Przemierzałem święte znaki, które ukształtowały się na bazie pisma obrazowego. Ówcześni pisarze musieli być również całkiem wprawnymi malarzami, bo tego wymagała technika pisania. Dzisiejsze pismo, a nawet chińskie czy arabskie znaki wydają się dużo łatwiejsze i mniej artystyczne w porównaniu do hieroglifów. Przez lata obrazki przeobraziły się w prostsze konstrukcje i powstało pismo hieratyczne, zastrzeżone dla kapłanów, zaś lud egipski posługiwał się pismem mniej skomplikowanym, zwanym demotycznym. Dobrze pamiętałem, że w wyniku językowej ewolucji poszczególne nazwy przedmiotów wyrażano za pomocą rysunków tychże przedmiotów. Nazwa „alfabet" powstała właśnie z połączenia dwóch znaków: *aleph* ('głowa woła') oznaczającego „A" oraz *beth* ('dom') oznaczającego „B". To prawdopodobnie kontakty społeczeństw na drodze handlu doprowadziły do powstania alfabetów: łacińskiego, greckiego, a następnie do tworzenia się pisma poszczególnych narodowości. Moja wyobraźnia wyczarowała natychmiast

* Mowa o idei zaproponowanej przez Umberta Eco w książce „O bibliotece".

chłopca z małym rowerem i ekspedienta z długim wąsem sprzedającego w przydrożnym sklepiku. Tak, moja wyobraźnia potrzebowała obrazów realnych postaci. Obsada była dobierana jakby poza moją wiedzą spośród osób, które znałem, pamiętałem z zamierzchłej przeszłości albo spotkałem niedawno w przypadkowych, nic nieznaczących sytuacjach. Moi aktorzy ucharakteryzowani na styl epoki kroczyli teraz gdzieś w prastarej Babilonii i Asyrii u źródeł Eufratu i Tygrysu. W rękach trzymali gliniane tabliczki i trójkątne patyczki, którymi pisali znaki w postaci klinów. Dla uformowania i utrwalenia pisma tabliczki suszyli na słońcu. W użyciu był też oczywiście materiał o twardej strukturze jak kamień czy metal. Wymagał on, podobnie jak obecnie, twardych i ostrych narzędzi. Z czasem nauczono się też rysować lub malować znaki na materiałach bardziej miękkich, jak choćby na papirusie. Łodygę papirusu w języku greckim określano jako *byblos* i jak można się domyślić, z czasem nazwę tę przyjęto na określenie książki.

Odłożyłem słownik hieroglifów, ale zadumałem się na chwilę jeszcze nad tajemnicą pisma. Słowiańskie knigi, księgi i inne pokrewne wyrazy wzięły swoje początki od słów „kień" czy „kłoda". Patrząc na rzymskie łyko lipowe czy germańskie drewno bukowe, łatwo skonstatować, że materiał, na którym pisano, dawał początek także nazwie wytworu, czyli książce, choć zapewne były wyjątki. Widziałem teraz w wyobraźni swych bohaterów przy pracy pisarskiej. Na zwojach papirusu pisali kolumny od prawej do lewej. Tytuł takiej pergaminowej książki umieszczano na końcu tekstu. Na zewnątrz zwoju, u góry, widać było *index titulus*. Była to doczepiona mała karta z tytułem pozwalająca na szybkie wyszukanie książki w większym zbiorze ksiąg, które zaczęły powstawać szybko wraz z rozwojem i popularyzacją książki.

Pamiętałem, że sekret produkcji papieru był przez siedem stuleci usilnie strzeżony przez cesarzy chińskich. Tajemnica ta przetrwałaby pewnie jeszcze dłużej, gdyby Arabowie nie poznali od chińskich jeńców sekretu wytwarzania papieru. Właściwie to nic dziwnego, że przewaga gospodarcza Chin rosła z każdym rokiem. Od zamierzchłych czasów przecież Chińczycy byli narodem pomysłowym, wytrwałym i to im zawdzięczamy wiele wynalazków już w czasach starożytnych. Liberalizm w gospodarce w połączeniu z ich pracowitością, pomysłowością i hardością był tak mocnym fundamentem, że mógł wkrótce zostawić z tyłu zastygły Zachód.

Rozglądałem się z przyjemnością po założonym książkami wnętrzu i z lubością wdychałem ten specyficzny zapach. Pomyślałem jeszcze, że niegdyś powstanie takiej książki było bardzo drogie, pracochłonne i czasochłonne. A z czasem sławniejsze dzieła zaczęto przepisywać. Pewnie wówczas narodził się też zawód księgarza, który z pomocą niewolników przepisywał dane egzemplarze, a następnie je sprzedawał. Oburzyliby się dzisiejsi autorzy, ale powielanie to nie wiązało się z żadnym wynagrodzeniem dla prawowitego twórcy tekstu.

Stary subiekt drapał się po głowie i łypał na mnie podejrzliwym wzrokiem. Skręciłem między regały i dalej przeglądałem zawartość półek. Pomyślałem, że postać, jaką książki później przyjęły i przetrwały w niej do dziś, jest najbardziej odpowiednia i najlepiej pasująca do bibliotecznego miejsca. Jak mało radości miałby czytelnik, gdyby poruszał się po bibliotece z kamiennymi czy glinianymi płytami z wyrytymi tekstami. Papirusowe zwoje potrzebowałyby zaś tulejek do zapakowania, biblioteka przypominałaby winiarnię, a zajrzenie do poszczególnej książki przywodziłoby na myśl degustację, w której zamiast liter byłyby procenty. Dyski do zapisu danych oczywiście spełniają swą rolę i oszczędzają cenny papier i miejsce, ale nie wierzyłem, że wyprą tradycyjną książkę. Nawet gdyby zdominowały świat, to i tak książka dla wielu wytrawnych czytelników będzie czymś trwałym, szanowanym i bardziej ekskluzywnym.

Wtem obok mnie pojawił się antykwariusz, być może zaniepokojony moim przedłużającym się ukryciem między regałami. Gdy zauważył, co oglądam, pokazał mi jeszcze kilka starych wydawnictw. Były tam tak zwane klasyki literatury. Ale nie byłem nimi aż tak zainteresowany. Jednak aby uniknąć typowych odpowiedzi: „cóż pan też opowiada", „to przecież kanon" albo „przecież to arcydzieła uznane przez krytyków na całym świecie", zachowałem swoje zdanie dla siebie. Gdy tak przypatrywałem się nieco zakurzonym tomiskom na dębowych regałach, dopadło mnie przeświadczenie, że tyle jest jeszcze literatury, której nie zdążyłem zakosztować. Z jednej strony czułem się ubogi z tego powodu, z drugiej jednak cieszyłem się na myśl o spotkaniu z nowymi tytułami. Czy będą wśród nich prawdziwe arcydzieła, które mną wstrząsną? Pewnie tak. Czy jest ich jeszcze wiele, czy też większość miałem już zaszczyt poznać, przeżyć, zachwycić się nimi? Na to pytanie nikt mi nie mógł dać odpowiedzi. Miałem też świadomość tego, że wytwory oklaskiwane przez znawców literatury były dla mnie często pozbawione uroku. Nie ma co ukrywać: wiele pozycji nie miało racji bytu w świecie literatury, ale przeciętny czytelnik w owczym pędzie opierał się jednak na zdaniu najbardziej egzaltowanych krytyków i na rozgłosie, jaki niezasłużenie zdobywał tytuł. Jakość literatury zaczynała być mierzona rozgłosem i liczbą wejść na portale literackie lub quasi-literackie w wirtualnym świecie.

By dostrzec tytuły znajdujące się na wyższych półkach, wspiąłem się po specjalnej drewnianej drabince. Tutaj kurz był obfitszy. Pewnie ten starszy miły pan nie tracił wiele czasu na odkurzanie. „Cmentarzysko książek" – pomyślałem. Na wysokości oczu dostrzegłem w ciągu dzieła najbardziej znanych i cenionych filozofów. Święty Augustyn, Kartezjusz, Seneka. Dzieła filozoficzne zajmowały miejsce do samej ściany, więc były tam z pewnością rozważania Konfucjusza, Kanta. Często jednak sąsiadowali ze sobą autorzy głoszący w swych testamentach sprzeczne idee i antagonistyczne style. Wówczas przyjaźń stawała pod znakiem zapytania. Pewnie autorzy nie byliby zadowoleni z takiego sąsiedztwa. Miałem przeświadczenie, że umieszczenie na tej półce Nowego Testamentu czy nauk Buddy nie byłoby błędem. Niewątpliwie dzieła te były filozofią wyższego rzędu. Z reguły jednak znajdowały się w dziale „Religie", czasami ze względu na brak innego, lepszego pomysłu na to ich zaszufladkowanie. Zawsze uważałem też za coś mistycznego, że najwięksi filozofowie, jak choćby Jezus czy Sokrates, nie napisali dzieła sami, lecz oddali je w ręce wiernych uczniów.

Ścisłe szufladkowanie literatury nie miało większego sensu i mogłem je zaakceptować tylko przez pryzmat konieczności uniknięcia chaosu w systematyce i logistyce. Kiedy spoglądałem na klatki, w których zamknięto odkrywcze przemyślenia i życiowe rady, po raz kolejny nachodziła mnie myśl o konieczności ich odpowiedniego przekładu dla młodego pokolenia. Język tych ksiąg mógł być dla nich mało przyswajalny. Może nawet odpowiednio i bez szkody dla całości skrócone przekłady przyczyniłyby się do sięgnięcia po oryginał. W mojej bibliotece podzieliłbym księgi według rangi. Na szczycie znalazłyby się pozycje fundamentalne dla człowieka i świata; niżej rewelacje literackie. I tak coraz niżej, do literatury może mniej wartościowej, ale bez której świat straciłby dużo.

Przykucnąłem, aby obejrzeć pobieżnie najniższe półki. Musiałem się nieźle nagimnastykować, bo zaczynały się one od samej podłogi. Jak zresztą w każdej księgarni i bibliotece. Księgarnie na całym świecie czy podobne temu antykwariaty nagromadziły miliardy ksiąg. Przypominało to plagę mnożących się w zastraszającym tempie myszy. Oprócz opasłej literatury fachowej, naukowej czy hobbystycznej, wszystkie wartościowe pozycje mogłyby znaleźć się w zasadzie w takim niedużym pomieszczeniu, w jakim się znajdowałem. I zostałoby jeszcze miejsce do zapełnienia na wiele lat! Któż mógłby jednak ocenić, które tytuły powinny się w takim miejscu znaleźć? Kogo można by uznać za tak obiektywnego znawcę literatury, by powierzyć mu taką misję? Z biegiem lat katalog się uzupełnia, choć zawsze mamy świadomość, że pominęliśmy z pewnością nieznane nam dzieła. Młody czytelnik napotyka pułapki, niewarte czasu i uwagi książki bez treści. Ich rolą jest przede wszystkim odebranie cennego czasu. Czasem przypominałoby to grę w okręty. Trafiony i zatopiony. Victoria. Trafiliśmy czteromasztowiec. Okręt jest naszym odkrytym intrygującym autorem. Ma cztery maszty jako cztery dzieła. Przez trafienie jednego masztu wiemy, jak blisko nam do pozostałych. Mogą już nie być co prawda aż tak smakowite albo być wyrazem niedyspozycji autora – wtedy zatapialibyśmy tytuł niewarty uwagi. Czytelnik-poszukiwacz dorasta, nabiera doświadczenia i z biegiem czasu potrafi brodzić w zalewie książek i łowić prawdziwe skarby. Jak doświadczony rybak zbiera tylko dorodne okazy. Nie ma z tym problemu, bo oka sieci ma tak ustawione, że mgławice drobnych rybek przepływają przez ich otwory i płyną dalej.

Rozpowszechnienie ksiąg doprowadziło do powstania znamienitych bibliotek. Jak pamiętałem z lektur, w okresie cesarstwa rzymskiego liczba prywatnych zbieraczy szybko wzrastała, a atrybutem zacnego Rzymianina stała się też dobrze zaopatrzona biblioteka.

Taki niezwykle pokaźny zbiór posiadał Cycero w pałacu na Palatynie. Ale oprócz ludzi światłych i wykorzystujących zbiory dla zgłębiania wiedzy znaleźli się także tacy, którzy zbierali drogocenne księgi tylko dla dodania sobie splendoru i pozorów mądrości. Uśmiechnąłem się gorzko do swych myśli. Cóż, jestem tutaj sam, a splendor dzisiejszych czasów ma inne ulubione miejsca i obiekty. Zapewne ta starożytna moda na księgi prowadziła do wykształcenia się pierwszych form snobizmu, wiele lat później kultywowanych przez posiadaczy drogich, lecz niepotrzebnych do szczęścia przyjemności. A wracając do rozważań... Pierwszą bibliotekę publiczną zamierzał powołać Juliusz Cezar, lecz plany udaremniła mu śmierć. Pomysł jednak pozostał i Azyniusz Pollio założył ją w 39 roku p.n.e. w Świątyni Wolności. Biblioteka była wyposażona w książki greckie i łacińskie, została wykwintnie urządzona i ozdobiona portretami wybitnych pisarzy. Ale oczywiście w starożytności największymi i najcenniejszymi zbiorami mogła się poszczycić znamienita biblioteka ufundowana przez Ptolemeusza, słynna i potężna Biblioteka Aleksandryjska. Jej zbiory mogły liczyć nawet około siedmiuset tysięcy zwojów! Zgromadzone tam skarby przyczyniły się do rozwoju matematyki, fizyki, astronomii, a także literatury czy innych nauk, zwłaszcza przyrodniczych i medycyny. Każde dzieło pojawiające się w Aleksandrii było skrupulatnie przepisywane, a kopia zasilała zbiór wielkiej biblioteki. Bibliofilski apetyt Ptolemeuszy systematycznie wzrastał i byli oni w stanie zapłacić fortunę, aby tylko wejść w posiadanie każdego dzieła; nieważne, czy pochodziło z Grecji, Rzymu, Afryki, Indii czy Persji. Aleksandria dzięki największej na świecie bibliotece stała się mekką nauki i literatury. Mroczna historia spalenia Biblioteki Aleksandryjskiej nie została nigdy odkryta. Słyszałem wiele hipotez, ale każdą traktowałem z jednakową rezerwą. Przez lata nagromadziło się zbyt wiele sprzecznych teorii: rozniecenie pożaru przez wojska rzymskie, podpalenie biblioteki przez powstańców żydowskich, a także niezamierzone zaprószenie ognia. Po bibliotece nie zostały nawet gruzy. Ogień strawił niewyobrażalne skarby kultury, które dziś mogłyby rzucić w wielu przypadkach nowe spojrzenie na szereg spornych i trudnych kwestii.

W wiekach średnich biblioteki były domeną władzy kościelnej. Dzięki bibliotekom klasztornym zachowały się zabytki piśmiennictwa starożytnego i średniowiecznego. Próbę czasu przetrwały także zbiory powstające przy tworzących się w tym czasie uniwersytetach. Ale wszystkie były pod parasolem Kościoła, więc wiele niegodnych i obrazoburczych w ówczesnym przekonaniu spłonęło na stosach. Na kolejne wieki grono autorów zdominowali mężczyźni, gdyż system patriarchalny nie dopuścił płci pięknej, a świat mógłby być przecież dumny z dzieła niejednej niewiasty. Moje myśli, jakby dla znalezienia potwierdzenia, zawirowały wokół zapomnianego, ale godnego dobrego słowa naukowca i myśliciela, którym była niejaka Hypatia. Wydaje się nieprawdopodobne, że urodzona w 370 roku naszej ery kobieta mogła osiągnąć tak wiele, biorąc pod uwagę ograniczenia. Była wspaniałym matematykiem, astronomem i fizykiem. Jej sława i wiedza, a także kontakty z rzymskim prefektem miasta i rzymskimi literatami skierowały ku niej jednak niechęć i ataki patriarchy Aleksandrii Cyryla. Ten słynny kościelny dygnitarz, szerząc nową wiarę, zwalczał jednocześnie zacięcie neoplatońską szkołę. Można się tylko dziwić przewrotności losów cywilizacji. Przecież to fundamenty filozofii platońskiej były tożsame z podstawowymi zasadami, na jakich zrodziło się chrześcijaństwo. Hypatia została w końcu zaatakowana przez dziki tłum zwolenników Cyryla, bezprawnie tytułujących siebie chrześcijanami. Jak przekazał ówczesny chrześcijański historyk Sokrates Scholastyk, Hypatia została wyciągnięta z wozu, którym jechała, i w sposób okrutny zabita, a jej ciało zbezczeszczone, po czym uroczyście spalone w duchu odnowy. Oczywiście Cyryl przyjął metody Dioklecjana i zniszczono także dzieła Hypatii. Niebawem po wielkich sukcesach w nawracaniu pogan Cyryla ogłoszono świętym, a pamięć o Hypatii starano się na wieczność wymazać. Tak rodziły się pierwsze formy cenzury, które pod lupę wzięły treści krytyczne, piętnujące zwłaszcza rządzących. Tym samym już w starożytnym państwie ateńskim zniszczono pisma Protagorasa. Nie lepiej miały się sprawy w cesarstwie rzymskim, gdzie wśród wielu aktów przemocy słowa pisane ulatywały z dymem. Za sprawą cesarza Dioklecjana ogień strawił też mnóstwo pism wczesnochrześcijańskich mogących być ważnymi dokumentami wiary Jezusowej. Pomyśleć tylko, że nawet na zbiorach ksiąg mogły się skupiać ludzkie zło i szaleństwo. Jak mówią chińskie podania, cesarz Szi Huang-ti, który zasłynął z pomysłu postawienia Wielkiego Muru Chińskiego, nazwał się pierwszym cesarzem i nakazał zniszczenie wszystkich ksiąg powstałych przed jego panowaniem. Ludzka pycha i głupota dawały o sobie znać jeszcze nieraz, a prawdy nauki ujęte w słowa przemieniały się w popiół na stosach wznoszonych przez Świętą Inkwizycję, tliły się w czasie kryształowej nocy bądź płonęły w ogniu reżimów. Jak zawsze dyktatorzy i ich faryzeusze, ślepi na nauki historii, zapominali o tym, że czynione zło wraca do tego, kto je wywołał. Opętane złem myśli mogły być realizowane na wielką skalę dzięki zaszczepionemu wśród mas wirusowi niewolniczego posłuszeństwa. Objawiał się on zwykle tępym, ślepym i często bezgranicznym wykonywaniem poleceń. Cenzura przeobrażała się z wiekami w postać utajoną, objawiającą się bolesnymi konsekwencjami za odmienność sądów i nieszablonowość myśli. Dziś była nią presja, jaką wywierano i na przykład straszono zwolnieniem czy publicznym napiętnowaniem. „Jak dobrze, że przynajmniej ja i moje myśli nie podlegamy cenzurze lub prześladowaniom" – pomyślałem z ulgą.

Pożegnałem się w końcu ze starszym panem, życząc mu dużo zdrowia. Wychodząc, spojrzałem na zawieszony przy drzwiach obraz ukazujący starego brodatego mężczyznę w długiej szacie. Jego dłonie zastygły w wymownej gestykulacji. Odnalazłem napis: PLATO.

F*

Ateny – rok 347 p.n.e.

Otrząsnął się z wielkiej zadumy i skierował spojrzenie na przybyłych gości, którzy już najwyraźniej dobrze się bawili. Wokół kamiennego nimfajonu** z tryskającą wodą porozstawiano stoły z jadłem. Widać było mięsiwa i przeróżne owoce we wszystkich barwach. Blisko stołów na rozścielanych pufach zalegali goście odziani w kremowe szaty i sandały. Niektórzy z nich prowadzili dysputy, podczas gdy niewolnicy namaszczali im wonnymi olejkami nogi. Część osób przechadzała się po dziedzińcu z pucharami wina, rozprawiając o mniej lub bardziej ważnych sprawach. Gwar rozmów i śmiechy przeplatały się z muzyką wygrywaną przez trzech szczupłych młodzieńców, biegłych w swej sztuce. Jeden obejmował siedmiostrunową harfę, drugi lirę, której uwodzicielskie, choć skoczne dźwięki dobywały się z obłego pudła rezonansowego wykonanego ze sporej wielkości żółwiej skorupy. Trzeci muzyk trzymał w ręku pałeczkę i nadawał rytm, stukając w niewielkie zdobione bębenki i posrebrzane dzwonki.

– Ucztujcie i weselcie się, bo czas po temu, i nie miejcie mi za złe, że wigor mój już nie młodzieńczy. Zwłaszcza nasza młoda para niech strzeże się wza-

* Zapis cyfry 6 w starożytnej grece.
** Nimfajon – rodzaj starożytnej fontanny.

jemnie w wierności i obdarza miłością – przemówił donośnie gospodarz uroczystości.

– Sami chcielibyśmy widzieć się w takim zdrowiu, Platonie, kiedy nasz wiek zbliży się do twojego. Przy twojej krzepie powaliłbyś jeszcze niejednego trzydziestolatka – pochlebiał Glaukon leżący na wygodnych olbrzymich poduszkach.

– Miałem krzepę, i owszem. A dziś może powaliłbym trzydziestolatka, ale raczej z wykorzystaniem sprytu i podstępu – zaśmiał się Platon.

– Wina na twych stołach jak zwykle smakują wyśmienicie. A czy odpowiada ci, Platonie, tercet, który kazaliśmy na tę uroczystość zamówić? Czy jego dźwięki nie kłócą się z twymi surowymi regułami, jakie wyznaczyłeś muzyce?

– Nie bądź złośliwy, Politusie. Wiem dobrze, że jako muzyk znający się na nauce dźwięków, nie akceptujesz ram, w które włożyłem muzykę, aby nadać jej wymaganą użyteczność.

„Może masz rację i rację mieli obywatele zatopionej potęgi – pomyślał Platon. – Oni też puścili muzykę, karmiąc anarchię nieuporządkowaną wolnością. W końcu to oni nadali jej nazwę pochodzącą od Apolla".

– Piękno nie wymaga ram. Jest bytem samoistnym – przerwał zamyślenie Platona Politus.

– Sam przez lata kreśliłem formy iście idealistyczne i uświadomiły mnie co do porządku, który im nadałem. Jednak są prawdy, których istota się zmieniała, i zaczynam pojmować je nieco inaczej, uwzględniając doświadczenia nabyte przez lata. Moje nowe pisma, które są na ukończeniu, powiedzą wam wszystko, więc nie będę strzępił języka. Podsumowując: moje zasady dotyczące muzyki uległy istotnym zmianom.

– Oczekujemy twego nowego dzieła z niecierpliwością i pragniemy zapytać jednocześnie, czy zgodnie z twymi obietnicami zobaczymy drugą odsłonę „Kritiasa". W Akademii* można usłyszeć szepty, jakoby mistrz doprowadził dialog do granicy fantazji i zaniechał dzieła.

– Obietnica moja spełnieniem wypełni dzban waszej niewiary.

– Skoro twe reguły niczym ciasne kajdany na niewolniczych rękach uległy poluźnieniu, to czy i surowe poglądy na modele ustrojów państwa też zmodyfikowałeś?

– Nie zmodyfikowałem, bo i nie ma co modyfikować. Modele i cykle, które mogą przybierać różne formy i stadia, uważam za jak najbardziej aktualne. Arystokracja jako rządy najlepszych jednostek społeczności w czasach wielkich prób przeradza się w rządy najdzielniejszych, tworząc timokrację ustrojową. Z czasem te odważne jednostki nie korzystają z wiedzy, która jest domeną arystokracji, lecz dążą do zdobycia wielkich majątków, zamieniając timokrację w oligarchiczne rządy bogatych. Bezmyślne rządy bogaczy stopniowo doprowadzają do buntu społeczeństwa i rewolucji. Na popiołach oligarchii tworzą się demokracje, które częstokroć torują drogę jednostkom i doprowadzają do tyranii.

* Mowa o Akademii Platońskiej.

– Tak więc, Platonie, wciąż nie uważasz demokracji za ustrój doskonały? – pytał przebiegle Glaukon.

– Pryncypialne znaczenie ma właśnie to, czy rządy oparte są na zasadach praworządności. Jeżeli państwem rządzą dobre i jasne reguły prawa, to najlepsze są rządy jednej osoby albo zespołu mędrców, gorszymi rządy wielkiego gremium. Inaczej jest, gdy państwo nie rządzi się prawem. Wówczas nastają rządy tyrana, następnie rządy małej grupy, a najmniej szkodliwa okazuje się władza wielkich gremiów.

– Czyli nie negujesz do końca zasadności panowania demokracji?

– Jest ona wśród wszystkich praworządnych ustrojów najgorsza, wśród nierządnych natomiast najlepsza. Rządy tłumu są z natury rzeczy słabe i nigdy niezdolne do wielkiego dobra ani wielkiego zła.

– Wszyscy wiedzą, Platonie, że twoje doświadczenia wyrosły z tragedii wielkiego mistrza Sokratesa, więc zachowujemy nasze stanowiska, ale jesteśmy wyrozumiali dla twych poglądów.

– Skoro tak prawicie, niech tak będzie. Nie rozprawiajmy jednak o polityce. Zraziłem się do niej na dobre, ale dzięki temu mogłem ten czas przeznaczyć na samokształcenie i kształcenie swych uczniów. Jeszcze docenicie rządy najlepszych, tymczasem bawcie się, bracia, i ruszajcie do tańców. Moje zasady i starczy wiek uchronią jednak was przed moimi rządami. Ograniczę się do mej naukowej działalności w Akademii. Widzę, że odetchnęliście z wielką ulgą. – Słuchacze odpowiedzieli gromkim śmiechem.

– Wszelkie ograniczenia wiekowe, zacny solenizancie, w twoim wypadku nie powinny mieć miejsca i radzi bylibyśmy widzieć cię przez całe lata jako naszego męża stanu.

– Takich wyjątków nie wolno nam jednak wprowadzać. Jedne wyjątki rodzą kolejne i stanowią zalążek anarchii i odejście od zasad praworządności.

Kończąc rozmowę, Platon wstał i postanowił rozprostować kości. Udał się na krótki spacer po oliwnej alei. Coraz częściej odzywały się kontuzje, których nabawił się przez wszystkie lata czynnego uprawiania zapasów. Zwłaszcza poważne zwichnięcie lewej nogi krzyczało bolesnym echem. Satysfakcja z wygranych w młodości walk rekompensowała jednak wszelkie obecne niedogodności natury fizjologicznej. Niewiele było starć, w których musiał uznać wyższość swych walecznych rywali. „Jak każdy sport, zapasy potrafiły być jednak szkodliwe dla organizmu" – pomyślał mędrzec. Kiedy wszedł na kamienną ścieżkę, między młodymi drzewami oliwnymi otoczył go cień gęstych liści i owionął przyjemny chłód. Założywszy ręce do tyłu, doszedł do końca alejki i wtedy zauważył zmierzającego w pośpiechu swego osobistego sługę.

– Panie, przybył woluminarz z pracowni wydawniczej. Powiadomiłem go o zaślubinach i twym uroczystym dniu, więc oznajmił, że przyjdzie kiedy indziej. Zatrzymałem go jednak i udałem się do ciebie, panie, aby przekazać ci wiadomość.

– Dobrześ uczynił. Prowadź go do mnie, byle szybko.

Sługa skinął głową i drobnym, szybkim krokiem

skierował się w stronę gmachu. Platon był wyraźnie podekscytowany wizytą woluminarza. Miał nadzieję, że wieści dopełnią ten pomyślny dzień. Liczył na to, iż dotyczą właściwego skompilowania i powielenia jego najświeższego dzieła. Po chwili sługa kroczył już z gościem.

– Witam cię, czcigodny Platonie. Wybacz, że zakłócam ci uroczysty dzień, i przyjmij moje najszczersze życzenia. Bogowie niech sprawią, by cały lud Aten mógł cię widzieć jeszcze przez długie lata w doskonałym zdrowiu i aby całe rzesze uczniów mogły słuchać twych cennych nauk i cieszyć się twą rozległą wiedzą.

– Dzięki wielkie za wasze dobre słowa. Ile lat w zdrowiu mnie czeka, jeden tylko Demiurg raczy wiedzieć. Kosztuj poczęstunków i baw się hucznie. Tymczasem powiadaj, co z publikacją.

– Wszystko idzie tak, jak planowaliśmy. Postawiliśmy na bogatą edycję, w większości na wysokogatunkowych papirusowych woluminach. Część wydamy na dobrze wysuszonym drewnie. Możesz już powoli myśleć o uroczystej prezentacji swego dzieła w hali głównej Akademii. Wszystko idzie jak trzeba, tylko...

– Tylko? – zawtórował Platon.

– Potrzebujemy jeszcze małej dopłaty. Sporządziliśmy nowy szacunek.

– Rozumiem. Dzisiaj jednak nie trwońmy czasu na sprawy materialne, bo i nie pora ku temu.

– Oczywiście, nie śmiem ci już przeszkadzać, wielki mistrzu.

– Jutro zawitam w progi waszej pracowni i uzgodnimy wszystko w szczegółach. Powiedz mi jednak, co z wydaniem drugiej części „Kritiasa". Nawet dzisiaj pytano mnie, czy czasem nie dałem się ponieść ułudzie, mówiąc o kolejnej jego odsłonie.

– Jak zostało powiedziane, tak też się stanie. Druga odsłona „Kritiasa" zobaczy światłość boskich Aten, nim rok, który nastał, pochłoną bogowie i zniosą w nurt Styksu. Nie unoście się, panie, wszystko idzie zgodnie z planem.

– Chyba nie tak do końca z planem. Zgodnie z waszym niezrozumiałym pomysłem moje dzieło miało zostać wydane po czterech miesiącach, aby jak mówiliście, rozniecić oczekiwanie arystokracji ateńskiej. Tymczasem zdążyłem dać światu kolejne dzieła, a „Kritiasa" jak nie było, tak nie ma.

– Pomysł okazał się trafiony. Sami jednak wiecie, jak się rzeczy miały. Pracownię objęliśmy w posiadanie po poprzednich niegodziwcach.

– Jednak ci niegodziwcy zawsze dotrzymywali terminów publikacji i współpraca z nimi układała się bardzo chwalebnie – powiedział twardo i bezceremonialnie Platon.

– Stało się tak, jak się stało. Słuch o oszustach zaginął. Przypomnę, że zniknęli z twoją zaliczką.

– Niejasne jest dla mnie to przejęcie przez was pracowni księgarskiej i ucieczka dotychczasowych jej beneficjentów. Postanowiłem dać wam jeszcze trochę czasu. Gdyby jednak wasze słowa ponownie zostały rzucone na wiatr, wówczas publikacją drugiej części „Kritiasa" i kolejnych utworów zajmie się Akademia.

Przybyszowi stężała twarz, ale zdobył się na uprzejme słowa.

– Wszystko zostanie doprowadzone do szczęśliwego końca. Twe dzieła dotrą do najodleglejszych krain i będą cieszyć przyszłe pokolenia.

– Nie czas dłużej prawić. Goście w końcu poczują się dotknięci moją długą nieobecnością. Zapraszam więc na poczęstunek i do zabawy.

– Skosztuję odrobiny wina.

Przybysz odszedł w kierunku stołów zastawionych dzbanami wina, między którymi na srebrnych tacach znajdowały się smakowicie wyglądające pieczone kawały mięsiwa, ogromne winogrona, soczyste morele i jeszcze wiele przepysznych darów natury. Platon wracał wolnym krokiem do gości. Nie żałował tego, iż postawił sprawę publikacji swych dzieł jasno i dobitnie. Czas niesłowności minął. Zdobycie odpowiednich narzędzi i ludzi wprawionych w tworzeniu woluminów nie było zapewne niemożliwym zadaniem. Jakkolwiek się by potoczyło, będzie dobrze. „Najwyżej publikacji podejmie się Akademia i nie trzeba będzie trwonić finansów na przyszłe wydawanie woluminów" – rozmyślał. Kiedy wyszedł z alejki, gwar rozweselonych gości przybrał na sile. Przyłączył się do niego woluminarz, z którym jeszcze przed chwilą rozprawiał. W dłoni trzymał puchar z trunkiem.

– Zgodnie z tradycją pragnąłbym wychylić łyk wina z czcigodnym.

Platon przyjął puchar i wlał do ust trunek.

– Dziwnie miętowy posmak ma to wino. Z którego stołu je wziąłeś?

– Z tego po prawicy. Rzeczywiście, miało nieco inny smak, lecz aromat przedni.

Odchodząc, rzekł po cichu do siebie:

– Twoja zabawa, Platonie, nie potrwa już długo. Robiliśmy wszystko, co w naszej mocy, aby utrzymać cię przy życiu. Jesteś jednak zbyt uparty, a wyjawienie tajemnicy byłoby zabójcze dla ludu pochodzącego z ziemi moich ojców. Odrodzenie nastąpi nawet wtedy, gdy będzie trzeba czekać jeszcze przez wiele setek lat i poświęcić tak zacnych ludzi jak ty, Platonie. Wszystko, co napisano o początkach naszego rodu, będzie uznawane za legendę, ale słowa, które zamierzałeś obwieścić światu, byłyby już potężnym zagrożeniem. Moja dusza będzie miała długą pokutę, nie miałem jednak innego wyjścia. Naprawdę nie miałem.

Przybysz wylał na ziemię płyn z pucharu i odszedł w kierunku wyjścia. Tymczasem Platon dostał niesamowitej werwy. Tańczył w rytm muzyki. Goście otoczyli go i klaskali do wtóru. Białka oczu mędrca nabrzmiały krwią, a świat zaczął wirować mu przed oczyma po lidyjskiej skali upojnych nut. Jego ciało wpadało w coraz większą rotację, aż w końcu padł na ziemię. Moc opuściła leżącą postać i powróciła ponownie do świata idei, zbyt długo ujarzmiona w ludzkim ciele.

VII

Czułem zmęczenie po nieprzespanej nocy, wzmożonych emocjach i krótkim, ale intensywnym pobycie w stolicy. Postanowiłem zatem poszukać niedrogiego hotelu, aby wykąpać się i przespać kilka godzin. Po niespełna dwóch godzinach brałem już prysznic. Jeszcze raz sprawdziłem, czy mam wszystkie niezbędne dokumenty i bilet lotniczy, bo na pierwszą konferencję miałem lecieć samolotem. Na kolejne przewidziano specjalne statki rejsowe, a pasażerami mieli być niemal wyłącznie uczestnicy konferencji. Jak dobrze położyć się po długim dniu... W łóżku zaczynam jeszcze analizować miniony dzień. Nieraz mam poczucie dobrze wykorzystanego czasu, a nieraz zasypiam niezadowolony lub rozgrzeszam się szybko, iż dzień miał na celu odpoczynek przed czekającymi mnie trudami.

Zza ściany całkiem wyraźnie słyszę lokatorów sąsiedniego pokoju. Pewnie to ta rudowłosa Niemka ze swym Hansem, których spotkałem przed drzwiami. Na moje „dobry wieczór" odpowiedzieli „gute Nacht". Już chyba nigdy nie spodoba mi się brzmienie germańskiego języka. Przy uwodzicielskim francuskim, swobodnym angielskim, gorącym hiszpańskim, energicznym włoskim czy miłym rosyjskim niemiecki wydawał się językiem twardym, bez finezji i uroku. Oczywiście zdawałem sobie sprawę z tego, że moje odczucia biorą się w dużej mierze z powojennej kinematografii ukazującej ostatnią wojnę światową. Język ten był językiem antybohaterów, a zwroty *heil Hitler*, *Hände hoch*, *jawohl* kojarzyły się bardzo źle. A za ścianą niemieckie westchnienia, szeptane krzyki rozkoszy charakterystyczne dla zaawansowanego stadium gry miłosnej. Ich łoże zaczęło z każdą chwilą skrzypieć coraz wyraźniej, zagłuszając słowa. Oprócz zwrotów: *ich liebe dich, gut, Jürgen, gut!, mein klein Herkules!, fantastische Tempo, schnell* przestałem stopniowo rozróżniać poszczególne słowa, które zlały się z narastającym skrzypieniem dębiny łoża, z fanfarami szkła żyrandola i rytmicznym stukaniem nóg łóżka o podłogę. Kakofonia tych koncertowych dźwięków narastała, okrzyki się wzmagały. Koncert niechybnie zmierzał od mezzoforte do forte, ale wciąż było oczywiste, że nie zostały jeszcze odegrane wszystkie nuty partytury. Huczne finale dopiero miało nastąpić. Tempo nagle jakby zwolniło i dźwięk koncertu się przyciszył. Zapewne kolejna część zmierzała do zestawienia kontrastów: od pianissimo do fortissimo, od largo do presto. Potem nastała krótka cisza, lecz ja zapadłem już w sen.

Wstałem skoro świt i udałem się na lotnisko. Ku mojemu wielkiemu zaskoczeniu do samolotu weszła ze mną ruda Niemka, ta sama, z którą sąsiadowałem w nocy przez hotelową ścianę. O dziwo, mówiła po niemiecku na tyle przystępnie, że ją w pełni rozumiałem. Powiedziała mi, że też ma bilety na wszystkie konferencje i że mamy spać we wspólnym lokum. Opowiedziała mi, że już nie chce być z Jürgenem i będzie tylko ze mną. Wzburzyłem się nieco, wyjaśniając na poły gestami, że przecież zabawiała się z nim jeszcze w nocy. Ruda zaczęła płakać i powiedziała, że boi się

Jürgena. Zdradziła mi, że należy on do tajnego oddziału SS. Po chwili pilot kazał zapiąć pasy. Miał twarz starego księgarza z antykwariatu! Chciałem podejść do niego i zapytać, jak to możliwe, że jest pilotem, ale już wystartowaliśmy. Lecieliśmy wysoko. Wszystko w dole wydawało się malusieńkie. Ruda usnęła z głową na moim ramieniu. Nagle przez okienko zobaczyłem aeroplan. Siedział w nim Jürgen w czarnym skórzanym płaszczu. Na głowie miał pilotkę i okulary pilota. Patrzył mi prosto w oczy, a z jego twarzy wyczytałem jasno, że mnie dopadnie. Za nim unosił się stary grubasek ze Związku Literatów. Ten sam, którego miałem wątpliwą przyjemność wysłuchiwać. Na szyi powiewał mu biały długi szal. Siedział za działem przeciwlotniczym i gdy go tylko dostrzegłem, zaczął ciąć seriami w nasz samolot. Ruda spała kamiennym snem i za żadne skarby nie potrafiłem jej zbudzić. Nagle ogon naszego samolotu odpadł. Zobaczyłem za sobą atakujący aeroplan z obracającym się wielkim śmigłem i z przerażeniem stwierdziłem, że niechybnie lecimy w dół ku pewnej katastrofie. Wszystko wirowało i w samolocie zaczęła wyć syrena alarmowa.

Otworzyłem oczy, czując szarpnięcie. Na szafce koło łóżka miarowo dzwonił budzik. Jeszcze przez chwilę przypatrywałem się tarczy zegarka, a następnie wyłączyłem syrenę lotniczą. Usiadłem na hotelowym łóżku i przetarłem zaspane oczy. Czasu do odlotu miałem jeszcze sporo, ale wolałem zebrać się jak najszybciej. Przypomniałem sobie, że usnąłem wczoraj w najciekawszym momencie koncertu odgrywanego za ścianą, ale byłem na tyle zmęczony, że wcale mnie to nie zdziwiło. Jeśli miał rację Heraklit, mówiąc, że żyjemy we wspólnym świecie, a w snach wracamy do swoich, to mój świat był jedną wielką tragikomedią.

Szybko opuściłem hotel, dojazd na lotnisko także przebiegł nadzwyczaj sprawnie. Miałem jeszcze spory zapas czasu, więc leniwie piłem kawę i przegryzałem świeżą drożdżówkę w jednej z lotniskowych kawiarni. Odprawa lotniskowa nie przedłużyła się zbytnio i po rutynowych formalnościach zasiadłem na pokładzie żelaznego ptaka. Kiedy zobaczyłem przechodzącą korytarzem samolotu rudowłosą kobietę, z uśmiechem pomyślałem, że sen się sprawdza i tylko patrzeć, kiedy nadleci kierowca bombowca Herr Jürgen.

Komunikacja lotnicza to niewątpliwy przełom w historii transportu. Wystarczy kilka godzin, by znaleźć się na drugim końcu świata. Praca pilota też jest z pewnością bardzo ekscytująca. Za sterami samolotu być może rodziły się najwspanialsze pomysły Antoine'a de Saint-Exupéry'ego. Może w powietrzu, pośród chmur, wyobraził sobie Małego Księcia spoglądającego na Ziemię – planetę ludzi. Na pewno z lotu ptaka myśli są bardziej nieujarzmione i przejrzyste.

Lot przebiegł spokojnie i samolot lekko osiadł na lotnisku w Lizbonie. Ciepły wiatr sprawiał, że było bardzo przyjemnie. To mój pierwszy pobyt w Portugalii. Zastanawiałem się, czy można w ogóle mówić, że było się w jakimś kraju, jeżeli ten pobyt ograniczał się do spędzenia czasu w hotelu, w przyhotelowym basenie albo na krótkiej wycieczce. W ostatnich dziesięcioleciach bogata ludność jeździła po świecie na odpoczynek po całorocznej ciężkiej pracy, w przerwie od wyścigu szczurów. Bierne poznawanie nowych krajów i kultur pogłębiało się. Hotele dla bogatych turystów w ciepłych krajach, a przede wszystkim w Afryce, były położone na terenach stanowiących odrębne enklawy z własnym dostępem do morza. Beztroski, egzotyczny i piękny raj. Co bardziej leniwi, zamiast iść dwieście metrów na plażę, potrafili odpoczywać przy hotelowym basenie. Tacy turyści wynosili z dalekich nierzadko wyjazdów tylko opaloną skórę i zrelaksowane ciało. I puste przechwałki na użytek znajomych. A jak mógłby wpłynąć kontakt z życiem w czarnej Afryce czy większości państw Azji na takiego wygodnego turystę? Myślę, że nawet na tych najbardziej gruboskórnych odcisnęłoby to piętno, skłoniło ich do refleksji, otworzyło im oczy na problemy tamtych ludzi i uświadomiło namacalnie, że nasza wygoda jest nieporównywalna z biedą Trzeciego Świata, z problemami krajów nękanych nieustającymi konfliktami czy masakrami ludności.

Cieszyłem się bardzo, że czas oczekiwania na lot na Azory był krótki. To tam miała się odbyć pierwsza odsłona konferencji. Z ulotek dowiedziałem się podstawowych wiadomości o Azorach – archipelagu dziewięciu wysp wulkanicznych należących do Portugalii, położonym około tysiąca pięciuset kilometrów od wybrzeży Półwyspu Iberyjskiego. Już na pokładzie samolotu słuchałem dalszych informacji, które przez głośniki podawała stewardessa. W dole wyłaniała się zróżnicowana rzeźba terenu ze stromymi, skalistymi wybrzeżami i jeziorami kraterowymi. Wsłuchałem się w słowa stewardessy.

Nazwa „Azory" wywodzi się najpewniej od portugalskiego słowa *Açor*, oznaczającego jastrzębia, którego wizerunek widnieje na fladze tego regionu. Z kolei niektórzy historycy i znawcy twierdzą, jakoby nazwa archipelagu pochodziła od staroportugalskiego słowa *azures*, które w tłumaczeniu oznacza 'niebieskie'. Tłumaczyłoby to także charakterystyczny, błękitny odcień wody wokół wysp.

Pomyślałem wtedy, że prędzej pomyślałbym o psie, gdyż w moim kraju Azor to było imię nadawane psom rasy kundel. Ale skupiłem się po chwili na słowach płynących z głośnika, gdyż byłem ciekaw dalszych informacji, choć miałem wrażenie, że kobieta mówi monotonnie. Tekst miała wyuczony na pamięć i zapewne powtarzała go już któryś raz.

Wyspy znane były w starożytności Fenicjanom, a ponownie odkryli je w 1427 roku Portugalczycy, którzy przeprowadzili szybką kolonizację tego niezamieszkanego archipelagu. W 1872 roku dwóch emigrantów z portugalskiej kolonii w Makau założyło na wyspie São Miguel czynną do dzisiaj jedyną w Europie plantację herbaty.

Jak się następnie dowiedziałem, na Azorach mieściła się ważna stacja morska dla statków i jachtów przepływających przez Ocean Atlantycki, a podczas jednej z podróży przebywał tu Krzysztof Kolumb. Zastanowiłem się nad tym, jaka jest właściwie moja wiedza na temat wyspy i Portugalii. Kibic piłki nożnej wymieniłby pewnie wiele nazwisk portugalskich piłkarzy światowej klasy. Przypomniałem sobie o czytanych niedawno zapiskach Fernanda Pessoi* znalezionych w jego kufrze, które doczekały się opublikowania wiele lat po jego śmierci. Została w mojej pamięci informacja, że matka pisarza pochodziła z jednej z wysp z archipelagu Azory. Pessoa za życia nie wydał prawie nic i pierwszeństwo przyznawał prozie, nie poezji. Wiersz uważał za formę ograniczoną narzuconym rytmem i rymem. Nie podzielałem tego stanowiska, lecz ceniłem jego pogląd mówiący o pięknie sztuki kryjącym się w jej zbyteczności. Tak jak piękno ruin, które już niczemu i nikomu nie służą. I ta jego obserwacja istoty wolności wyrażona mniej więcej słowami: „Jeśli nie możesz żyć samotnie, urodziłeś się niewolnikiem". Pewnie tutejsze piękne ziemie miały wielu innych znamienitych bohaterów, którzy nie stali się znani szerszemu gronu i nie zdołali objawić swych idei światu. Tak, Saramago** też pochodzi stąd. Ten to akurat jednak jeden ze sławnych. Podobnie jak on spisywałem sobie w kajecie cenne

---

* Portugalski poeta, pisarz i krytyk literacki żyjący na przełomie XIX i XX wieku.

** José Saramago – portugalski pisarz, laureat Literackiej Nagrody Nobla w 1998 roku. Autor między innymi powieści „Miasto ślepców", „Baltazar i Blimunda".

słowa z przeczytanych ksiąg. Kolekcjonował zapisy myśli, których sam lepiej by nie ujął. Jego pisanie zaczęło
się dopiero po sześćdziesiątce, więc jak widać, wszystko,
co nas spotyka w życiu, może okazać się miłą niespodzianką. Choć padło na jego temat wiele złych słów
o czarnym czy raczej czerwonym zabarwieniu*. Może
jednak lepiej zostawić z boku animozje do prywatnego
życia i poglądów autora czy jego potknięć i skupić się
na samym dziele. Każdy człowiek ma w swoim życiu
czyny dobre i gorsze, chyba więc nie warto oceniać
twórczości przez pryzmat jego życiorysu. Czy należy
skreślić na zawsze dzieła Hamsuna**? Wielu tak zrobiło, zbliżając się paradoksalnie w ten sposób do faszy-
stowskiej polityki palenia dzieł twórców żydowskich.

Tak zatopiłem się w rozmyślaniach, że w zasadzie
przeoczyłem moment, w którym stewardessa przestała
opowiadać o Azorach. Zapiąłem pasy po komendzie
przygotowania do lądowania, a po chwili czułem w głowie różnice ciśnień. Lądowanie poszło gładko. Gorzej
było ze znajomością języka, bo tubylcy nie do końca
przyswajali moją angielszczyznę. Ale szybko znaleźli
się przyjaciele, którzy wiedzieli, jak pomóc lekko za-
gubionemu turyście, wioząc do celu i pomagając mi

---

* Chodzi o popieranie przez Saramago skrajnych idei mark-
  sistowskich i jego przynależność do komunistycznej partii.
** Mowa o uznanym norweskim pisarzu i nobliście (1920 rok)
  Knucie Hamsunie, który był entuzjastą nazizmu i otwarcie po-
  pierał, a nawet gloryfikował Adolfa Hitlera i jego najwierniej-
  szych popleczników.

przy okazji pozbyć się sporego stosika monet. Monety te w magiczny sposób niszczyły zarazem wszelkie bariery językowe i pomyślałem z sarkazmem, że zapewne przytakiwaliby mi, nawet gdybym mówił po marsjańsku. Ale oddając sprawiedliwość, musiałem przyznać, że tubylcy okazywali sporo ciepła, byli serdeczni i uczynni. Dojazd do hotelu malowniczo usytuowanego wśród wąskich uliczek nie trwał długo, a sam budynek jawił się niezwykle okazale. Szyldy i zawieszone sztandary dumnie informowały w kilku językach o Światowym Zjeździe Literackim. O dziwo, brakowało napisów po hiszpańsku i chińsku, choć przecież były to dwa z trzech najpowszechniej używanych języków na świecie. Rzecz jasna, angielszczyzna dominowała, czy się to komuś podobało czy nie. Potrzebny był przecież jeden język uniwersalny i stał się nim angielski. Nic przeciwko temu nie miałem, a koncepcja esperanto nie została zrealizowana. Wracając do mojego hotelu: widać było, że był w całości zaadaptowany na potrzeby zjazdu. W drzwiach powitał mnie uśmiechnięty portier. Po przedstawieniu się, okazaniu dokumentów i zaproszenia dostałem klucze i nie czekając na windę, schodami udałem się na najwyższe piętro do przeznaczonego dla mnie pokoju. Obsługa ustawiła w nim z gustem kwiaty na stole, lecz mnie najbardziej przyciągnął nie pokój, a przylegający do niego taras. Widok był fascynujący. Lazurowa woda uderzająca o skaliste wybrzeże oddawała w pełni swoje dzikie piękno i potęgę. Na dole dostrzegłem przechadzających się i wypoczywających. Byli to zapewne inni uczestnicy zjazdu. Wróciłem do pokoju, aby rozpakować manatki, skorzystać z prysznica. Wiedziałem, że nie usiedzę na miejscu, czując w sobie mnóstwo niespożytkowanej energii. Jak pomyślałem, tak też uczyniłem. Odświeżony wyszedłem z pokoju. Przypomniałem sobie stare czasy, gdy wieczorne wyjścia z ferajną traktowaliśmy w kategoriach wyprawy łowieckiej, gdzie ofiarami były głównie młode panny i pełne szklany.

Na zewnątrz od strony przeciwnej do tarasu spostrzegłem basen otoczony posągami bożków i wodnych nimf. Pływał w nim starszy pan, a jego brzuch wystający z wody i parskanie upodobniały go do wieloryba. Udałem się w kierunku plaży, na powitanie oceanicznej bryzy. Fale szeptały i uspokajały emocje. Brakowało mi tylko drobnego piasku na plaży, który wymasowałby zmęczone stopy. Za chwilę słońce miało zamiar już uciec za horyzont. Wielbicieli tego wspaniałego zjawiska nie było jednak dzisiaj wielu. Gdy zapadł wieczór, latarnie nadbrzeżne zaiskrzyły się na złoto, ja natomiast skierowałem się w stronę tawerny w głębi plaży. Na jej umeblowanie składały się wiklinowe fotele i okrągłe stoliki o surowym drewnianym wykończeniu. Miejsce to wybrało do miłego spędzenia wieczoru kilka osób, zapewne znajomi, bo gawędzili głośno, przerywając często rozmowy gromkim śmiechem. Usiadłem przy pustym barze i zamówiłem czeskie piwo, a gdy przełknąłem pierwszy łyk, stwierdziłem, że poza krajami środkowej Europy nikomu nie udawało się sporządzić dobrego piwa. Uśmiechnąłem się przyjaźnie do kelnerki, której kruczoczarne włosy i ciemniejsza karnacja zdradzały pochodzenie. Usiadłem przy stoliku, zwrócony w kierunku oceanu. Czego można chcieć więcej? Czułem na sobie wzrok trójki klientów. Słyszałem też, że rozmawiają o mnie; zastanawiali się dość głośno, kim jestem i co tutaj robię. Wtem męski głos zagadnął z czystym rosyjskim akcentem: *eto twoja fotografija*. Po chwili powietrze przeszyło głośne *job twoju mać**, po tym jak mężczyzna spadł w ferworze śmiechu z krzesła. Odwróciłem się odruchowo, a towarzystwo przywitało mnie wzniesionymi szklankami. Odpowiedziałem:

   – *Na zdorowie.*

Rubaszny jegomość zamilkł i zaprosił mnie do wspólnego stolika, zagadnąwszy:

   – *Bratok?***

Odpowiedziałem szybko, że nie jestem Rosjaninem.

   – *Goworisz choroszo**** – odparł tylko i dla wspólnego dobra przeszliśmy na angielski. Dopiero teraz się przedstawiliśmy. Jedna z pań była Francuzką o imieniu Juliette, kobietą w średnim wieku, o długich jasnych włosach i szczupłej budowie ciała. Druga, o imieniu Sonia, była pisarką z Brazylii. Miała ciemniejszą cerę i więcej ciała: zaokrąglone piersi i biodra. W krajach Ameryki Południowej czy w krajach Afryki to właśnie takie krągłe kobiece sylwetki były uznane poniekąd za kanon piękna, zarówno przez same panie, jak i tamtejszych mężczyzn. Zapewne szczupłe ciało obecnej tu

  * Kurwa mać (ros.)
  ** Rodak? (ros.)
 *** Mówisz dobrze (po rosyjsku).

Francuzeczki nie rzuciłoby na kolana maczo ani nie obudziłoby zazdrości wśród seniorit. Rosły Rosjanin miał na imię Sierioża.

Towarzystwo okazało się tak jak ja uczestnikami zjazdu. Humory im dopisywały, na co zapewne miała wpływ ilość wypitego alkoholu. Ich wesołość była zaraźliwa i także mnie się szybko udzieliła. Rozmawialiśmy na wiele tematów, nie brakowało nam inwencji. Z krótkiej obserwacji temperamentu Sierioży i sposobu konstruowania dyskusji domyślałem się, że czai się w nim potężny potencjał pisarski. Był spontaniczny, może często zbyt wulgarny, ale przy tym formułował zaskakujące wnioski i prowokował do dysputy.

– To zamiast grać w futbol albo w siatkówkę, wybrałaś pisarstwo – zagaiłem do Soni.

– Tak jak ty zamiast zostać duchownym albo muzykiem – odgryzła się z szelmowskim uśmiechem.

– To widzę, że pisarzy z mojej ziemi nie czytałaś.

– Pewnie czytałam, ale się przyblokowałam. Nie wiem, czy macie obecnie kogoś wydawanego w świecie na szeroką skalę. Wiesz, kogoś takiego jak nasz Paulo Coelho.

– Paulo – powtórzyłem. – Przy całym do niego szacunku, schemat jego poszczególnych książek opiera się na tym samym: podaniu jakiejś przestrogi życiowej i jej stukrotnym powielaniu. Może jego sukces, moda na czytanie jego książek tkwi właśnie w tym. Myślę, że lepiej by się sprawdził w krótszych formach. Szczytem rozwlekłości formy mogły być w jego przypadku co najwyżej opowiadania. Tak, na tym polu Paulo mógłby być rzeczywiście mistrzem. W powieściach ważne są przecież poszczególne wątki i osnowa, a myśl albo myśli powinny być podane tak, aby zmusić czytelnika do przemyśleń i wyciągania wniosków. Te ostatnie w ogóle nie powinny być narzucane. Ale muszę przyznać, że jego Weronika* przypadła mi do gustu – dodałem, aby nieco udobruchać skwaszoną moją wypowiedzią Brazylijkę.

– Cwaniak z ciebie – odparła lekko zbita z tropu Sonia. – Jak mówiłeś niedawno, ledwo sam zacząłeś pisać, a już chcesz zrzucać z piedestałów tych, którzy mają na koncie światowy sukces i sławę.

– Nie chcę nikogo zrzucać z piedestału. Dobrze pojęta krytyka, poparta argumentami i wiedzą w temacie, jest bardzo wartościowa. Jest już zauważeniem i rozważeniem jakiegoś zjawiska.

– Nie sława i liczba tytułów decydują o wielkości pisarza – wtrącił się Sierioża.

– Czuję tu męską solidarność – odpowiedziała Sonia.

– Solidarność to rzecz normalna. Solidarność kobiecą też sobie cenię, chyba że przeradza się ona w chorobę zwaną feminizmem – skwitował Sierioża.

– Chyba idealizujecie, panowie – wtrąciła się Juliette. – Jakby przestrzegać tych waszych zasad, to czytałaby nas garstka czytelników.

– Wiadomo, że łatwa rozrywka musi istnieć, ale jednocześnie przeciętni odbiorcy, dążąc do skosztowania

* Książka Paula Coelho „Weronika postanawia umrzeć".

sztuki, powinni pokonać w sobie złowrogi marazm – powiedziałem z zapałem w głosie.

– Zaraz powiesicie psy na pisarzach z mojego kraju – rzekła kwaśno Juliette. – Pewnie obetniesz łby Dumasowi i Balzakowi?

– Nie mam wobec nich ani jednego krytycznego słowa, wręcz wielkie uznanie. Nie tylko za Edmunda Dantèsa czy pana Goriot.

– Pewnie darowałeś im życie tylko dlatego, że nie ma ich wśród żywych.

– Żyjącym też je daruję. Daj spokój, Juliette.

– Można panią prosić, madame? – zakończył tę rozmowę Sierioża, wstając i wyciągając rękę do Juliette. – A wy też nie pierdolcie, tylko do zabawy – dodał uprzejmym tonem, z pełnym spokojem.

– *Avec plaisir** – odparła Francuzka i ruszyli do tańca.

Niebawem zaczęli się bujać przy dźwiękach dochodzącej z głośników muzyki, a my z Sonią kontynuowaliśmy rozmowę o zjeździe, naszych oczekiwaniach i domysłach związanych z konferencją. Mój pobyt tutaj zaczynał się miłym, towarzyskim akcentem. Dobrze wiedziałem, że udana zabawa w doborowym towarzystwie pobudza w nas pozytywne emocje i mobilizuje do lepszego myślenia, choć jutro będzie okupiona bólem głowy. Dobra zabawa potrafiła zniwelować galop czasu i upływ życia. Sonia ewidentnie nie wylewała za kołnierz. Kiedy zaczęła zagadywać kelnerkę po

* Z przyjemnością (fr.).

portugalsku, zdałem sobie sprawę z tego, że to przecież ich wspólny język przywieziony do Brazylii przez portugalskich kolonistów. Obecnie dawna potęga morskiej, kolonialnej Portugalii była już tylko historią. Oczy Soni zalśniły dzikim niemal blaskiem wyrażającym stan błogości i nieokiełznanej żądzy. Moje próby wzniecenia dyskusji nie przynosiły rezultatów. Sonia uśmiechnęła się tylko, po czym zawołała:

– Zatańczmy, Max!

– Z przyjemnością – odpowiedziałem dżentelmeńsko. Pewnie odpowiedziałbym podobnie, nawet gdybym tej przyjemności nie czuł.

Kiedy postawiliśmy stopy na drewnianym parkiecie, pochwyciliśmy ciepłe uśmiechy Sieroży i Juliette. Sonia zaczęła się bujać i kołysać. Czyniła to z taką wprawą, jakby była zawodową tancerką specjalizującą się w tańcu brzucha. Jej biodra kręciły się we wszystkie strony. Starałem się wypełnić solidnie rolę jej partnera, ale czułem nieudolność swych ruchów. Ale nie spasowałem i wyginałem ciało jak młody wąż. Nasi konkurenci przerwali swój taniec i gromkimi brawami podgrzewali atmosferę. Nie wiem, jak długo trwałby nasz pokaz, gdyby nie zmiana tempa kolejnego utworu. Jego nastrojowość ostudziła naszą taneczną dzikość i pozwoliła na przytulane chwile. Sonia utraciła już wcześniejszy wielki wigor. Kiedy powróciliśmy do stolika i opróżniliśmy kolejną butelkę, królowa samby zaczęła powoli odpływać, opierając głowę na moim ramieniu. W drodze powrotnej Sonia znalazła się między mną a Sierożą i tak doprowadziliśmy się wszyscy do hotelu. Sierioża zaintonował pieśń o matce Rosji i w tym wesołym i nieco pompatycznym nastroju udaliśmy się na spoczynek.

VIII

Przespałem czas śniadania. Czując wciąż w głowie wypite zeszłego wieczora trunki, udałem się wprost do sali konferencyjnej, gdzie nastąpiło uroczyste przywitanie przybyłych gości. Audytorium było liczne i jak się okazało, byłem jednym z młodszych uczestników. Przeważały osoby około pięćdziesiątego roku życia. Zwróciłem uwagę, że spora część grona to kobiety. Emancypacja zrobiła swoje i ty, Hypatio, odniosłaś zwycięstwo. Oczywiście sytuacja ta bardzo mi odpowiadała. No i było na kim zawiesić oko. Zająłem miejsce z tyłu sali, skąd można było śledzić przebieg wydarzeń i obserwować innych. Dobrze się czułem, mając na widoku zarówno mistrza ceremonii, jak i samych uczestników.

Stojący przy dużym stole kierownik organizacyjny o imieniu José przywitał wszystkich na sali, po czym uszczegółowił rozdany uczestnikom plan konferencji. Poinstruował następnie osoby korzystające z automatycznego tłumacza o tym, jak używać słuchawek. Później przeszedł do opisania zasad naszego pobytu na wyspie i w kolejnych miejscach, w których miały się odbywać konferencje. Odpowiedział na kilka mniej lub bardziej logicznych pytań i opuścił salę po tym, jak zapowiedział prowadzącego pierwszy wykład.

Starszy czarnoskóry pan, którego bardzo skomplikowanego nazwiska nie potrafiłem powtórzyć, wygłosił odczyt na temat roli literatury w dzisiejszym świecie. Temat przerodził się jednak w akademicki wywód. Nie był interesujący i szybko poczułem znużenie. Mówca musiał chyba pracować przez wiele lat na jakiejś uczelni, bo miał typowo uczelniane nawyki. Mówił beznamiętnie, nie próbował nawiązać kontaktu ze słuchaczami ani prowokować dyskusji. Wciąż rysował na wielkiej tablicy zbiory z nazwami, potem podzbiory. Zdawało się, że podziałom tym nie będzie końca. Nie miałem pojęcia, jaki miał być cel takiej metody. Widziałem, że niemal wszyscy zebrani przepisywali te podziały i schematy jak na lekcji matematyki. Moje myśli odlatywały raz za razem z tej zatłoczonej sali.

Ten pierwszy wprowadzający wykład, tak mało pasjonujący, z krótką przerwą trwał do południa. Po obiedzie przewidziano następną dawkę wiedzy, jednak wszyscy wchodzący na powrót na salę mieli wielką chęć na krótką drzemkę. Kolejny wykładowca rozpoczął prelekcję na temat podejmowania przez pisarzy w ich twórczości sprzeciwu wobec panujących obecnie form zła. Całość nosiła tytuł „Pisarstwo – propagowanie lepszego świata". Prowadzący był Włochem pracującym w instytucie literackim w Waszyngtonie. Sam temat, jak i jego omówienie były zdecydowanie o wiele bardziej ciekawe od wykładu odbywającego się przed południem. Prowadzący miał niewątpliwie dar przekazywania wiedzy, a przy tym zachęcił swoje audytorium do czynnego uczestnictwa. Pytał o to, jak by inni zareagowali w podanych przez niego sytuacjach. Jednocześnie, gdy były trudności ze znalezieniem właściwej odpowiedzi, w zręczny sposób naprowadzał na właściwy trop. Z całej treści jego wykładu przebijała ważna myśl o odpowiedzialności pisarzy za ukształtowanie moralne czytelników. Inna sprawa, że czytelnictwo na świecie nie przechodziło renesansu, a poziom intelektualny mas kształtowała papka informacji promowanych przez media. Wierzyłem w kształtowanie gustów czy poglądów pojedynczych czytelników, ale naprawianie charakterów rzesz ludzi poprzez literaturę było chyba zbyt śmiałym założeniem. I przede wszystkim taki program naprawy powinny przejąć media, bo to one miały dzisiaj największy, niestety, wpływ na umysły. Była to jednak tylko mrzonka... Jakże wielka musi być taka odpowiedzialność w przypadku nauczycieli i rodziców. Jak pewnie wielu na sali, zastanawiałem się, czy dostatecznie dużo pozytywnej energii czaiło się w moim słowie pisanym i czy energia ta mogła być spożytkowana przez czytelników w dobrej i słusznej sprawie. Wykład upłynął nieoczekiwanie szybko, a z prowadzącego przez cały czas emanowała radość, którą podkreślał szerokim uśmiechem i dynamiczną gestykulacją.

Jednak wszystko, co dobre, szybko się kończy i Włocha zastąpił w ostatniej odsłonie dnia pedantyczny i mówiący jednostajnym tonem blondyn z Oxfordu. Próbował nakreślić zasady stylistyki pisarskiej. Po przesadnie długim przedstawieniu rozmaitych regułek, którymi powinien się kierować pisarz, zaczął przedstawiać przykłady zdań, wyznaczając osoby do wskazywania właściwego stylu. Na początku odniosłem mylne wrażenie, że chodzi mu o prawidłowość gramatyczną, jednak przekonałem się, że nie chodziło tutaj o gramatykę, ale o to, aby zdanie było bardziej przejrzyste, trafniejsze, ciekawiej sformułowane i przyjemne w odbiorze. Wytypowani uczestnicy ku własnemu zawstydzeniu nie radzili sobie z zadaniem, a ci, którzy uzyskali aprobatę Anglika, puszyli się z zadowoleniem. Uznałem niechybnie temat i przeprowadzane doświadczenia za absurd. Ale oto los zadrwił ze mnie i zostałem poproszony do kolejnego zadania.

– Może pan z końca sali? – zagadnął Anglik.

Kilka osób spoglądało po sobie, niepewnych, czy chodzi o nie.

– Pan w czarnej koszuli.

A więc chodziło o mnie. Po chwili słuchałem już zadania: „Wylewające się wody Tamizy / przybrzeżne ptactwo / wody pełne ryb / niebezpieczeństwo dla ludności cywilnej".

Jak zrozumiałem, moim zadaniem miało być ułożenie stylistycznie poprawnego zdania z tej rozsypanki. Wykładowca miał odpowiedzi spisane w kajecie. Długo nie zwlekałem z odpowiedzią. Zaproponowałem takie zdanie:

– Niebezpieczeństwem dla wód pełnych ryb i przybrzeżnego ptactwa była ludność cywilna wylewająca wodę z Tamizy.

Sala parsknęła śmiechem, a Anglik poczerwieniał i poprosił wszystkich o spokój.

– Rozumiem, że pisze pan komedie i treści humo-rystyczne?

– Zgadza się. Zapewne jednym z lepszych tema-tów dla komedii są sztywno obowiązujące normy li-terackie i prawidła. Zapomina się, że chodzi przecież o istotę, jaką jest treść. Albo jest, albo jej nie ma i na-wet najwspanialsze reguły nic nie pomogą. W dziedzi-nie literatury, tak jak w urozmaiconej faunie i florze, wielość różnych form stylistycznych powinna być bo-gactwem, z którego można czerpać wedle potrzeb i upodobań, a nie sztywnym zbiorem zasad jedynie słusznych i prawidłowych.

– Ho, ho! To pewnie i dramaty też pan pisuje? – dodał wykładowca z wyraźną kpiną, wodząc wzro-kiem po sali jakby dla znalezienia wsparcia wśród zebranych.

– Niekoniecznie. Samo życie dostarcza nam wielu dramatów. A nawet jak w dramatach elżbietańskich występują w nich rośli angielscy rycerze ślepo egze-kwujący prawa stanowione przez ich królów.

Wykładowca nic nie odpowiedział i zaniechawszy podawania dalszych przykładów, przeszedł do kolej-nej części wykładu.

Podczas kolacji w sali restauracyjnej siedzący w po-bliżu uśmiechali się do mnie znacząco, ale z sympatią, jeden przez drugiego. Po uśmiechach posłanych mi przez kilka kobiet począł budzić się we mnie uwodzi-ciel. Ale poniewczasie zdałem sobie sprawę z tego, że rozpoznawalność przyszła po utarczce słownej z na-dętym Anglikiem. Moje ego poczuło się nieco zawiedzione. Postanowiłem więc skupić się na jedzeniu i nie zwracałem już uwagi na otoczenie. Nałożyłem sobie uformowanego w krążki ostrego sera azeitão, który tak mi wczoraj zasmakował. Wiedziałem, że wytwarza się go w południowo-zachodniej Portugalii, w górach Arrábida, z mleka owiec. Następnie spróbowałem sałatki warzywno-rybnej, a na koniec poczęstowałem się deserem przypominającym nieco ryż na słodko – portugalskim przysmakiem arroz doce.

Nazajutrz skrupulatnie przejrzałem plan dnia konferencji i stwierdziwszy, że prowadzącymi ponownie mieli być czarnoskóry usypiacz i oksfordzki pedant, podarowałem sobie poranną obecność na sali konferencyjnej. Przez chwilę poczułem się jak student, który wybiera sobie wykłady, kierując się takimi przesłankami jak: nie za wczesne godziny rozpoczęcia, poziom i ciekawe prowadzenie zajęć. Jednocześnie zdawałem sobie sprawę z tego, że jestem delegatem moich czytelników i powinienem czynnie uczestniczyć w całej konferencji, aby w ten sposób wyrazić im szacunek i wdzięczność za oddane na mnie głosy. Szybko jednak pozbyłem się skrupułów, postanawiając, że odwdzięczę się im raczej swoją przyszłą twórczością, a nie traceniem czasu na jałowe przemowy i dęte dyskusje, zwłaszcza gdy mogę wówczas zrobić coś pożyteczniejszego, przyjemniejszego i ciekawszego. Jak pomyślałem, tak też zrobiłem. Postanowiłem udać się na śniadanie a następnie zakosztować uroków spaceru nad brzegiem oceanu dla oczyszczenia ciała i duszy ze zbędnego balastu. Poszedłem plażą przed siebie.

Fantastyczne uczucie tak spacerować wzdłuż wody! Umysł pozbywa się niepotrzebnych myśli, ciało nabiera lekkości. Wyjazd był niewątpliwie szczęśliwym zrządzeniem losu. Teraz ten uroczy zakątek, a później jeszcze inne odległe miejsca, w które w innych okolicznościach pewnie bym się nigdy nie wybrał.

Zbierałem w czasie niespiesznej wędrówki co ciekawsze kamienie i muszle. Wszyscy mamy zakodowaną cechę zbieractwa, która w młodym wieku objawia się jako hobby, a w starszym częstokroć w realizowaniu zasady „wszystko się przyda". Kamienie o płaskiej powierzchni wrzucałem z powrotem do wody, tak aby odbijały się jak najwięcej razy na błękitnej toni. Na zabawę tę mówiono u nas „puszczanie kaczek" i każdy brzdąc nad wodą musiał dokonać tego aktu oswobadzającego wodne ptaki. Cieszyłem się, że plaża nie jest odgradzana na poszczególne enklawy należące do hoteli czy ośrodków wypoczynkowych. Taki pomysł zawłaszczania sobie plaży nie powinien mieć miejsca. Tereny nadbrzeżne bądź lasy, poza nielicznymi prywatnymi włościami, powinny być ogólnie dostępne.

Wtem przystanąłem. A cóż to? Znalazłem skarb! Morze wyrzuciło na brzeg monetę. Lekko się zawahałem, nim sięgnąłem po nią. Jednak znaki na niej były bardzo wytarte, zapewne wskutek długotrwałego tarcia o kamieniste podłoże. Pomyślałem, że zapytam o tę monetę wieczorem w tawernie. Może ktoś z obsługi będzie się orientował. Być może rozpoznają w niej jakąś starą tutejszą walutę. Przypomniałem sobie wtedy jedną z zabaw, którą uprawialiśmy jako dzieci. Wkładaliśmy monetę do piecyka pełnego żaru lub wrzucaliśmy do ogniska. Trzymaliśmy ją szczypcami, a kiedy zauważyliśmy ofiarę, kładliśmy gorejący pieniążek w widocznym miejscu. Szczęśliwi znalazcy naprawdę skakali, ale nie z radości, lecz dmuchali gwałtownie na poparzone palce i wrzeszczeli, a moneta turlała się po ziemi. Cóż, chłopcy zawsze mieli i będą mieć takie nieokrzesane, a czasem brutalne pomysły, a u mężczyzn stawały się one nierzadko impulsem do prowadzenia wojen i zalążkiem aktów agresji.

Spojrzałem na przepiękne jachty sunące wdzięcznie w podmuchach wiatru, a rozpostarte żagle przywodziły na myśl piękno i moc. W oddali zauważyłem idącą w moim kierunku kobietę. Gdy się zbliżaliśmy do siebie, w pewnej chwili nasze spojrzenia się zetknęły. Usłyszałem kilka słów w języku portugalskim. Nie do końca zrozumiałem wypowiedziane zdanie, ale wiedziałem, że to powitanie. Odpowiedziałem po angielsku i kobieta płynnie przeszła na ten język.

– Nie, nie jestem stąd, choć byłam już wcześniej na wyspach.

– Dla mnie pobyt tutaj to debiut – wtrąciłem.

– Widzę, że nazbierał pan ładnych kamieni na pamiątkę.

– Nie wiem, czy na pamiątkę. Może bardziej z myślą o tym, aby mnie wiatr nie uniósł.

Uśmiechnęła się. Dziewczyna miała w sobie niewątpliwy urok, ale z tym szerokim uśmiechem wyglądała szczególnie promiennie. Jej czarne włosy były związane w kucyk, który opadał po jej delikatnej szyi na wąskie plecy. Była ode mnie sporo niższa, więc musiała zadzierać głowę.

– Jest pan na wakacjach?

– W pewnym sensie. Tylko turystami na tym moim turnusie są wyłącznie pisarze.

– Ach, słyszałam o odbywającej się konferencji. Nie przechadzałam się jeszcze plażą z pisarzem – odpowiedziała z uśmiechem, wiążąc jednocześnie rogi koszuli. Świadomie czy nie, podkreśliła tym jeszcze bardziej szczupłość i powab swej dziewczęcej sylwetki.

– Jeszcze długa droga przede mną, aby na miano pisarza zasłużyć. A pani, jak rozumiem, na wakacjach?

– Nie pani. Cristina jestem.

– Max.

Kobieta przystanęła gwałtownie i przyjrzała się mojej twarzy ukrytej w cieniu kapelusza.

– Nie podoba ci się moje imię? – zapytałem żartobliwie, ale byłem zdziwiony jej nagłą konsternacją.

– Nie, nie, po prostu właśnie sobie przypomniałam, że miałam przekazać ważną wiadomość mojemu znajomemu, który też ma tak na imię, i... zapomniałam. Wracając do rozmowy, to jestem na wakacjach. A jak pobyt i wrażenia?

– Całkiem przyjemnie, choć musiałem udać się na wagary.

– Wszyscy w pewien sposób czasem uciekamy. A jakie książki pisujesz?

– W zasadzie niewiele napisałem. Jestem chyba tutaj bardziej w wyniku szczęśliwego trafu niż w uznaniu zasług pisarskich.

– Nie bądź taki skromny.

– Nie jestem, tylko czuję, że mój pobyt tutaj to bardziej uśmiech losu. Ładnie wyglądają te jachty, prawda?

– Bardzo. Jak chcesz, to możemy popływać. Mam wynajęty jacht u starych znajomych.

– Propozycja jest kusząca – odpowiedziałem z onieśmieleniem w głosie. – Dziś już nie dam rady, bo muszę zaraz wracać, ale jutro z wielką chęcią.

Moja nowa znajoma stawiała kroki z taką gracją, jakby była właśnie na wybiegu dla modelek. Odruchowo wyprostowałem się i wypiąłem pierś do przodu.

– A pani... to znaczy... czym się zajmujesz?

– Jestem animatorem kultury i podróżniczką.

– Super. To musi być ciekawe życie.

– Pewnie. Ale nie zapominaj, że wszystko, co wykonujemy jako pracę, może być nużące, i to nawet wtedy, gdy jest naszą pasją.

– Wiem coś o tym, ale to raczej tylko chwilowe zniechęcenie. Prawdziwa pasja chyba nie przemija.

– Też mam taką nadzieję – powiedziała Cristina cichym głosem.

– Mógłbym tak iść bez końca – wtrąciłem znienacka.

– A twoi koledzy zgłębiliby pod twoją nieobecność tajniki pisarstwa – zażartowała dziewczyna.

– Prawdziwe tajniki są tutaj, w naturze, a nie w dusznych salach. Wołają właśnie do mnie poprzez fale, błękit nieba, a także poprzez anioła, który idzie przy moim boku – powiedziałem pewnym tonem.

Cristina tylko pacnęła mnie w rękę, jakby nie chcąc przyjąć komplementu. Ale jednocześnie dotyk jej dłoni wyraził jej otwartość wobec mnie, choć znała mnie dopiero od kilkunastu minut. Szliśmy jeszcze jakiś czas, rozmawiając na różne tematy i żartując. Byłem bardzo zadowolony, że moja nowa znajoma lubi mnie i rozumie moje żarty, na które odpowiadała błyskotliwymi ripostami.

– Jesteś pierwszą portugalską kobietą, z którą zamieniłem więcej niż kilka słów.

– I jakie wrażenie robią na tobie nasze dziewczyny?

– Sama widzisz. Szedłem sobie niewinnie na wykłady, ale rzucone czary kazały mi je opuścić i iść za nimfą, która wynurzyła się nagle z oceanicznej toni.

– Za chwilę będziemy musieli się pożegnać, Max – oznajmiła. – Ale jeśli masz ochotę, to możemy się zobaczyć jutro w... – zawahała się, zastanawiając nad miejscem spotkania.

– Może w tawernie, tam nad brzegiem? – podsunąłem i wskazałem jej widoczny w oddali zielony dach.

– Może być. To do zobaczenia jutro w tawernie. O trzeciej po południu nie będzie za wcześnie?

– Nie będzie – odpowiedziałem bez zastanowienia.

– Dobrze. Do jutra zatem.

– Będę na pewno – pożegnałem się, czując lekkie zawstydzenie ze swej jawnej ekscytacji, której nie potrafiłem ukryć. Cristina ewidentnie miała w sobie to „coś", co przykuwało moją uwagę. I nie chodziło tylko o jej urodę.

Udałem się do ośrodka na pozostałe wykłady. Byłem tak naładowany pozytywną energią i świeżym powietrzem, że nawet mało ciekawe momenty dyskursów minęły mi szybko i bezboleśnie. Po zakończeniu posiedzenia, tuż przy wyjściu z sali, spotkałem Juliette i Sieriożę.

– Witaj, Max. Wczoraj chcieliśmy cię wyciągnąć do tawerny, ale pewnie byłeś już zmęczony po całym dniu – oznajmił Sierioża.

– Zgadza się. Usnąłem jak suseł.

– No i gratulacje za ten dialog z panem Smithem.

– Nieźle się ubawiliśmy – dodała Juliette.

– Tak jakoś samo się potoczyło.

– Idziemy na kolację, a potem wybieramy się do tawerny. Oczywiście liczymy na ciebie. Czyż nie, Juliette?

– Tak, owszem. Będziesz, Max?

– Takiemu towarzystwu ciężko odmówić.

Ponad godzinę później wyszedłem z ośrodka i spokojnym krokiem ruszyłem plażą w stronę tawerny. Na miejscu była już Juliette i kilkuosobowe towarzystwo w tylnej części sali. Francuzka popijała wino, więc i ja ruszyłem do baru po drinka.

– A gdzie Sierioża? – zapytałem, gdy już wygodnie usiedliśmy za stolikiem.

– Musiał zostać. Miał jakiś ważny telefon. Jak przyszłam po niego, to był bardzo zaabsorbowany. Rzucił tylko, że dojdzie do nas.

– A nasza Sonia?

– Została w ośrodku. Wczoraj miała swój dzień w tawernie. Pewnie musi odespać.

– Niewielu ludzi tutaj zagląda. Trochę przecież jest nas w tym ośrodku. Mamy tam co prawda kawiarnię na miejscu, ale dziwne, że nikt nie chce posiedzieć wieczorem blisko oceanu, w takim nastrojowym miejscu.

– Mało widocznie jest tak romantycznych osób jak ty, Max.

– Romantyczne to jest twoje imię. Szkoda tylko, że ja nie jestem Romeo.

– I tak nic by z tego nie wyszło, bo tawerna nie ma balkonu.

– To wziąłbym cię na statek i posadził na bocianim gnieździe.

– Widzę, że sposoby na uwodzenie kobiet masz dobrze opanowane – uśmiechnęła się Juliette. – Musisz je też przetestować na Soni.

– Nie, lepiej nie.

– Co, nie podoba ci się?

– Nie o to chodzi. Nie wiem, czy dałbym radę unieść Sonię na bociane gniazdo po krętych schodach.

– Świntuch. Przecież Sonia nie jest wcale tęga.

– A czy ja coś mówiłem? – puściłem oczko do Juliette, po czym zmieniłem temat. – Smakuje mi to wino wytrawne. Takie jak lubię. Zresztą nie chcę się rozwodzić o winach pod okiem francuskiej degustatorki.

– Wcale dużo nie pijam.

– Ja lubię do wina dobry ser. Może być pleśniowy albo jakiś śmierdziel.

– Widzisz, a ja, choć Francuzka, to serów jadam w gruncie rzeczy mało.

Rozmawialiśmy tak miło z Juliette, szumiące fale wtórowały nam zmysłowo. Kupiłem butelkę wina, które nam posmakowało, i rozlałem po kolejnej lampce. I wtedy dostrzegłem sunącego w naszym kierunku Sieriożę. Po chwili był już z nami.

– Załatwiłeś sprawy? – spytała Juliette.

– Nic nie załatwiłem. To mnie załatwili.

– Co się stało?

– Dostałem wiadomość, że mogę reprezentować swój kraj tylko na wyspach. Na dalszą część konferencji ma jechać inny delegat. Potem chyba jeszcze inny. *Job twoju mać!* Od razu się przedstawia reguły, a nie zmienia ich w trakcie gry. To tylko u nas tak może być.

– Nie denerwuj się. Polejemy ci wina – uspokajaliśmy Sieriożę.

– Tak myślałem, że jest za dobrze i coś się musi spierdolić. Niby były protesty, że inni też zasłużyli na ten wyjazd i taki podział będzie sprawiedliwy. Nie twierdzę, że nie, ale niepotrzebnie narobili mi tylko apetytu. Pal to wszystko licho. Łatwo przyszło, łatwo poszło. Przynajmniej mnie godnie reprezentujcie i koniecznie dawajcie znać, jak się wszystko rozwija. Muszę się napić. Jutro pozostaje mi się spakować i wracać.

Atmosfera spotkania nie była już tak beztroska. Nawet wino smakowało inaczej i mniej uderzało nam do głów.

* * *

Leżałem już gotowy do spania i szczerze żałowałem, że Sierioża kończy swój pobyt na konferencji. Znaliśmy się krótko, ale wydawało mi się, jakbym znał go przez całe życie. Juliette też najwyraźniej go polubiła. Wychodziło na to, że teraz z Juliette będziemy trzymać się razem.

Jej także dobrze nie znałem, ale nasze przekomarzania były miłym sposobem spędzania czasu.

Ze wszystkich wydarzeń dnia dzisiejszego najbardziej zaintrygowała mnie jednak spotkana nad brzegiem nieznajoma. W dalszym ciągu pozostawałem pod wpływem jej magicznego uroku, aż w końcu zapadłem w sen.

IX

Budzik wyrwał mnie z głębokiego letargu. Zawsze ze złością naciskałem jego klapkę. Jak chyba wiele osób na świecie. Po szybkiej toalecie pomknąłem na śniadanie. Przez tych kilka dni mój organizm przyzwyczaił się do kulinarnych wynalazków. Posiłki były naprawdę pyszne.

Wykłady miały odbywać się tylko do popołudnia z racji tego, że był to ostatni dzień merytorycznej nasiadówki. Nazajutrz pod wieczór mieliśmy opuścić wyspę. Czekała nas kilkudniowa podróż statkiem do kolejnego miejsca, w którym miała nastąpić druga odsłona konferencji. Podczas tej podróży planowano odczyty, projekcje filmowe adaptacji literackich oraz spotkania blokowe wybierane dowolnie przez uczestników. Takie urozmaicenie podróży. A po dopłynięciu do celu... Kto wie? Miały być niespodzianki w postaci znanych pisarzy. Nie płynąłem jeszcze statkiem przez ocean, więc rejs jawił mi się jako niezwykle ekscytujący. Domyślałem się też, że czekają mnie na statku niezapomniane wrażenia i udana zabawa.

Podczas wykładów myślałem o tym, czy dojdzie do mojego spotkania z Cristiną. Zdawałem sobie sprawę, że było to oczekiwanie irracjonalne. Nawet jak dziś popłyniemy razem jachtem, to pewnie nasza znajomość na tym się zakończy. Nie wiem, dlaczego w ogóle miałem jakieś obawy, że nie spotkamy się już więcej; przecież wcale się nie znaliśmy. Tym bardziej dochodziłem do wniosku, że ona rzeczywiście musiała mnie mocno oczarować.

W trakcie krótkiej przerwy dołączyłem do Juliette, która stała z Sonią i jakąś kobietą, wyglądającą na Włoszkę. Widywałem ją na wykładach; żywo w nich uczestniczyła.

– Witaj, Max. Poznaj Sofię.

– Miło mi poznać – odparłem lekko speszony i podałem dłoń nowo poznanej.

W zasadzie uczestnicy konferencji znali się już z widzenia, co niektórzy zawiązali nieśmiałe przyjaźnie i wspólnie spędzali czas po zajęciach. Miało się nieodparte wrażenie, że więzi między nami pogłębiają się z każdym dniem, a jutrzejszy rejs i kolejne dni tylko tę więź zacieśnią.

– A Sierioża gdzie zniknął? – zagadnąłem.

– Mówił, że jest już tutaj ten jego zmiennik. Poszedł przekazać dokumenty i odebrać bilety powrotne – odpowiedziała Juliette.

– Raczej wilcze bilety – wtrąciłem. – Gdzie się podziewałaś, Soniu?

– Tak się ostatnio rozmijaliśmy. Jak ja byłam, to ciebie nie było i vice versa.

– Wchodźmy do sali, bo już prawie wszyscy siedzą – poinstruowała nas Juliette i powoli zajęliśmy swe miejsca.

* * *

Iwan, rosły barczysty mężczyzna, opuścił na oczy czapkę przykrywającą jego krótko wygoloną głowę. Na nos założył przeciwsłoneczne okulary, bo słońce świeciło dzisiaj wyjątkowo mocno. Przechadzał się nasłonecznioną promenadą, rozglądając niecierpliwie we wszystkich kierunkach. Przystań okazała się bardzo skromna. Jeden jacht opuścił już miejsce przy cumie, drugi był remontowany. Trzeci, biało-niebieska okazała szalupa o nazwie „Mewa", zamajaczył przed nim. Młoda Portugalka z kolorową chustą na głowie odpowiedziała, że jacht ma dodatkową łódź i silnik, a zarezerwował ją pan Moriel. Iwan stanął jak wryty.

– Pan Moriel?!

– Tak, dokładnie. Pan Moriel ma dzisiaj pływać do zmierzchu.

– Wie pani, ja też jestem pisarzem i uczestnikiem tego zlotu – wydukał łamaną angielszczyzną. – Zaczekam tutaj na niego. Jacht jest spory, więc może nie będzie miał nic przeciwko temu, abyśmy popływali razem.

– To już się panowie dogadacie. Proszę wejść na jacht. Może tam pan usiąść i poczekać. Ja mam jeszcze trochę różnych spraw do załatwienia.

– Do tej wyspy na horyzoncie to daleko?

– Około dwóch godzin.

Cały ten plan od początku go irytował. Przywykł do sprawnego i udanego wykonywania zleconych mu zadań, ale bez wdawania się w skomplikowane fortele. Myślał o podtruciu albo podtopieniu, ewentualnie o zrzuceniu z urwiska w odpowiednim momencie. Ten dzisiejszy pomysł wydawał mu się zbyt skomplikowany i w związku z tym niósł ze sobą ryzyko. A teraz wręcz nie mógł uwierzyć, że pójdzie aż tak łatwo. Moriel sam przyjdzie na wykonanie wyroku. Widocznie znali jego upodobania, w tym te żeglarskie. Sprawa rysowała się więc prościej, niż pesymistycznie przypuszczał. Rozpoznanie wstępne przeprowadzono bardzo dobrze. Najgorsze wydały się już tylko późniejsze przesłuchania i podstawiane do podpisu papiery.

* * *

Po krótkiej sjeście udałem się do tawerny. Spodziewałem się zastać tam Cristinę, ale tawerna była pusta. Witając się z moją ulubioną barmanką, przysiadłem przy stoliku.

– Czeka pan zapewne na niejaką senioritę Cristinę? – zagadnęła zza baru. – Tutaj mam dla pana kopertę.

Odebrałem i odczytałem list.

Witaj, Max. Nie mogłam się zjawić w tawernie. Bądź na promenadzie. Na jachcie „Mewa" będzie czękał na ciebie mężczyzna, z którym udasz się na wyspę. Nie mów mu nic. To mój znajomy, któremu szykuję niespodziankę. Nie wie, że będę z wami. Dołączę wkrótce.

Do zobaczenia wieczorem.

Cristina

Dosyć szybko znalazłem się na promenadzie. Przy brzegu stał tylko jeden jacht. Odczytałem nazwę „Mewa". Powoli przeszedłem po drewnianej kołyszącej się kładce i stanąłem na pokładzie łodzi. W tym momencie wysoki mężczyzna przywitał mnie marynarskim:

– Ahoj!

– Ahoj – odpowiedziałem.

– Witam kolegę pisarza. Przyjechałem właśnie na konferencję. Pomyślałem, że najpierw zrobię sobie przyjemność i popływam trochę. Mam takie zamiłowanie do żeglugi już od dziecka – wyjaśniał łamaną angielszczyzną.

– Trochę późno, bo konferencja dobiega tutaj końca.

– Przyjechałem jako zmiennik. Jutro wypływam z wami na kolejną część zjazdu.

– Czy czasem nie przyjechał pan tutaj za Sieriożę Szyszkina?

– Zgadza się. Widzę, że jest pan dobrze zorientowany.

– Miałem okazję poznać Sieriożę. To wyjątkowy człowiek.

– Ja go nie znam. Tak zarządzono, aby była rotacja w reprezentowaniu naszego kraju.

Najwyraźniej nie miał ochoty zgłębiać tego tematu. Jego dzieło o tajnych dokumentach dotyczących Kościoła prawosławnego w rzeczywistości napisała grupa zaufanych historyków, którym udostępniono ciekawe materiały z archiwum państwowego. Praca ta nie była dla Iwana przyswajalna i w ogóle obcowanie z jaką-kolwiek literaturą uważał za nudną stratę czasu. Ale solidnie nauczył się streszczenia. Praca nie była wprawdzie skończona, ale zaledwie w ciągu dnia zostało potwierdzone autorstwo Iwana. Określono datę wydania i publikacji, mimo że faktyczny wydruk nigdy nie miał nastąpić.

– Wiem, że zarezerwował pan ten jacht. Nie zabrałby pan kolegi po fachu w mały rejs? Nie ma już wolnych łodzi. A jutro będziemy już tylko pasażerami większego statku.

– Nie ma sprawy – odpowiedziałem, mając w szczególności na uwadze list Cristiny.

– W ogóle to jestem Iwan.

– Max.

Iwan wyszedł po kładce, rozejrzał się i wrócił.

– Później ureguluję rachunki, bo ta Portugalka od jachtu zniknęła. Oczywiście ja płacę.

– Podzielimy się kosztami – zaproponowałem, po czym spuściliśmy kładkę, rozwinęliśmy żagle i uruchomiliśmy silniki, by następnie z wolna odbić od skalistego brzegu.

Poszedłem zobaczyć, jak wygląda kabina, a mój nowo poznany towarzysz zajął się przygotowaniem żagli. Rzuciłem okiem na dość przestronny pokład i usiadłem na materacu. Spoglądałem na Iwana kontrolującego ster. Woda była spokojna, więc trzymanie kursu nie mogło sprawiać kłopotu. W coraz mocniej grzejącym słońcu przymknąłem oczy. Nie tak wyobrażałem sobie dzisiejszy dzień. Miałem spędzić miły czas z uroczą kobietą, ale zamiast Cristiny biła mi w oczy kremowa biel ud Iwana. Nawet jeżeli ona miała tutaj do nas dołączyć, to i tak niewiele z tego wszystkiego rozumiałem. Skąd znała tego Iwana? Diabeł jeden raczył tylko to wiedzieć. Rosjanin poskromił żagle i tępo patrzył przed siebie. Zwróciłem uwagę na to, że nie rozgląda się i nie podziwia pięknych widoków, które się przed nami roztaczały.

– Co, nie podobają ci się tutejsze krajobrazy?

– Nie – odburknął.

Lepili go chyba z innej gliny niż Sieriożę. Skoro mój towarzysz popadł w nagłe otępienie przy sterze, ja postanowiłem wygrzewać się na słońcu. Prowadziłem monolog o zjawiskach literackich w jego ojczyźnie. Wykorzystywałem przy tym informacje opowiadane mi przez Sieriożę. Nawet opowiedziałem kilka żartów, ale Iwan w dalszym ciągu udawał głuchoniemego. Doszedłem do burty i wlepiłem wzrok w szafirową toń wody. Sunące roje ryb połyskiwały pod jej powierzchnią. Taki beztroski czas na pokładzie statku mógł po wielu godzinach rejsu przerodzić się albo w nienawiść do żeglugi, albo w dozgonną miłość. Pierwszą próbą były na ogół skutki choroby morskiej. Ten, kto uodpornił się na kołysanie statku, zapach stęchlizny i wszechobecną wilgoć, mógł być może jeszcze nie wilkiem morskim, ale dobrym materiałem na niego.

– Smucisz się, tygrysie, a na wyspie czeka na ciebie niespodzianka.

Iwan zmierzył mnie nienawistnym wzrokiem.

– Nie mów do mnie: tygrysie – wykrztusił z trudem. Wzruszyłem tylko ramionami i postanowiłem już nie zaczepiać mrukliwego faceta. Wyraźnie nie miał ochoty na uprzejmości. A przed wypłynięciem wydawał się o wiele bardziej towarzyski. Może to bezkres oceanu tak na niego wpływał? Ja wprost przeciwnie! Z każdą chwilą przybliżaliśmy się do wyspy, a mnie ogarnął z tego powodu wielki przypływ optymizmu. Śmiałem się jak pijany i wręcz prowokacyjnie śpiewałem fałszującym głosem wszystkie znane mi szanty. Mój rosyjski towarzysz wyraźnie pokazywał grymasy niezadowolenia.

Rosyjski piracie!
Gdzie zgubiłeś gacie?
Wracaj więc na ląd
Gdzieś daleko stąd

Piałem coraz głupsze piosenki, aby trochę rozruszać Iwana. Rymy tworzyłem na poczekaniu, dopasowując je do melodii rosyjskich piosenek „Kalinki" i „Katiuszy". Moja szaleńcza radość rodziła się zapewne częściowo z frustracji, której źródłem był współtowarzysz rejsu.

Wyraźnie przybliżaliśmy się do wyspy. Wydawała się mniejsza, niż zakładałem. Zawitaliśmy w pobliże skalistej zatoczki. Iwan ożywił się nagle, jakby w jednej chwili wyrwano go z transu.

– Zakotwiczymy tutaj. Spuszczę łódź i dopłynę do brzegu. Trzeba sprawdzić, czy jest wystarczająco głęboko.

– Dobrze, bosmanie – odpowiedziałem, ucieszony tym jego powrotem do normalności. Ale on wtedy spojrzał jakoś tak dziwnie i uśmiechnął się, jakby postradał zmysły. Nie kontynuowałem więc. Zresztą cała ta sytuacja i grzejące coraz bardziej słońce wprowadzały mnie w stan ogólnego zobojętnienia. Chwilę później łódź została zwodowana i Iwan popłynął ku wyspie, robiąc zamaszyste ruchy wiosłami. Zszedłem pod pokład po butelkę wody mineralnej. Cofnął mnie zapach paliwa. Niemal na całej powierzchni podłogi rozlewała się gęsta oleista ciecz.

– Skąd się wylało to paliwo? – spytałem zdumiony sam siebie. Pamiętałem, że jeszcze godzinę temu zaglądałem pod pokład i kałuży nie było. Podenerwowany wyszedłem na górę. Iwan płynął nie prostopadle do brzegu, ale tak, jakby okrążał wyspę. „No tak, ten płynie po pingwiny, tajemnicza księżniczka udaje śpiącą królewnę, a ja za chwilę zostanę kapitanem Nemo" – pomyślałem zgryźliwie.

Wtem powietrze przeszył wybuch. W miejscu, gdzie była łódka z Iwanem, pojawił się ogień, a po chwili dym. Stałem jak wryty. Czyżby w łódce też było rozlane paliwo? Pewnie Rosjanin zapalił papierosa i doszło do wybuchu. Ech! Ten dzień od początku miał jakiś nieoczekiwany przebieg.

– Max!

Obróciłem się zaskoczony.

– Cristina!? Co tu robisz? Słuchaj, wydarzyła się tragedia – ciągnąłem osłupiały. – Twój przyjaciel...

– To nie mój przyjaciel – przerwała mi pewnym

tonem. – Został ofiarą sideł, które zakładał. W ten sposób miałeś ty zginąć, Max, a twoje szczątki miały użyźnić dno oceanu. Ładunek, który umieścił na jachcie, przełożyłam do łodzi.

Cristina powiedziała to z takim opanowaniem, jakby miała w małym palcu zasady sztuki taktycznej i wojennej Clausewitza*.

– Ale jak to? Dlaczego?

– Widzisz, Max, podpadłeś swym pisaniem złym ludziom.

– Nie przesadzaj. Nie jestem nawet pisarzem. To jakiś obłęd. Mam rozumieć, że nasze spotkanie na plaży nie było przypadkowe?

– Samo spotkanie było, ale to ciebie szukałam, a ty tylko ułatwiłeś sprawę. Odpalaj silniki. Musimy odpłynąć stąd jak najszybciej.

X

Byłem skonsternowany. Uciekałem z miejsca wypadku. Kierując się jednak intuicją, czułem, że powinienem zaufać Cristinie. Teraz wydawała mi się inna niż przy naszym pierwszym spotkaniu. Wydawała się nadzwyczajnie silna i odporna. Jej stanowczość i opanowanie, zamiast dodawać mi otuchy, wyraźnie mnie przytłaczały. Wciąż też nie rozumiałem za wiele z całej tej sytuacji. Nachodziły mnie wątpliwości, czy Cristina

* Carl von Clausewitz – pruski teoretyk wojny.

rzeczywiście była tym, za kogo się podawała: animatorem kultury. A może raczej animatorem przemocy?

– Ta benzyna pod pokładem nie była przypadkiem?

– Nie. Nawet widziałam przez otwór w ścianie, jak
ją rozlewał. Ale zaraz nam się przyda.

Stojąc w mokrych ubraniach na brzegu wyspy, spoj-
rzeliśmy na płonący jacht, który zakotwiczyliśmy mniej
więcej w miejscu, gdzie Iwan zstąpił do piekieł.

– Dokąd mnie prowadzisz? – zapytałem Cristinę.

– Za chwilę będziemy na nowym okręcie. Masz tu
okulary i farbę do włosów. Musimy zachować ostrożność.

Chwilę później, czując idiotyzm sytuacji, smaro-
wałem posłusznie moje włosy kremową farbą. Po kilkunastu minutach przyglądałem się sobie w lustrze.
Byłem zupełnie odmieniony. „Jak szybko można się
stać płowowłosym blondynem" – pomyślałem. Niebawem wpłynęliśmy do zatoki, w której zacumował
nasz nowy okręt. Wyglądał bardziej jak większy kuter
rybacki. Podeszliśmy po drewnianych belach pod burtę,
a następnie wdrapaliśmy się na pokład po sznurowej
drabince. Czekał na nas starszy jegomość z siwym wie-
lodniowym zarostem. Po paru zdaniach, które zamienił
z Cristiną, domyśliłem się, że człowiek ten jest kapitanem kutra. Moja towarzyszka rozmawiała z nim chwilę,
a z ich rozmowy wyłowiłem tylko słowo „zapłata". Nie
zamierzałem pytać już o nic. Zdałem sobie sprawę, że
wszystko było zaplanowane.

Znaczny czas, który spędziłem na łajbie, jawił mi się
tak, jakbym był obecny tam tylko połowicznie. Jakbym

był wtedy zawieszony w próżni. Taki czas nie jest odpoczynkiem, tylko jałowym, bezużytecznym traceniem życiowej energii. Odnosiłem wrażenie, że mogę w każdej chwili przenieść się w jakiś magiczny sposób i zostawić uczestników rejsu. Odczucia te wynikały zapewne z niezrozumienia tego, co się naprawdę wydarzyło. Wszystko działo się dla mnie za szybko. Kiedy Cristina przekazała mi paszport z moją nową tożsamością, zaczynałem rozumieć, że sprawa z Iwanem nie była przypadkiem. Patrzyłem teraz na Cristinę nowymi oczami: widziałem już nie tylko kobiecy wdzięk, czar i urodę, ale także hardość jej charakteru i silną wolę.

Po dwóch dniach spędzonych na otwartym oceanie nadal nękały mnie stany niepewności i wciąż zamykałem się we własnej skorupie, ale powoli zwalczałem zwątpienie. Niebawem przeprosiłem uroczyście Cristinę za to, że niezasłużenie stała się obiektem, na którym wyładowywałem nerwy, frustrację i napady złego humoru. Ona tymczasem rozmyślała o wypadkach niedawnych dni. Przypominała sobie sytuacje, jakie miały miejsce przed przyjazdem na Azory, i nawiązanie kontaktu z mężczyzną w ambasadzie amerykańskiej w Lizbonie. Ten rosły człowiek nie był zapewne stałym rezydentem ambasady, ale kimś, kto zajmował się rozpoznaniem, może werbunkiem odpowiednich ludzi. Sprawiał wrażenie kompetentnego, osoby, której można powierzyć tajemnicę i poradzić się w związku z zaistniałymi okolicznościami. Paszport oraz inne niezbędne dokumenty zostały załatwione jeszcze w tym samym dniu. Cristina obawiała się jednak, że konsekwencją tych wypadków mogło być też obciążenie Aleksandra zarzutem współpracy z wywiadem obcego państwa. Kiedy patrzyła na Maxa wyciągającego ryby z sieci i opowiadającego przedziwne śmieszne anegdotki, to widziała drzemiące w nim wciąż dziecko, które potrafi cieszyć się z drobnostek i otaczającego świata. To było dla niej coś nowego, bo dotąd nie znała żadnego mężczyzny o podobnym usposobieniu. Szybko jednak zrozumiała, że bez tych wyjątkowych cech mogłaby go nawet nie polubić. Odgrywanie twardej i odpornej na stres postaci wychodziło jej doskonale, ale naprawdę czuła się potężnie wyczerpana.

Godziny na pokładzie oprócz rozmów z Cristiną i członkami załogi mijały na podglądaniu pracy rybackiej. Statek nie był typowym kutrem do połowów. Miał charakter bardziej uniwersalny. Przystosowano go także do przewożenia osób oraz ładowania większych towarów. Załoga nie zajmowała się bezpośrednio przetwórstwem, a ryby przetrzymywano w chłodni. Fascynowałem się wciąganymi na pokład sieciami i ich obfitą zawartością. Wywoływały we mnie niemal mistyczne myśli. Starszy siwiejący marynarz wrzucał do wielkiej cynkowanej misy zaplątane w sieci okazy. Zapewne gdy wypełni się czas ery, to ponadczasowe sieci o pajęczym wzorze nie będą obfite w połów. Znajdą się w nich tylko nieliczne ryby. Kiedy to nastąpi? Któż mógł wiedzieć? Zapewne nie tak bardzo ważny był tutaj czas spełnienia, ile sama jego nieuniknioność. Oglądałem ponownie brunatny nurt wody. Płynęliśmy pod prąd, przecinając z każdą sekundą walczącą falę.

Daliśmy się namówić marynarzom na grę w proste gry karciane, które szybko nas jednak znużyły. Brodaty kapitan okrętu żartował:

– Może jaśnie państwo wolicie pograć w szachy? Mam je w swojej kajucie.

Podchwyciliśmy propozycję. Szachy wydawały nam się o wiele bardziej wciągającą i interesującą rozrywką niż karty. Misternie wykonane drewniane figurki szachowe były kunsztownym dziełem wprawnego rzeźbiarza. Już przez sam kontakt z nimi czuliśmy z Cristiną szacunek do tej szlachetnej gry. Portugalka na dodatek okazała się całkiem niezłym graczem, choć podobnie jak ja nie znała wszystkich ruchów, jakie warto wykorzystać na początku partii. Grało nam się przyjemnie, czas minął zaskakująco szybko, gdy pochylaliśmy się nad biało-czarną szachownicą. Czy mogłem opracować dobrą strategię na najbliższą przyszłość? To pytanie pozostawało jednak bez odpowiedzi.

– Patrz, jaka mewa. Ma trzy skrzydła i dwa dzioby – pokazałem prawą ręką na maszt i wykorzystując chwilę nieuwagi przeciwniczki, lewą ręką przesunąłem hetmana w centrum bitwy, w pobliże zagrożonego króla.

– Ty oszuście! Zaraz pokażę ci szczerbatego wieloryba – zaśmiała się Cristina i przestawiła hetmana na pierwotną pozycję.

– Szkoda, że młodzi ludzie nie kwapią się stawać w szachowe szranki, tylko trwonią czas na komputerowe gry. W niektórych grafika i animacja po stokroć przegoniły sens gry i pozostaje tylko bezmyślna strzelanina do wszystkiego, co się rusza – odezwałem się już poważniejszym tonem. – Muszę powiedzieć, że byłaś niezła, choć mój kilkuletni bratanek wygrałby z tobą lewą ręką.

– Ty musiałeś używać dwóch, żeby ze mną wygrać, i na dokładkę zrzucałeś figury.

– Jak będziesz dla mnie miła, to nauczę cię sekretnych sztuczek mojego wuja, który był wytrawnym szachistą. Może z moją pomocą wywalczysz remis. Byłaby to z mojej strony nieoceniona pomoc – dowcipkowałem.

– Wystarczy mi twoich sztuczek aż nadto – uśmiechnęła się Cristina i pokazała mi język.

Nie rozmawialiśmy o przyszłości, nawet tej najbliższej. Wiedziałem tylko, że płyniemy na Maderę, gdzie Cristina ma odziedziczony po rodzicach domek. Proponowała mi pozostanie tam przez jakiś czas. Do momentu, aż wszystko się uspokoi. Opowiadała o spędzanych tam wakacjach i zapewniała mnie, że będzie mi się tam podobać. Zamierzała pozostać ze mną jeden dzień, a następnie wyruszyć do Lizbony i dalej do Paryża, aby przygotować kolejne wyjazdy związane z wystawami. Przyszłością miał być dla mnie pobyt na nowej wyspie i dalej nawet nie próbowałem wybiegać myślami. Nosiłem też nowe nazwisko i wolałem, aby kolejne karty nowego życia odsłaniały się powoli, bo tempo ostatnich zdarzeń i tak było zbyt przytłaczające. Chciałem jak najszybciej przestać nosić już te dziwaczne okulary, do których nie byłem przyzwyczajony. Ufarbowane na jasny kolor włosy, o dziwo, mniej mi przeszkadzały. Ale musiałem pamiętać o zachowaniu przezorności i ostrożności.

Ktoś z załogi mógłby przecież skojarzyć mnie z podobizną przedstawianej w mediach ofiary wypadku. Maderę z jej okazałym brzegiem ujrzeliśmy któregoś ranka w słoneczny dzień.

– Był tu Henryk Żeglarz, był Kolumb, będzie Max Moriel – dokazywała Cristina.

– Pewnie przybyli tutaj, bo słyszeli o twoim pobycie na wyspie – odgryzałem się.

– Tak dałam Kolumbowi w kość, że uciekając, pomylił drogę do Lizbony i odkrył Amerykę.

Pewnie teraz Juliette i reszta też spędzają czas na okręcie, przełykając moje odejście. Może nawet Sierioży pozwolono kontynuować pobyt na konferencji, skoro jego zmiennik zginął. W moim kraju po samotniku płaczu nie będzie. Wzrośnie może sprzedaż moich opowiadań. Śmierć to w końcu jeden z lepszych chwytów marketingowych. Przerwałem rozważania, gdy naszym oczom ukazała się wyspa.

– Zaraz będziemy w twej Arkadii, księżniczko.

– Nie tak szybko. Musimy opłynąć wyspę od strony południowej.

Madera była – podobnie jak całe Azory – górzysta, lecz im byliśmy bliżej, tym stawała się bardziej zielona. Stałem przy burcie, kiedy Cristina podeszła i oparła głowę na moim ramieniu. Objąłem ją i spoglądaliśmy na brzeg, jak zrośnięci bokami bliźniacy syjamscy. Poczułem jednocześnie to charakterystyczne przyjemne mrowienie. Wśród załogi zapanował tymczasem spory rwetes. Marynarze wynosili na pokład skrzynie z towarem i beczki, do których załadowano ryby. Gdy wpłynęliśmy do portu, pożegnaliśmy się z załogą i kapitanem.

– To jesteśmy na miejscu?

– Niezupełnie – odparła. – Chodźmy na przystanek autobusowy. Mamy trochę drogi do przebycia lądem. Zrobimy też zakupy, bo na miejscu nikt nie będzie na nas czekał z kolacją.

– Przyzwyczaiłem się do tego, że nikt nie czeka z kolacją.

– Ale samym tlenem chyba nie żyjesz?

– Samym na pewno nie. Tu się oddycha – powiedziałem z ekscytacją.

Wierzyłem, że wszystko ma swój sens. Może pisana mi była podróż życia albo podróż przez życie, ale inna od tej przewidywanej przez program konferencji. Nie potrafiłem nawet tego przeczucia wyrazić myślami. Gdzieś w głębi serca chyba jednak wiedziałem, że Cristina ma wielki udział w tym, abym odbył tę właściwą nieplanowaną podróż.

– Nie doszukuj się w splocie ostatnich wypadków jakichś nadprzyrodzonych ingerencji. Ja też nie aspiruję do bycia twoim prorokiem – powiedziała do mnie, ale i tak nie wiedziałem, czy mam wierzyć w jej zapewnienia.

– Nie chcę, abyś była prorokiem. Pozostań sobą, wesołym aniołkiem.

– Pozostanę – odpowiedziała wyraźnie zadowolona i w pełni usatysfakcjonowana moimi słowami.

– Ładnie tutaj. Myślałem, że już długo nic nie przebije widoków na Azorach.

– Tutaj zawsze wszystko tętni życiem i wiarą – gloryfikowała swą wyspę Cristina.

Najpierw wstąpiliśmy do małego sklepu z artykułami spożywczymi, Cristina zrobiła zakupy, a ja niosłem je, aż doszliśmy do małego przystanku w kształcie niewielkiej groty, murowanego z kamieni. Moja towarzyszka usiadła wewnątrz na grubej drewnianej ławie. Ja tymczasem nie mogłem usiedzieć na miejscu, więc przeszedłem się wokół i zerwałem kilka małych, nadzwyczajnie urokliwych kwiatków.

– Zobacz, jakie piękne okazy znalazłem. Są dla ciebie.

– To oświadczyny?

– Nie tak od razu, księżniczko z mokradeł. Przyjmiesz bukiet?

– Dzięki bardzo.

– Ale pamiętaj, że dałem ci je, bo tak naprawdę chciałem już schować ręce do kieszeni.

– Jesteś jednak podobny do innych facetów – powiedziała, ni to śmiejąc się, ni to ze złością w głosie. – To i tak słabe okazy. Piękne kwiaty dopiero zobaczysz.

Miała niewątpliwie rację, bo kiedy jechaliśmy starym czerwonym autobusem, przed moimi zachwyconymi oczami rozpościerały się najpiękniejsze kobierce kwiatów, jakie do tej pory widziałem. Nie mogłem się nadziwić kolorom, kształtom. Nawet trochę żałowałem, gdy autobus dowlókł się na miejsce i musieliśmy wysiąść.

– A teraz, mój panie, najlepszym środkiem komunikacji będą nasze nogi – powiedziała Cristina, kiedy wyszliśmy z pojazdu.

Wspięliśmy się na zbocze, mijając pasące się owce. W niemal absurdalny sposób czułem się jak turysta na wakacjach.

– Tutaj ganiałam się kiedyś z koleżanką. Skoczyła biedaczka z tej skałki i skręciła nogę.

– Często tutaj przyjeżdżałaś?

– Jak rodzice żyli, to przyjeżdżaliśmy tutaj dwa razy w roku. Przeważnie na wakacje, nieraz spędzaliśmy na wyspie święta. W ostatnim czasie bywałam tutaj rzadko. Minione trzy lata to pasmo ciągłych podróży. A właśnie... Jutro wyjeżdżam, ale będziemy w kontakcie. Możesz tu zostać tak długo, jak zechcesz. Oczywiście możesz w każdej chwili opuścić moją chatkę i odjechać, ale mówię od razu, że się obrażę. Zresztą byłoby to dla ciebie bardzo ryzykowne. O pieniądze się nie martw, mam dla ciebie specjalny fundusz.

– Na razie nie myślę o dalszej tułaczce, ale nie chcę ci się naprzykrzać. I tak zrobiłaś dla mnie tyle, że nigdy ci się nie odpłacę wystarczająco. Nie mam pojęcia, skąd masz dla mnie pieniądze, ale potrzebuję niewiele i wszystko zwrócę, jak tylko wrócę do normalnego życia.

– Och, daj spokój, nie mówmy już o tym. Dobrze się z tobą czuję i z chęcią zostałabym tutaj. No, ale, niestety, nie mogę.

Na rozmowach upłynęła nam droga do domu Cristiny. Przez cały czas rozglądałem się dookoła i chłonąłem piękne otoczenie.

– Też mam dom na odludziu wśród lasów i w pobliżu rzeki, ale ten twój prezentuje się bardzo bajkowo.

– Już przeszło rok tutaj nie byłam, więc się nie przestrasz, jak pajęczyna oplecie ci twarz.

– W chacie czarownicy muszą być pajęczyny.

Cristina stuknęła mnie w ramię, jak miała to w zwyczaju czynić przy takich docinkach. Dom okalało naturalne ogrodzenie w postaci kwitnących krzewów, a pnącza owijały się wokół wszystkiego, czego dosięgły. Przed domem znajdowała się drewniana weranda. Cristina otworzyła nieco skrzypiące stare drzwi. Wnętrze miało tradycyjne wykończenie. Surowe, dobrze wyschnięte belki tworzące ściany wprowadzały sielski, lecz stylowy nastrój.

– Zaraz zetrzemy kurz w kuchni i przygotujemy coś do zjedzenia.

– Nie trać czasu na porządki. Jak pojedziesz, to posprzątam w środku i w obejściu – zaoponowałem.

Ale Cristina najwyraźniej już mnie nie słuchała. Z zapałem zabrała się do porządków, a ja wyszedłem na zewnątrz i zrobiłem rundę wokół chaty. Szybko poczułem sympatię do tej zacisznej, spokojnej i pięknej okolicy. Gdy wróciłem, rozejrzałem się po pokoju. Wszędzie było mnóstwo rozmaitych suszonych kwiatków.

– Kiedyś całe te półki były zawalone książkami mojego ojca, ale nie wiem, czy by cię zainteresowały. Głównie pozycje z etnologii, symboliki prastarych kultur, jakieś białe kruki cenione przez ojca.

– I co się z nimi stało?

– Zostały skradzione już po śmierci ojca.

– Ktoś się włamał na tym odludziu i zrabował książki?

– To dziwne, ale w zasadzie zabrał tylko książki.

– Nawet złodzieje u was to intelektualiści.

Zjedliśmy sporządzoną przez Cristinę kolację, na którą składały się miejscowe pieczywo i sery, a następnie wzięliśmy wino oraz dwie lampki i wyszliśmy na werandę.

– Smakowało?

– Bardzo – odpowiedziałem syty i zadowolony.

– Potrafisz choć trochę kucharzyć?

– Całkiem nieźle. Potrafię zrobić herbatę i kawę. Z potraw umiem przyrządzić dobrą jajecznicę. Robię tak dobrą, że już nawet nie dodaję do niej jaj, a i tak jest przepyszna.

– Sam tłuszcz z boczkiem rzeczywiście może być dobry – śmiała się Cristina, odkładając lampkę na stół.

– Są oszczędniejsze sposoby robienia jajecznicy. Na przykład jajecznica po studencku.

– Jak się ją robi?

– Ach, kiedyś ci powiem.

Cristina zajęła swój bujany fotel, ja zawłaszczyłem leżak stojący obok. Dionizyjski nektar położyliśmy na małym stoliku. Korkociąg poszedł w ruch i wraz z pierwszym łykiem poczułem aromatyczny bukiet i dostojny smak dobrego wytrawnego wina.

– W piwniczce masz sporo niezłego wina. Jak dobrze poszukasz, to możesz natrafić na długoletnie okazy.

– A to piwniczkę też posprzątam w takim razie, i to w pierwszej kolejności. Popatrz, jak słońce pięknie czerwienieje.

Siedzieliśmy wpatrzeni w horyzont, za którym powoli chowała się wielka kula.

– Tego widoku nigdy za wiele.

– Podoba się? – zapytała.

– Ba! Za godzinę będzie już świecić pod ziemią. Tak to sobie jako mały chłopiec wyobrażałem. I w zasadzie miałem rację. Zresztą „pod ziemią" był to wtedy dla mnie punkt, gdzie zaczynał się koniec świata i gdzie tak bardzo chciałem się znaleźć. – A po chwili milczenia zapytałem: – A co u mojego rosyjskiego wybawcy?

– Nie wiem. Dowiem się wkrótce. Cieszę się, że spełniłam swoją misję.

– Teraz jestem waszym dozgonnym dłużnikiem. Waszym dżinem z lampy Aladyna i Sancho Pansą w jednym.

– Przestań już, mój bajkopisarzu. Najważniejsze, że było warto.

– Wchodzi mi to wino. Ma jakąś nazwę? Nie mogę odczytać.

– To madera.

– Myślałem, że to miejsce, w którym je robili.

– Nie. To też nazwa samego wina. Proponuję, byś jutro udał się na zakupy. Zrób sobie listę, bo do miasteczka i targu jest trochę drogi, zwłaszcza na piechotę. Bez auta ciężko, ale dasz sobie radę. Zostawię ci zdalne łącze internetowe. Może będziesz miał chęć sprawdzać, co się dzieje na świecie.

– Gdy patrzę, jak się bujasz na tym fotelu, to przychodzi mi na myśl zakup fajki – wtrąciłem, jakbym nie słuchał tego, co mówi.

– Może jak tutaj przyjadę następnym razem, to będziesz palił fajkę, a obok ciebie będzie robiła na drutach twoja żoneczka poznana w najbliższej osadzie. No i musisz się szkolić w portugalskim. Na półce znajdziesz słownik angielsko-portugalski.

– Kto wie? Coraz bardziej podobają mi się tutejsze kobiety.

Cristina zarumieniła się uroczo i wiedziałem, że odniosła te słowa do siebie.

– Jesteś z kimś związana? – zapytałem wprost.

– W zasadzie tak, ale nasz związek rozluźnił się w ostatnich czasach. Życie w ciągłych rozjazdach nie służy pogłębianiu relacji. Właśnie mamy się spotkać w Lizbonie. A ty? Masz kogoś?

– Ja jestem sam – odpowiedziałem krótko i jakby wbrew swoim intencjom.

Kobiety chyba wolą mężczyzn uwikłanych w związki. To w płci pięknej czai się ukryty instynkt zdobywcy, mimo że powszechnie cechę tę przypisuje się mężczyznom. Rozpaliłem świecę w kamionkowym kaganku. Płomień zaczął rzucać na postać Cristiny wielowymiarowe cienie.

– Widzę, że masz piromańskie zapędy – podsumowała zaczepnie.

– Człowiek się stara oczarować kobietę romantyzmem, a okazuje się, że ma dewiacje. Ale już jako mały chłopiec uwielbiałem gapić się w ogień. Mieliśmy w domu kaflowe piece i uwielbiałem się koło nich kręcić. Podpalanie smolaków, drobno rąbanej sosny to było coś. Pamiętam do dzisiaj, że akacja po chwili czerwieniła się pięknie całą gamą odcieni. Węgiel zaś, gdy się go nasypywało na rozpalone drwa, kopcił się czarnym dymem. Za to kiedy już się rozpalił, żarzył się pięknie i długo, dając najwięcej ciepła. Oczywiście węgiel kamienny, a nie brunatny – zakończyłem krótki opis. – Schowek w piecu był przestrzenią, którą zagospodarowywałem dla swoich żołnierzyków. Z klocków dobudowywałem całe koszary i przenosiłem się na krwawą arenę przeróżnych wojen. Poza domem zaś swoje zapędy piromańskie wyładowywaliśmy z bandą kolegów na ogniskach. Podpalaliśmy też strumień gazu wypuszczanego z dezodorantów. Albo przystawialiśmy sobie płonącą zapałkę pod tyłki i było wielkie bum! Krótko mówiąc, cud, że nikt nie spłonął, choć co niektórzy pupy mieli nieźle usmolone.

– Przestań! – śmiała się Cristina, przychylając głowę aż do zgrabnych kolan.

– Oj, zaburczało mi w brzuchu. *Come on baby, light my fire!* – zanuciłem.

– Dobrze, rozpalę – przerwała ze śmiechem – ale przystawię ci pochodnię zamiast zapałki.

Zaczęliśmy się obydwoje szaleńczo śmiać, a gdy już złapaliśmy oddech, stwierdziłem:

– Lubię te nasze romantyczne dywagacje. Szekspir przy nas by się natchnął.

– Zwłaszcza w scenie, w której trzymałbyś pochodnię.

Czułem, że tego wieczoru w atmosferze żartów, docinków i beztroski szczęśliwie spłonęły też nasze zahamowania i nieśmiałości, jakie początkowo panują między nowymi znajomymi. Kiedy chłód zaczął nam dokuczać, wróciliśmy z werandy do domu i zaczęliśmy szykować się powoli do spania. Dzień był przecież pełen wrażeń i czuliśmy już znużenie. Cristina pierwsza zajęła łazienkę. To był błąd. Kobiety często na długo się tam udają. Tak było i tym razem. Zmęczenie nie pozwoliło mi doczekać jej powrotu.

XI

Pierwsza noc na wyspie pogrążyła mnie w twardym i długim śnie. Widocznie organizm musiał się zregenerować po ostatnich przygodach i niewygodnej pryczy rybackiego kutra. Rano w kuchni na stole znalazłem kartkę od Cristiny z narysowanym ludzikiem o szerokim uśmiechu. To prawda, że uśmiech ma w sobie pozytywne oddziaływanie na otoczenie. Nawet ten z kartki dodał mi energii. Wróciłem do pokoju i ułożyłem w kostkę rozrzucony gruby koc, którym Cristina musiała mnie nakryć wczoraj, gdy twardo zasnąłem. Pewnie krzątała się po mieszkaniu nad ranem, ale ja nic nie słyszałem. Zaszedłem po wąskich schodach na górę do mniejszego pokoju ze ściętą ścianą i oknem w dachu. Sporą jego część zawłaszczyło sobie pokaźne łoże. „To tu spędziła noc Cristina" – pomyślałem i wyjrzałem przez dachowe okno. Ale wiele nie było widać, widok ograniczały duże drzewa z tyłu domu. Przysiadłem na łóżku i zadecydowałem, że teraz tutaj będzie moja sypialnia. Wyczułem pod naciskiem dłoni ujarzmione we wnętrzu sprężyny. Śmiało dałyby radę zamortyzować duży napór. Wtedy do końca zdałem sobie sprawę z tego, że zostałem sam w tym może uroczym, ale jednak obcym zakątku świata. Ludzie z pobliskich osad porozumiewają się nieznanym mi językiem i mają inne zwyczaje. Obce było też dla mnie moje nowe imię i nazwisko widniejące w dokumencie tożsamości. Postanowiłem jednak nie popadać w zły nastrój, tylko rozejrzeć się po miejscu, w którym teraz miałem mieszkać. Nie było wielkie, ale przytulne, a ścięte ściany nadawały mu zdecydowanie przyjazny charakter. Przez okno w dachu wpadało dużo słońca.

Na jednej ścianie stał wielki regał, a w nim sporo książek, ale w większości literatura tutejsza, autorstwa nieznanych mi pisarzy. A tym samym na razie nie miałem możliwości poznania dzieł tych może wartościowych autorów. Jeżeli nie doceniłby ich własny kraj i nie przełożono by ich twórczości na inne języki, to tym samym najprawdopodobniej skończyłby się ich żywot. Zacząłem pobieżnie kartkować niektóre egzemplarze. Ilustracje mogły świadczyć o tym, że były to młodzieżowe, przygodowe książki czytane przez Cristinę wiele lat temu i przechowywane jako wycinek jej czasu dorastania. Zdjęcia na szafce obok łóżka zapewne przedstawiały jej rodziców, kobieta miała bowiem rysy bardzo przypominające Cristinę, mężczyzna zaś szczery uśmiech, jaki często mogłem dostrzec na ustach mojej portugalskiej znajomej. Na innym zdjęciu zobaczyłem małą dziewczynkę patrzącą ze zdziwieniem w fotograficzny obiektyw – małą Cristinę. Myślące oczka miały już wtedy siłę przyciągania. W jednym ręku trzymała bukiet kwiatów, drugą jakby w przypływie złości zacisnęła w pięść. Wydawała się lekko pulchna.

Zostawiając pozostałości z przeszłości Cristiny i jej bliskich, opuściłem pokój nocny, jak go miałem już w zwyczaju nazywać. Otworzyłem okiennice w dużym pokoju, w którym spędziłem pierwszą noc, po czym uchyliłem okna. Kurz, który osadził mi się na rękach, uzmysłowił mi, że wczorajsze opowieści Cristiny o brudzie panującym w domu nie były całkowicie bezpodstawne. Zanim zabrałem się do sprzątania, wziąłem prysznic, zjadłem śniadanie, które przyrządziłem z zakupionych wczoraj specjałów, i wyszedłem przed dom. Są chwile, kiedy bliskość i dal nie mają znaczenia, bo przestały na siebie wpływać i od siebie zależeć. Tak jak w tej chwili. Zajrzałem do ogrodu i ruszyłem między kwitnącymi drzewami owocowymi. Zastanawiałem się, czy często ktoś przechodził po tej polnej dróżce prowadzącej z lasku i idącej dalej obok domu. Pomyślałem, że ciągle zapominamy w codzienności i pośpiechu o tym, że czas przemija i powinniśmy cieszyć się tym, co w życiu piękne, choć krótkotrwałe i niepewne. Poszedłem dalej, przyglądając się z oddali okolicy. Przestrzeń, która roztaczała się dokoła, oraz ożywcze, nieskażone powietrze wyrwały z mojego wnętrza euforyczny krzyk. Echo rozchodziło się majestatycznie, powtarzając moje „hop, hop", jakby chciało te słowa przekazać całemu światu. Może nasze życie przechodzi w takie niewidzialne echo, które wciąż jednak pozostawia po sobie nasze słowa, czyny albo milczy, potępiając to, że nie uczyniliśmy tego, co powinniśmy. Takim echem przeszłości były też fotografie pozostawione przez Cristinę, ten dom... Wybrzmiewający głęboki pogłos podziałał oczyszczająco. Wróciłem do chaty. Na werandzie zobaczyłem nieforemnie wytopioną świecę, która wczoraj paliła się przy naszych wesołych rozmowach. Dojrzałem też okulary służące mi do kamuflażu, ale stwierdziłem, że tutaj nie będę ich nosił. Pomyślałem też znów o Cristinie. Oby i ona myślała o mnie! Krzątanina po domu wydawała się nie mieć końca. Podczas sprzątania co rusz znajdowałem przedmioty, które mnie zaciekawiały. Czułem się trochę jak Tarzan w pomieszczeniu cywilizowanego człowieka. W kuchni oglądałem porcelanowe figurki, zaglądałem do pojemników, które witały mnie zapachem cynamonu, czosnku czy innych nieodgadnionych przypraw. Szuflady straszyły ostrzami noży, sztućcami i skręconym szpikulcem korkociągu. Szafy witały błyskiem talerzy, garnków i przeróżnych pojemników. Deska leżąca na kredensowym blacie zdradzała częste używanie. W pobliżu deski stało stare radio w stylu retro z tweedową obudową i głośnikiem. Włączyłem przycisk, poprawiłem antenę i dostroiłem dużym pokrętłem, aby usłyszeć wyraźne dźwięki muzyki. Zostawiłem radio włączone i ruszyłem na odkrywanie kolejnych terenów. Kamienne płytki na podłodze kuchni ziębiły moje stopy. Na szerokich półkach dużego pokoju stały kolorowe dzbany i bukiet z zasuszonych papryczek. Przypominając sobie wczorajszą rozmowę, zastanowiłem się nad kradzieżą ksiąg, które tutaj wcześniej stały. Intrygowało mnie to. Rosnące na werandzie rośliny miałem wynieść na zewnątrz, te, które uschły po zimie – zgodnie z poleceniem Cristiny – wyrzucić.

Nazajutrz po śniadaniu postanowiłem zwiedzić okolicę, przy okazji robiąc zakupy. Teren był odludny i przypominał obszary położone wokół mojego domu letniego, ale było tu więcej kwiatów, górzyste ukształtowanie terenu i ocean zamiast rzeki i morskiego zalewu. Przyjemnie jest wędrować beztrosko, podziwiając uroki pięknej okolicy. Człowiek nigdzie się nie spieszy, niczym nie przejmuje. Spokój wewnętrzny zaburzały co prawda niesforne pragmatyczne myśli dotyczące mojej przyszłości. Muszę zarabiać na swoje utrzymanie. Pieniądze, które otrzymałem, i to całkiem spore, wystarczą na jakiś czas, ale co później? Ale te myśli wkrótce same się zagubiły wśród potęgi czerwono-niebieskawych kwiatów, których nazw nie znałem i zapewne nigdy nie słyszałem. W dole przebijała błękitna tafla oceanu. Czegóż chcieć więcej? Szedłem intuicyjnie, pamiętając kierunek i główne punkty drogi przebytej z Cristiną. Pomyślałem z uśmiechem, że przypominam teraz nieco Robinsona Crusoe. Pogwizdywałem sobie albo milczałem, kiedy rozlegał się śpiew ptaków. Tych kilka kilometrów do miasteczka nie było męczące dla nóg. Przedwczoraj droga wydawała się bardziej uciążliwa, mimo że dłuższy odcinek przebyliśmy autobusem. Ale to pewnie z powodu dni bez większego ruchu, jakie spędziłem na kutrze.

Mieścina, do której zmierzałem, witała mnie z oddali dachami domów, białym dymem ulatującym z kominów i odbijającymi się w oknach promieniami słonecznymi. Minęła długa chwila i dotarłem do miasteczka. Powitały mnie ujadające psy i muzyka jakiegoś grajka.

Osada miała nierówny bruk i wydeptane ścieżki. Na pierwszy rzut oka było widać, że nie mieszkają tu zamożni ludzie, ale czułem przyjazny klimat. Ludzie, których minąłem po drodze, nigdzie się nie spieszyli, więc i czas musiał płynąć tutaj wolniej. Na długiej ławce pod rozłożystym drzewem rzucającym dużo cienia siedziało trzech kompanów w jesieni wieku, ale z wyraźną wiosną w sercach. W ich szczerych, niemal już bezzębnych uśmiechach znać było wiele przeżytych lat, wielkie doświadczenie i życiową mądrość. Obserwowali mnie ze szczególnym zainteresowaniem, jak kogoś, kto znienacka wkracza w uporządkowaną monotonię. Miasteczko najwyraźniej budziło się dopiero do życia, bo na przydomowych podwórzach nie dostrzegłem krzątających się ludzi. Miejscowość rozciągała się w malowniczej dolinie i mogłem stąd dostrzec leżące w dole centrum. Dziś skupiłem się na poznaniu przedmieścia i na zrobieniu niezbędnych zakupów. W sklepiku położonym na obrzeżach wziąłem kilka narzędzi potrzebnych mi do pracy w ogrodzie, następnie kupiłem sery, chleb i trochę warzyw. Ryby wyglądały świeżo i apetycznie, ale uznałem, że po kilku dniach na statku, gdy jadłem tylko to, nie mam jeszcze ochoty na taki obiad. Porozumiewałem się podstawowymi zwrotami z języka angielskiego, ale głównie na migi. Wypiłem chłodne piwko w przydrożnej karczmie i udałem się w drogę powrotną do mojej chaty. Dokładne zwiedzanie miasteczka zaplanowałem sobie na najbliższe dni.

Kolejne dni upłynęły mi głównie na aklimatyzacji w nowej rzeczywistości i w nowym miejscu. Przejrzałem znalezione książki i gazety. W pudle na szafie znalazłem muszle i inne przedmioty. Zrobiłem przegląd spiżarni i na koniec udałem się do piwnicy. Panowały tutaj chłód i półmrok. Tak jak opowiadała Cristina, butelek wina było jeszcze wiele. Ucieszyło mnie nie tylko wino, które zamierzałem systematycznie degustować, ale i przypominające alchemiczną aparaturę i pokryte grubą warstwą kurzu butle do jego wyrobu. Na szczytach butli zatknięte były szklane rurki. Pozostawało więc wyczyścić akcesoria, zakupić odpowiednie drożdże winne i przypomnieć sobie rzemiosło wyrobu domowego wina. Nauczyłem się go kiedyś od ojca, któremu pomagałem późnym latem napychać rozmaitym owocem szklane banie. Dla kogoś wychowanego w kulturze śródziemnomorskiej byłby to wyrób, który z prawdziwym winem nie miał nic wspólnego, zważywszy, że nie wykorzystywaliśmy odpowiednich szczepów winogron, ale porzeczki, wiśnie, dziką różę. A wcale nie było tak łatwo zrobić z nich dobre wino. Najczęściej było lekko za słodkie, zwane kobiecym, albo zamieniało się w ocet i użyźniało kompost. Ale i tak zawsze zadowolenie z własnego wyrobu przysłaniało wszelkie zarzuty dotyczące szlachetności trunku. W czasach panującego dawniej kryzysu produkcja różnych trunków (nie wyłączając wódki – bimbru) czy przetworów spożywczych, a także umiejętności krawieckie, stolarskie były domeną każdego gospodarstwa domowego. Okres dzieciństwa uprzyjemniały mi też wyroby czekoladopodobne kupowane po wielogodzinnym staniu w długich kolejkach. Jedno było pewne: w tamtych czasach wszystko, nie tylko wędliny czy pieczywo, smakowało wykwintnie, jako że nie używano chemicznych konserwantów i polepszaczy, tak dzisiaj wszechobecnych; pozostali już tylko nieliczni rzeźnicy i piekarze kultywujący starą dobrą szkołę.

Kolejne kroki skierowałem poza dom, aby po obejrzeniu obejścia sporządzić plan koniecznych napraw. Sprawdziłem, że fundament chaty był przy podłożu wypełniony kamieniami i łączony zaprawą murarską. Wyżej do samego dachu ściany postawiono z ułożonych poziomo drewnianych bali. Całość była dobrze zakonserwowana i ogólny wygląd budynku nie budził zastrzeżeń. Postanowiłem natomiast odnowić werandę i pomalować ją odpowiednią bejcą. Odnowienia wymagał też mały płot oddzielający przydomowe grządki, na których rosły jakieś zielone rośliny, zapewne chwasty, zważywszy na to, że nikt od dawna nie uprawiał tu ogródka. Na grządkach ciągnących się aż do drzew owocowych miałem zamiar posadzić różne rodzaje warzyw. Oplecionych i tworzących naturalny płot winorośli i krzewów nie zamierzałem przycinać. Nie byłem zwolennikiem idealnych ogrodów, gdzie trawa jest przystrzyżona z dokładnością do milimetra, nie ma ani jednego listka i wszystko jest symetryczne i sterylne. Właściciele takich miejsc jawili mi się jako osoby bez fantazji i żywiołowości, niewolnicy miejsca, które zamiast być oazą natury i odpoczynku, stawało się obiektem wyrównanych form agrarnych.

Wiedziałem już, co wymaga naprawy, i zaplanowałem realizację pomysłów, które się rodziły w mojej głowie. Gdyby można było w podobny sposób planować życie, usuwając usterki, wprowadzając udogodnienia, naprawy i przeglądy! Tylko z pozoru nasze działanie miało wpływ na koleje losu. Zazwyczaj jednak życie toczyło się swoją wyboistą, stromą i nieodgadnioną drogą.

XII

Nastąpiły ciche tygodnie sklejane niedzielami w zwoje miesięcy. Przestałem się golić i wyhodowałem całkiem pokaźną brodę. Na grządkach miałem imponującą uprawę warzyw. Teraz już większość zebrałem i złożyłem w piwnicy. Podjąłem się też serii napraw i konserwacji, zmieniłem część drewnianej konstrukcji werandy podziurkowanej przez korniki. Pomalowałem na koniec balustradę werandy. Początkowo machanie pędzlem namoczonym w gęstej bejcy było prostym, spokojnym zajęciem. Czułem się jak William Wharton odnawiający swój dom na prowincji albo niezwykłe mieszkanie na barce. Jednostajność tej czynności szybko jednak doprowadziła mój umysł do znużenia. Na tym odludziu nie mógłbym nawet zastosować przy tym zajęciu fortelu Tomka Sawyera, bo też zachęcić do malowania nie było kogo. Nakładanie bejcy podzieliłem na kilka dni i wreszcie doprowadziłem pracę do upragnionego końca. Wiedziałem, że chociaż tyle mogę zrobić dla Cristiny, i miałem nadzieję, że ulepszenia w domu i wokół niego będą dla niej miłą niespodzianką. Po licznych renowacjach na zewnątrz postanowiłem chłodniejszy czas przeznaczyć na remonty wnętrza. W ruch poszły zaprawa murarska, heble, młotki i inne narzędzia. Stara zaniedbana chata wkrótce wypiękniała i zyskała blask.

Po ukończeniu prac remontowo-renowatorskich miałem więcej czasu na czytanie albo tak jak dzisiaj szedłem do miasteczka, aby poczynić niezbędne zakupy i przy okazji rozprostować kości. Pogoda dopisywała, choć nie byłem przyzwyczajony do tego, że temperatura w zimie może być tak wysoka – pora zimowa kojarzyła mi się ze śniegiem i mrozem. Mijałem pole, na którym wystawały poucinane korzenie kapusty służącej tutaj nie tylko do kiszenia, ale też do przyrządzania przeróżnych zup i potraw. Kobiety umiały nosić na głowach kosze z kapustą, idąc szmat drogi i gawędząc między sobą, czasem nawet prowadząc ostre dysputy i kręcąc przy tym kapuścianymi głowami. Endemiczne barany również przystosowywały się do chłodniejszej pory, a ich wełniane ubranie było teraz pokaźniejsze.

Z domów dobiegały odgłosy rodzinnego życia, tak innego od mojego pustelniczego, które wiodłem poza miasteczkiem. Mimo że rozumiałem tylko nieliczne słowa, próbowałem wychwycić sens rozmów. W słowach tubylców czuć było ten charakterystyczny południowy temperament, który sprawiał, że często kłótnie i kobiece lamenty przeistaczały się w szalone salwy śmiechu.

Spotkane na drodze dzieci witały mnie radosnymi gestami, pamiętając zapewne dawane im od czasu od czasu cukierki i inne smakołyki. Dzieciaki wyrysowały kredą na chodniku kwadraty do gry w klasy. Cieszył mnie ten widok i myśl, że nie wszystkie dały się pochłonąć wciągającej mocy monitora. Maluchy, widząc moje zainteresowanie, zaprosiły mnie do gry. Wśród oklasków podjąłem wyzwanie, czując, jakby nagle ubyło mi lat. Skakanie na jednej nodze wymagało zwinności, precyzji i wytrzymałości. Bohatersko pokonałem trzy pola, kopiąc płaski kamień z wyczuciem wytrawnego dryblera. Ostatecznie kamyk zatrzymał się na linii, a ja musiałem ustąpić miejsca mojemu rywalowi w kraciastej sukience, sandałkach i warkoczykach. Dziewczynka była lepsza ode mnie. Sprawnie przeskoczyła pola, zaliczając dwie kolejne klasy. Uzmysłowiła mi, że grę w klasy powinienem raczej zostawić małym dziewczynkom i ewentualnie Cortázarowi*. Wśród obserwującej moje podskoki gawiedzi wzbudziłem śmiech, ale nic dziwnego! Brodaty mężczyzna skaczący z dziećmi w klasy, górujący nad nimi i nieudolnie udający małego chłopczyka. Dzieciaki protestowały przeciwko mojemu odejściu, ale udając niezrozumienie ich słów i intencji, ruszyłem w dalszą drogę.

Niektórzy ze starszych mieszkańców też zaczęli mnie powoli rozpoznawać, rzucając w moją stronę „bom dia**", lecz zazwyczaj nie podejmowali rozmów. Fama o mnie najwyraźniej się rozchodziła, a skórzany kapelusz i coraz dłuższa broda dodawały mi właściwej wśród tutejszych osiedleńców i turystów charakteryzacji.

* Aluzja do powieści Julia Cortázara „Gra w klasy".
** Dzień dobry (portug.).

Już z oddali dochodził do mnie gwar targowiska. Nie było tutaj ogrodzenia i na pierwszy rzut oka wyglądało na to, że panuje właściwy jarmarczny chaos. Bywałem tutaj regularnie i zaobserwowałem jednak stałe punkty okupowane przez charyzmatycznych kramarzy. Mówili do mnie Johnny, żartowali ze mnie i wciskali mi przeróżne rzeczy. Nieraz dałem się namówić na coś, lecz później w ogóle nie wiedziałem, co z tym zrobić. Większy pożytek mieli ze mnie kramarze handlujący serami, rybami, warzywami i owocami, których nie wyhodowałem w przydomowym ogródku albo nie rosły na drzewach. Na obrzeżach targowiska znajdowała się wielka sterta plecionych koszy, przy których siedziała jak zwykle stara Anna. Była śmieszną wysuszoną staruszką, pokazującą w szerokim uśmiechu jeden długi ząb, który ostał się jeszcze u dołu. Sprawiał wrażenie na tyle silnego, iż wydawało się, że można na nim zawiesić wypełniony owocami kosz. A kosze, którymi handlowała starowinka, okazywały się majstersztykiem sztuki wyplatania. Miały rozmaitą wielkość, przeróżne kształty i były przeznaczone do niezliczonych celów. Służyły do obmywania warzyw, do przechowywania owoców, do noszenia zakupów. W zależności od przeznaczenia ich oplot się różnił. Poznałem lepiej tę uroczą staruszkę, kiedy przyglądałem się jej sprawnej pracy i szybkim ruchom zwinnych, choć niemłodych już palców. Nawet próbowała mnie uczyć przekładać łodygi w odpowiedni sposób, ale wytworzenie wytrzymałego, poręcznego kosza, który miałby jeszcze estetyczny wygląd, nie było wcale łatwe. Anna pouczała mnie, porównując wyplatanie do robienia na drutach, ale nic mi to nie dawało, bo jedno i drugie było dla mnie czarną magią. Po tej krótkiej praktyce nabyłem u niej dwa kosze. Jeden miał służyć do trzymania i płukania warzyw, natomiast drugi zamierzałem wykorzystać jako pojemnik na uzbierane gałęzie i inne pozostałości, które usuwałem z przydomowego obejścia. Anna miała dziś klientów, ale gdy dostrzegła mnie wchodzącego na bazar, pomachała mi niczym nastolatka, uśmiechając się oczywiście jak zawsze swym jednozębnym uśmiechem.

Za stoiskiem Anny witał rybny targ, roztaczając woń świeżo złowionych i wędzonych ryb. Stoisko to prowadziło dwóch braci Almeidas, dowożących towar wprost z kutra należącego do ich ojca. Wśród wiszących okazów prym wiodły dorsze i sardynki. Polubiłem zwłaszcza te suszone w słońcu płaty sztokfisza, smakujące wyśmienicie jako zakąska do win i mocniejszych trunków. Był też dorsz mniej i bardziej solony, surowy, wędzony, przypiekany. Kiedy popadałem w konsternację z powodu zbyt dużego wyboru, bracia pocieszali mnie, że kiedyś chcieliby mieć w asortymencie tyle różnych postaci dorsza, ile jest dni w roku. Oprócz tych świeżych dorszowych specjałów trzymali w chłodni pokaźny zapas puszek z sardynkami: w sosie pomidorowym, czosnkowym bądź w specjalnych zaprawach lub marynatach.

– *Bom dia* – witali mnie dwugłosem braciszkowie.
– *Olá** – odpowiadałem.

* Cześć.

– *Tinha gosto de peixe?**
– *Estava delicios*** – odpowiedziałem i poklepałem się po brzuchu.

Nieraz też dawałem się skusić na sardynki przypiekane przez miejscowe kobiety na małych ceramicznych piecykach. Były przepyszne! Kolejny stragan to mięsny świat Toma, chudego i wysokiego jak tyczka do fasoli mężczyzny w wieku około pięćdziesięciu lat. Mówiono o nim przewrotnie Tomcio Paluch, choć jego głowa była widoczna z każdego miejsca bazaru, służąc niejako za dobry punkt orientacyjny. Tomcio namawiał do swych wyrobów, częstując przygotowanymi na tacy plastrami. Królowała tutaj wieprzowina zawieszona na ostrych hakach między szynkami, najczęściej presunto czy fiambre. Obok pyszniły się ponętnie pachnące i równie dobrze smakujące kiełbasy salsichas zbite w mniejsze patyki albo przysadziste walce. Wyroby te zjednały sobie moje kubki smakowe ze względu na ich smak i aromat; nie zawierały żadnych barwników, konserwantów i innych trucizn. Na kramie u Tomcia Palucha nabywałem zazwyczaj czosnkowe farinheiras i przyglądałem się jego córeczce, która z gracją nosiła na szerokich tacach mięsne rarytasy. W tym swoim białym, skropionym krwią fartuchu jawiła się niczym hostessa w ubojni. Nie mogłem się przekonać natomiast do często tutaj nabywanych przez miejscowych smakoszy części świńskiej facjaty w postaci ryja, uszu,

* Jak smakowały rybki?
** Było pyszne.

a także czerwonych ozorów, ogonów i racic. Jako mały chłopiec przypatrywałem się wprawdzie często mojej babci jedzącej kurze grzebienie lub kurze łapki, jednak widok ten wyraźnie mnie nie przekonał do pochłaniania podobnych specjałów. Patrzyłem właśnie, jak Tomcio smaruje błyszczącą zaprawą świński ryj, aby przyciągnąć klientelę, i postanowiłem nie kupować dziś żadnego mięsa. Ten patrzący ryj wywoływał we mnie odwrotny skutek do tego, który zapewne przewidywał Tom.

Poza straganem rybnym braci Almeidas oraz okazałym kramem Tomcia pozostałe stoiska były mniejsze, nie tak trwałe i często nie miały dachu. Spotkać można było wśród sprzedających młodego Gonza, rozkładającego na płachcie skorupiaki. Imię chłopaka nie wskazywało bynajmniej, że posiada on haczykowaty nos. Było to, jak się dowiedziałem, jego przekręcone nazwisko, które brzmiało Gomez. Ale nie przekonałem się do skorupiaków, które u niego jednego razu nabyłem. Nie była to raczej wina towaru, ale wynik moich nie najlepszych kulinarnych umiejętności w przyrządzaniu frutti di mare. Młody Gonzo był sympatycznym, gadatliwym chłopakiem, ale miał jedną wadę: żegnając się z nim, słyszał człowiek za sobą jego głos proszący jakby od niechcenia o pożyczenie mu do jutra trochę pieniędzy.

– *Hi, man* – zagadnął dziś Gonzo, kiedy przechodziłem koło niego.

– *Hi* – odpowiedziałem.

Zaczął proponować mi swój towar, powtarzając

„barato". Zresztą to słowo oznaczające niską cenę dominowało na całym bazarze.

– *Obrigado, não estou interessado** – odpowiedziałem szybko, aby mężczyzna nie rozwijał monologu.

Tak szybko poszedłem dalej, że zanim się Gonzo połapał, byłem już dwa stanowiska dalej i w ten sposób udaremniłem jego próby pożyczenia gotówki.

Na pozostałych miejscach targowiska cieszyły oczy i kusiły kolorowe i soczyste warzywa oraz owoce, wśród których dominowały pomidory i smakowite ziemniaki mogące śmiało konkurować z najlepszymi odmianami z czarnoziemów Europy Wschodniej. Wśród owoców najbardziej lubiłem pachnące morele i ananasy. Na końcu targu, przy lekkim wzniesieniu, budę miała zielarka Agata, o której mówiono na targu „wiedźma". Całe wnętrze jej miniaturowej zielarskiej chaty wypełnione było suszonymi lub świeżymi ziołami. Wiedźma rzeczywiście mogła wyglądem straszyć małe dzieci. Miała cygańską urodę nadgryzioną poważnie zębem czasu. Była chuda, koścista i jak na kobietę bardzo wysoka. Jej twarz żłobiły liczne zmarszczki i blizny. Na szyi nosiła rzemyki z amuletami, korale i łańcuszki, a w uszach kolorowe kolczyki i błyskotki. Agata czasem się uśmiechała, ale najczęściej miała poważny, wręcz kontemplacyjny wyraz twarzy. Oprócz suszonych ziół, które sprzedawała w pęczkach, staruszka przyrządzała też rozmaite mikstury i napary. Słyszałem, że niejeden raz wyleczyła lub wręcz uratowała swymi znachorskimi

* Dziękuję, nie jestem zainteresowany.

umiejętnościami mieszkańców miasteczka i wiosek leżących w pobliżu. Mówiono o Agacie, że ma około stu lat. Pomyślałem, że może to i prawda, bo jej wygląd i kondycja od razu wydały mi się niemal nadludzkie. Tę niezwykłą żywotność zawdzięczała ponoć właśnie swym ziołowym wynalazkom i wielogodzinnym włóczęgom po polach i łąkach. Była czerstwa, emanowała zdrowiem i witalnością mimo sędziwego wieku. Jej włosy nie wszystkie posiwiały, spod chusty w czerwone kwiaty można było dostrzec także pokaźne czarne kosmyki. Dowiedziałem się, że stara zielarka mieszkała w drewnianej chacie w lesie przed miasteczkiem.

W czwartkowe dni targ tętnił życiem z największą mocą. Oprócz stałych kramarzy pojawiali się sprzedawcy drobiu, baranów czy prosiaków. Mniej więcej co dwa miesiące przyjeżdżali też hodowcy wszelacy. Wtedy słychać było, jak konie rżały i parskały, wyrażając niecierpliwość. Rozjuszone byki zazwyczaj próbowały zerwać się z grubych łańcuchów. Na szczęście nigdy im się to nie udawało, bo inaczej targ zmieniłby się w arenę słynnego widowiska, jakie miało miejsce na ulicach Pampeluny*. W czwartki można też było spotkać więcej wystawców roślin, od sadzonek drzew zaczynając, a na najprzeróżniejszych kwiatach kończąc. Pewnie jeszcze kilka wieków temu na podobnym targu mógłbym oglądać czarnoskórych niewolników czekających w skupieniu na nowego pana.

* Miasto w północnej Hiszpanii, w którym co roku w lipcu odbywają się słynne gonitwy byków i ludzi.

Dziś po raz pierwszy spostrzegłem tutaj grubą kobietę z kolorowymi kurkami liliputami. Malowane ptaki robiły spory rwetes, a dzieci podsypywały między nie ziarna zbóż. Okazało się, że tylko małe kurki są na sprzedaż, a kilka wielobarwnych koguciów wystawiono do walki. Areną bitwy tych pierzastych gladiatorów była wielka klatka służąca zapewne do wożenia na targ knurów albo baranów. Nie miałem pojęcia, czy lilipucie koguty przywieziono tu celowo do udziału w walkach. Znając spontaniczność i pomysłowość tubylców, równie dobrze mogli stworzyć ten ptasi turniej przed chwilą. Starszy jegomość z małym wąsem wykrzykiwał slogany niczym zawodowy spiker przed walką bokserów. Następnie w szarym zeszycie zapisywał dane do tabeli zakładów i przyjmował do puli pieniądze, chowając je do płóciennego worka. Wokół klatki zgromadzili się sami mężczyźni. Przeważali panowie z siwymi czuprynami, ale znalazło się tutaj również dwóch chłopców, którzy w podekscytowaniu podskakiwali na chudych nogach. Do klatki wpuszczono dwa koguty, które po kilku krokach zastygły w miejscu i nastroszyły pióra tak, że ich szyje wydawały się teraz dorównywać rozmiarami ich brzuchom. Następowała walka na gesty i okazanie własnej siły w żylastym ciele, ostrym dziobie i walecznych krogulcach. Ten koguci pokaz przeradzał się w szykowny ceremoniał. Jak się dowiedziałem, kogut, który potrafił dobrze się zaprezentować na początku walki, zyskiwał tak dużą przewagę psychologiczną nad konkurentem, że w rezultacie zwyciężał. Wystarczył moment, aby koguty zwarły się w boju, dziobiąc się i drapiąc nawzajem. Dominujący kogut stał po chwili na rywalu. Przerwano pojedynek, zabierając z klatki wycieńczone ptaki. Kilka posępnych min świadczyło o zawodzie, jaki niektórzy mężczyźni czuli po przegranym zakładzie.

Poszedłem dalej wąską ścieżką, zatrzymując się przed kramem przygarbionego dziadka, który eksponował mnóstwo przeróżnych herbat i spory wybór kawy. Aromaty zmieszały się i w powietrzu unosił się intensywny bukiet zapachowy. To wyłącznie u Herbacianego Dziadka dokonywałem zakupów kawy i herbaty.

– *Como vai, Johnny?** – spytał mnie na powitanie.

– *Bem, obrigado*** – odpowiedziałem.

Następnie wysłuchałem jego propozycji. Polecał mi najlepszą chá, jak nazywano tutaj herbatę.

– *Fico com ele**** – zgodziłem się jak zwykle.

– *Adeus***** – powiedzieliśmy sobie na pożegnanie.

Na placu targowym było jeszcze kilka osób sprzedających miejscowe wina, ale ostatnio częściej kupowałem drożdże winne niż gotowe trunki. Zresztą miałem jeszcze spory zapas w piwniczce po ojcu Cristiny. Poza tym na targowisku zdarzali się też okazyjni sprzedawcy przeróżnych rzeczy używanych. Żałowałem tylko, że nie było dziś Justina, który jak mówił Herbaciany Dziadek, pojechał odebrać sery. Sery Justina były

* Jak leci?
** Dobrze, dziękuję.
*** Rozumiem.
**** Do widzenia.

najlepsze, więc postanowiłem kupić je koniecznie kolejnym razem.

Mogłem tu zdobyć niemal wszystkie potrzebne mi przedmioty oraz artykuły spożywcze. Choć nie miałem w zasadzie wyboru, to i tak przedkładałem to miejsce nad nowoczesne wielkomiejskie galerie handlowe, które choć klimatyzowane i z milionami towarów, były pozbawione uroku i klimatu. Także przychodzący tutaj ludzie byli inni i wydawali się bardzo szczęśliwi.

XIII

Ciepłe promienie słońca śledziły mnie dyskretnie, rozszczepiając się w falujących koronach wawrzynu. Czułem ich pieszczotę na poliku. Z małego strumyka znajdującego się za ogrodem nosiłem jak co dzień wodę do sadzawki, która miała służyć do nawadniania ogrodu. Czułem już ból w rękach od wielokrotnego targania cynowych wiader, postanowiłem więc zrobić przerwę i wybrać się na eskapadę po okolicy. Szedłem niespiesznie, podśpiewując sobie pod nosem, i znalazłem się niebawem na trakcie prowadzącym do miasteczka. Postanowiłem jednak zawrócić i udać się w stronę oceanicznej skarpy. Słońce grzało tu z całą mocą. Na trasach, które wybierałem, nigdy nie spotykałem ani turystów, ani mieszkańców wyspy. Po niedzieli planowałem wysłać Cristinie moje wiersze do publikacji. Jej pomysł wydawał mi się, delikatnie mówiąc, szalony. Może chciała mnie zmobilizować i w ten przebiegły sposób zagospodarować mój czas. Może myślała, że będę się tu snuł znudzony, więc dała mi motywację do działania? Sugerowała mi kolejne opowiadania albo powieść, ale miałem tylko te krótkie wiersze, których nie tworzyłem zbyt często. Cristina podchwyciła temat i teraz ciągle suszyła mi głowę. Oficjalnie sytuacja wyglądałaby tak, że Cristina miała otrzymać wiersze ode mnie po tym, jak się bliżej poznaliśmy przy okazji jednej z jej objazdowych wystaw. Miałem więc kontynuować publikację twórczości, a dzięki temu fortelowi nie ujawniać tego, że jednak żyję. Wiedziałem, że zmalało też ryzyko ewentualnego wznowienia pogoni za mną i za moimi współtowarzyszami. Z ostatniej rozmowy, którą przeprowadziłem z Cristiną, wynikało, że Aleksandrowi pozwolono odejść z posady, a po krótkich przymusowych wakacjach podjął pracę jako tłumacz i organizator międzynarodowych imprez kulturalnych – podobnie jak Portugalka. Szerokie kontakty Cristiny w świecie sztuki przydały się jeszcze raz. Opowiadała, że Aleksandr odżył i nie zamierzał już wracać w struktury aparatu państwa. Wiadomość ta tym bardziej mnie cieszyła, skoro miałem wobec niego wielki dług wdzięczności. Oczekiwanie Cristiny na moją twórczość poetycką działało na mnie mobilizująco, ale zarazem czułem presję. Wiersze miały zostać dostarczone do wydania w moim kraju. Resztę miał załatwić dobry popyt na moje nazwisko, bo przecież coś takiego jak koniunktura na wiersze od dawna już nie istniało. Czas więc bardzo naglił, ponieważ wzmożone zainteresowanie moją osobą mogło się w każdej chwili skończyć.

W poezji liczyły się nie tyle słowa, ile emocje. Inaczej niż w prozie, nie było tutaj mowy o jakimś zbędnym słowie służącym tylko za ozdobnik, dodatek, dopełnienie. Wiersz oddychał i żył każdą literą. Próbowałem zebrać do wysyłki znaczną część moich wierszy. Była to twórczość w przeważającej mierze sprzed wielu lat, ale aby zamknąć tworzony tomik w klamrę, planowałem dołączyć też swoje ostatnie utwory napisane podczas pobytu na wyspie. Może i niektóre z zapisanych świeżo słów były natchnione przez samą Cristinę.

Dotarłem nad brzeg oceanu. Widok jak zwykle był imponujący. W porywie nagłej euforii zapragnąłem zakosztować kąpieli. Woda była przyjemna, powierzchnia oceanu bardziej spokojna niż ostatnio. Szybkimi ruchami płynąłem raz za razem. Dzisiejsza kąpiel była dłuższa od ostatniej. W końcu poczułem zmęczenie i wdrapałem się po stromym brzegu. Gdy dotarłem do koca, zobaczyłem, że moje rzeczy leżą porozrzucane dokoła.

– Wiatru nie ma. Co jest, u licha! – Sprawdziłem nerwowo kieszenie spodni.

Ktoś mnie obrabował. Nie miałem dokumentów i pieniędzy. Zatrwożyłem się. Nastał sezon wakacyjny i na wyspie pojawiało się więcej ludzi, jak widać, różnego pokroju. Ktoś musiał mnie obserwować, a gdy poszedłem pływać, skrzętnie wykorzystał ten czas na rabunek. Najbardziej zmroziło mnie utracenie dokumentów. W razie nieoczekiwanej kontroli zaczną się prawdziwe kłopoty. Na szczęście telefon, który niedawno nabyłem, został w domu. Zdenerwowany przykrą niespodzianką wróciłem do chaty. Napisałem wiadomość do Cristiny o utracie dokumentów i zapowiedziałem wysłanie zbioru, jak tylko będzie gotowy. Sprawdziłem, ile zostało mi jeszcze pieniędzy, które trzymałem w domowej skrytce. Pech chciał, że miałem dziś przy sobie znaczną część funduszy. Nie było innego wyjścia, tylko jak najszybciej pogodzić się ze stratą dokumentów i pieniędzy. Strata tego, co nam łatwo przychodzi, jest o wiele mniej dotkliwa, niż gdy tracimy coś długo wypracowywanego i pielęgnowanego. Wprawdzie bez dokumentów byłem teraz prawdziwym Panem Nikt, ale nie chciałem dłużej o tym myśleć. Sięgnąłem do starej szafki po stertę wydrukowanych kilka dni wcześniej zapisków. Wyszedłem z materiałami na werandę, aby na świeżym powietrzu, wśród treli ptactwa, przejrzeć wszystkie wiersze jeszcze raz. Skubałem bakalie i wracałem wspomnieniami do czasu, kiedy te słowa powstawały. Ale po chwili, na przekór moim intencjom, odpłynąłem myślami do dzisiejszego rabunku na skarpie. Wciąż nie wiedziałem, co o tym myśleć. Byłem trochę zaniepokojony. Słońce przygrzewało. Rozmyślania zaczęły mi się rozpadać, rozmywać i nie wiedzieć kiedy – usnąłem nad kartkami.

Nazajutrz obudziłem się bardzo wcześnie. Po skromnym śniadaniu i mocnej kawie, z talerzykiem z bolo de mel* i stertą papierów pod pachą zasiadłem ponownie na werandzie. Słońce znów przygrzewało i prześwie-

* Ciasto z miodem bardzo popularne na Maderze.

cało przez liście drzew. Momentami zaczynało być za gorąco nawet w cieniu. Coraz częściej dochodziłem do przekonania, że cztery pory roku typowe dla strefy klimatycznej mojego kraju najbardziej mi jednak odpowiadają. Ale wyspa miała przynajmniej bardzo stabilną temperaturę. Nie było tutaj ekstremalnych upałów ani potężnych chłodów. Permanentnie wysoka temperatura mimo swych korzyści wpływa na człowieka bardziej usypiająco. Zresztą gdyby człowiek u zarania dziejów został w ciepłej Afryce, to jego rozwój nie przebiegałby tak dynamicznie. Ciężkie warunki zmuszają do myślenia, postępu i pracy. Tezę tę potwierdzała oprócz wszelkich procesów ewolucji także twórczość, jaka rozkwitała pod pamiętnymi rządami ludowej dyktatury. Zmagający się z systemem twórcy tworzyli dzieła wybitne, w których w sposób przemyślany i zakamuflowany przedstawiali istniejące zło. W tych ciężkich czasach mimo panującej cenzury powstawały piękne, mówiące o ważnych sprawach pieśni, ciekawe powieści. Tworzono rewelacyjne filmy, i to bynajmniej nieukazujące jedynie ciężkiego czasu, ale także inteligentne komedie. W późniejszych latach, w czasach odzyskanej wolności, twórcy zaczęli się gubić, z czasem dostrajając swą twórczość do poziomu potrzeb większości. Nie trzeba było długo czekać na efekty. Inna sprawa, że postęp człowieka to nie tylko efekt migracji do chłodniejszej strefy klimatycznej, ale również wynalazki, które miały ułatwić pracę, zminimalizować ją i odciążyć człowieka. Część z nich miała na celu wyręczenie ludzi w wykonywaniu obowiązków.

I w tym dążeniu do osiągnięcia stanu błogiego lenistwa, zamiast wylegiwać się pod drzewem, polując albo zbierając owoce, człowiek paradoksalnie podjął wyzwanie heroicznej pracy. Wyzwanie to nie zakończyło się na jednym udogodnieniu czy wynalazku, ale z biegiem czasu utworzyło w genach człowieka mutację polegającą na chęci nieustającej pracy w celu nicnierobienia.

Jeszcze raz spojrzałem na oświetlone słońcem liście i wracając do pracy, uśmiechnąłem się do siebie. Nachodziły mnie takie refleksje, że może zamiast długopisu powinienem trzymać maczugę... Popijałem cierpką herbatę i wyciągałem z niej co jakiś czas większe fusy, które wyrzucałem do popielniczki z rzeźbionymi postaciami szamanów. Tak już miałem, że herbata najlepiej smakowała mi ze szkła, a kawa wyłącznie z małej porcelanowej filiżanki. Mleko piłem najchętniej z kubka.

– Gdzieś to miałem... – mruczałem, przerzucając kartki. – Tu jesteś – wypowiedziałem tryumfalnie, kiedy w końcu odnalazłem wiersz zatytułowany „Agnozje".

Jestem wariacją na temat faceta
W połowie cham, w drugiej esteta
Mam w sobie łowcę i syndrom ofiary
Na mnie żerują przeciwieństw pary

Niskie pobudki, wzniosłe odruchy
Ciało ze stali, w duszy zaś kruchy
Nadstawiam polik, wymierzam ciosy
Jestem tym szewcem, co chodzi bosy

Lecę na wietrze, płynę pod prąd
Jestem miejscowym, co nie jest stąd
Mówią: on czarny, mówią: on biały
A ja jak każdy z mozaiki tkany

Odwróciłem stronę, by przejrzeć do końca zapisane słowa. Pozostałe kartki przykryłem popielnicą, bo wiatr czasem dmuchał mocniej.

Gdzieś ulicami zmierzają ludzie
Każdy historię swą toczy w trudzie
Cudowne wzloty, klęski, upadki
Co jeszcze kryją ich duszy klatki?

W tysiącach barw los dałeś nam, Boże
My wciąż się widzimy w jednym kolorze

— My wciąż się widzimy w jednym kolorze — szeptałem jeszcze, wodząc niewidzącym spojrzeniem. Moje oczy natrafiły następnie na stare i prawie zapomniane słowa o ludziach, którzy nie pamiętają o tym, co jest naprawdę ważne. Słowa te dotyczyły także mnie. Były bowiem momenty, w których pochłaniały mnie sprawy całkowicie zbędne. Postanowiłem dorzucić ten wiersz do dotychczas wybranych do zbiorku. Lektura kolejnych wydruków dostarczała mi chwile śmiechu albo irytacji z niedoskonałości wersów. Gdy tak czytałem te dawne utwory, zwróciłem uwagę na ważny fakt. Każdy rok wzbogacał moje gusta o dodatkowe smaki. Jako brzdąca fascynowały mnie formy rymowane, koniecznie śmieszne lub przynajmniej nieprzyzwoite przez swój wulgarny czy erotyczny wydźwięk. W myślach natychmiast wykopałem niczym wytrawny archeolog stary wierszyk nieznanego mi autora i mruczałem pod nosem: „Zapaliła się stodoła, wyskoczyła baba goła, a dziad myślał, że to skrzypce, i podrapał ją po pipce". Ten i jemu podobne dawały mi poczucie obcowania z prawdziwą sztuką słowa. Zaszczepiały w moim dziecięcym umyśle pierwsze fascynacje literackie. Na moje szczęście później gusta mi się wysublimowały. Wróciwszy do przeglądania wierszy, sam siebie próbowałem pocieszać słowami pewnego pisarza dotyczącymi pozytywnego efektu niezadowolenia ze swej twórczości. Niesmak ten miał być jakoby ewidentnym dowodem na postęp twórczego rzemiosła. Dlaczego tylko tych gorzkich dowodów musiało być aż tak wiele... Brnąłem dalej, wskrzeszając zakurzone sentencje.

Królestwo rozumu
Zbratane z człowieczym ego
Ze złą kartą od losu
Wciąż szuka, lecz nie wie czego...*

Te słowa nie były moje. Kartka musiała się zawieruszyć ze zbioru ulubionych wierszy. Spojrzałem na stary stół, przy którym siedziałem. Był duży, zajmował sporo miejsca na werandzie. Jego blat nosił liczne ślady osób, które przy nim jadły, bawiły się, pracowały, może

* Fragment wiersza „Poszukiwanie" autorstwa Emilii Jatczak.

odrabiały lekcje. Widziałem wyryte litery tworzące jakieś nieznane mi wyrazy. Może to mała Cristina w ten sposób zabijała chwile dziecięcej nudy, podejmując zarazem pierwsze próby pisania. Inne nacięcia układały się w popularny na Azorach widok wiatraka, przy którym stał pies. Charakterystyczne drobne otwory przy krawędziach były dowodem na intensywną pracę żarłocznych korników. Jasne okrągłe przebarwienia przy środku powstały pewnie od jakiegoś gorącego naczynia. Oczami wyobraźni ujrzałem siedzącą przy tym stole rodzinkę. Była tu mama kładąca na stole blachę z potrawą, córeczka drapiąca dużym gwoździem kontury ulubionego zwierzątka. Ojciec natomiast strugał dla swej ukochanej latorośli drewnianego bączka. Oho! Jaką ma długą brodę. Muszę zapytać Cristinę, jak tylko przyjedzie, czy jej tata rzeczywiście był brodaty. Wyobraźnia miała potężną moc! Mogła budzić do życia ludzi, nadawać realny wymiar faktom czy przedmiotom. To właśnie ona pozwalała urzeczywistnić i udowodnić prawdziwość najbardziej fantastycznej wizji.

Z tą myślą wstałem i udałem się do ogrodu. Czas na trochę pracy fizycznej, która zawsze wprawiała mnie w dobry nastrój. Pozagrabiałem wcześniej wyrwane pędy, a następnie zabrałem się do obcinania przyschniętych gałęzi drzew owocowych. Zaciągnąłem je na koniec ogrodu i złożyłem na stertę. Lubiłem te ogrodowe prace, choć jako brzdąc traktowałem je jak coś mało interesującego i niepotrzebnego. Jednak jak zazwyczaj bywa, prawdziwą wartość nauki docenia się dopiero po latach. Przystanąłem przy zarośniętym oczku wodnym uformowanym na kamiennej powierzchni. Nie miałem pojęcia, czy te głazy z wyżłobieniem, w którym zbierała się deszczówka, były uformowane przez naturę, czy przez rękę człowieka. Ale bez względu na to, niewątpliwie doceniałem korzyści płynące z tego ogrodowego źródełka. Podręczny zbiornik wodny w ogrodzie był użyteczny, a w tym intrygującym kształcie spełniał ponadto walory estetyczne. Chciałem zaspokoić ciekawość i sprawdzić ułożenie kamieni w oczku, rozgarnąłem więc rosnące wokół pnącza. W dolnej części sadzawki dostrzegłem jakby celowo wyżłobiony okrągły wlot. Może ten głaz da się przesunąć umieszczonym w otworze drągiem? Użyłem metalowego łomu, choć chyba sam nie wierzyłem, że przesunę głazy. Ale zdziwiłem się, kiedy powstała spora szczelina i można było nawet się do niej wcisnąć. Jaskinia? A może to ziemianka do przechowywania warzyw? Nie próbowałem jednak zejść w dół, coś mnie przed tym powstrzymywało. Przypomniałem sobie słowa Cristiny opowiadającej, iż jako mała dziewczynka zobaczyła przy tej sadzawce wielkiego szczura. Tak bardzo przestraszyła się tego widoku, że od tamtej pory zaprzestała wędrówek ścieżką w pobliżu źródełka i nadrabiała drogi, chodząc dokoła ogrodu. Zasunąłem kamienny właz i postanowiłem wykorzystać w przyszłości chłodną przestrzeń jako chłodnię do przechowywania warzyw i owoców, zwłaszcza że piwnica pod domem była niewielka i zastawiona butlami z winem oraz przeróżnymi narzędziami. Odłożyłem na bok solidny łom i ocierając spoconą twarz, wróciłem na zacienioną werandę. Nalałem sobie wody z plasterkami cytryny. Płyn podziałał ożywczo i ugasił pragnienie. Długo jeszcze siedziałem w fotelu, zatopiony w myślach i trochę rozleniwiony upałem, zanim odzyskałem werwę do dalszego przeglądania sterty zgromadzonych na stole materiałów.

O, ten tekst był stary. Ale dobry. Wciąż byłem z niego zadowolony. Był apoteozą dobroci ukazanej niejako w konkurencji z mądrością. Dobroć w końcowych wersach tryumfowała, będąc też mądrością. „I jeszcze jedna niespodzianka" – pomyślałem, kiedy zobaczyłem następny wiersz.

...
Kiedy czas mój skończy dzieje
Wspomnij mnie raz w dzień jesienny
Nie w ten pierwszy
Bom nie święty
W ten następny
Mniej nadęty...

Pomyśleć tylko, że dawniej myśl o nieuniknionej śmierci wzbudzała we mnie wewnętrzną niezgodę i niezrozumienie. Potrzebowałem wielu lat, zanim zrozumiałem sens śmierci i jej harmonię z całym wszechświatem. Człowiek nie miał predyspozycji psychicznych, aby żyć tak długo jak żółwie. W niczym nie pomógłby mu nawet gruby żółwi pancerz. Odłożyłem kartkę na prawą stronę stołu, gdzie leżały wiersze wytypowane do zbioru. Zostać pisarzem jest z organizacyjnej strony łatwym zajęciem. Wystarczy kartka papieru i coś do pisania. Jest to zdecydowana przewaga nad innymi sztukami. Malarz musi mieć dobre płótno i paletę farb, muzyk potrzebuje drogich, doskonale sporządzonych instrumentów, aby mógł wydobyć z nich piękne dźwięki, a w pisarstwie nic nie zmieniało się od setek lat. No, może poza tym, że kartka papieru i długopis zostały zastąpione najpierw przez maszyny do pisania, a później przez komputery i klawiatury.

Zbierając tak te moje wiersze, nagle zatrwożyła mnie myśl o braku w dzisiejszym świecie zapotrzebowania na taką formę osobistej refleksji. Co prawda, forma wiersza mogłaby okazać się przyswajalna: krótka, skondensowana, niewymagająca od odbiorcy poświęcenia wiele czasu. W zalewie przeróżnych tekstów, adaptacji i streszczeń czytelnik prędzej przeczyta krótki wiersz niż przebrnie przez powieść. Ale już treść wiersza... Ta wcale nie była łatwa w przyswojeniu. Musi być tak, jak było od zawsze. Wiersze zostaną mniej uczęszczaną, piękną łąką dla wtajemniczonych. To przecież nie obnażające się gwiazdy ani bogaci urzędnicy i sfrustrowani biznesmeni czy pyszałkowaci politycy wytyczają społeczeństwom nowe kierunki. Drogowskazy powstają z dala od tego zgiełku.

Kończąc pisanie wprowadzenia do zebranych wierszy, czułem satysfakcję, że zadanie to poszło sprawnie. Wprawdzie wykonałem to za Cristinę, bo to ona miała być autorem słowa wstępnego. Ostatnimi czasy nachodziły mnie myśli o utrwaleniu ostatnich wydarzeń w prozie. Czas spędzony na wyspie, okoliczności mojego wyjazdu i wszystkie wypadki towarzyszące udziałowi w zjeździe na Azorach mogły być interesującym tematem. Nie miałem nigdy wcześniej tak burzliwych i nieoczekiwanych przygód. Ostatnie miesiące na Maderze upływały jednak bez nadzwyczajnych zdarzeń. Obawiałem się więc, że to niemal pustelnicze życie na wyspie, które urozmaicały jedynie wyprawy na targ i nieliczne rozmowy z mieszkańcami miasteczka, uczyniłyby tę powieść zbyt monotonną i refleksyjną. Z drugiej strony wiedziałem, że pogmatwana fabuła z setkami postaci może być imponująca, ale ani mój styl, ani panujący tutaj spokój nie są gruntem dla takiego pisania. Potrzebowałem dystansu przed próbą ubrania w słowa tego wszystkiego, co ostatnio przeżyłem. Nie pragnąłem jednak skupić się na opisywaniu swych mniej czy bardziej wiarygodnych przygód. Chodziło mi bardziej o rebelię przeciwko wszechogarniającej sensacyjności i powierzenie jej roli na dalszym planie. Główne role odgrywałyby w tej powieści obserwacje, obyczaje i refleksje. W utworze prozatorskim zamierzałem ponadto – niczym w koniu trojańskim – schować część mych wierszy. Na razie wiedziałem jednak, że jeszcze nie nadszedł na to wszystko właściwy czas.

Pisarski fach dawał mi zadowolenie i wiedziałem, że mógłbym wykonywać go także wtedy, gdybym był zamożny i nie musiał myśleć o zapewnieniu sobie środków utrzymania. Choć jeśli mam być szczery, to, o zgrozo!, pisanie nie przyniosłoby mi nawet kromki chleba. Kiedy patrzyłem na ludzi wykonujących nielubianą pracę, ale zapewniającą im byt, zawsze dręczyły mnie niepokojące wnioski. Każdy powinien jednak czynić to, w czym najlepiej się czuje i co najlepiej potrafi robić. Taka praca byłaby jednocześnie przyjemna, pożyteczna i co ważne, niezwykle efektywna. Może kiedyś uda się doprowadzić do takiej ewolucji, kiedy wykonywanie zawodu czy uprawianie ulubionych zajęć osiągnie złoty środek między krzywą popytu i podaży, nie niszcząc fundamentalnych praw ekonomii? Ale do tego czasu miliony będą pewnie jeszcze długo wykonywać pańszczyznę, byle do soboty, nie myśląc o tym, że ich tydzień powinien mieć siedem dni, a nie dwa, a wakacje to nie tylko przepustka od przymusowego kieratu. Prawdziwi artyści mieli niewątpliwą przewagę. Jak inni byli częstokroć zmuszeni do galerniczej udręki. W ich organizmach brak było jednak niewolniczego wirusa, który zatruwał duszę złowrogą mordęgą.

XIV

Trzymając w dłoni długi sękaty kij, kroczyłem zacienioną ścieżką. Gałęzie muskały mnie podczas przedzierania się wąską dróżką. Byłem niedaleko od moich włości, kiedy zauważyłem w oddali starszą kobietę. Poznałem ją dopiero po dłuższej chwili. Bez wątpienia była to Agata. Odruchowo schowałem się za drzewo. Obserwowałem starą zielarkę i zastanawiałem się, co ją tutaj sprowadza. Agata odsłoniła plecy i zaczęła się okładać jakimś zielem. Po krótkim samobiczowaniu naciągnęła odzienie na grzbiet, poprawiła chustę na głowie i zniknęła wśród drzew. Wahałem się przez chwilę, czy udać się za nią i zaspokoić ciekawość, ale ostatecznie poszedłem w obranym wcześniej kierunku. Gdy wchodziłem na wzniesienie w pobliżu domu, usłyszałem donośny sygnał telefonu. Komórka leżała na półce w sypialni. Mogła dzwonić tylko jedna osoba. Ruszyłem biegiem, by zdążyć odebrać.

– Witaj, piękna.

– Witaj, ofermo. Nałykałeś się za dużo wina albo piwa z miejscowymi damami i zgubiłeś dokumenty oraz pieniądze? Przyznaj się.

– Nie jest mi do śmiechu. Było tak, jak pisałem. A mówiłaś, że to w moim kraju jest sporo kradzieży.

– Nie martw się, coś wymyślimy. Przekazałam twoje wiersze. Wydawnictwo było bardzo zainteresowane. Nawet nie musiałam ich specjalnie dopingować. Zobaczysz, że wydadzą je szybciej, niż myślimy. Tylko proszę cię na przyszłość, nie zwódź za bardzo swych czytelników, bo to jest główny zarzut. Robisz za dużo nieprzewidywalnych ruchów i zostawiasz sporo niedopowiedzeń. Mówię to też za siebie, bo i sama zostałam twym czytelnikiem.

– I moim krytykiem – powiedziałem z uśmiechem w głosie. – Postaram się. Wiesz... Muszę coś ze sobą zrobić. Jestem chyba jeszcze za młody, aby spędzić tutaj resztę życia. Broń Boże, nie uskarżam się na nic, bo mam tutaj rajską naturę, piękne widoki, ciszę i spokój. Jednak chyba za dużo mam w sobie energii, żeby wystarczyła mi ta sielanka. Poza tym muszę zarabiać na swoje utrzymanie, a pieniądze, które mi zostały, prędzej czy później się skończą.

– Coś wymyślimy. Czy chcesz wrócić do kraju?

– Przynajmniej na jakiś czas. Chciałbym wrócić do domu. Mam sporo rzeczy, które wolałbym zabrać. Wiesz, jak to jest. Tęskni się do miejsc i bliskich osób.

– Chciałbyś już pewnie wyjechać i zapomnieć o mnie.

– Co ty wygadujesz! Chyba będę już zawsze za tobą tęsknił. Gdziekolwiek bym był.

W słuchawce zapanowała cisza.

– Jesteś tam? – zapytałem.

– Jestem. Miło mi. Już myślałam, że chcesz uciec z wyspy i ode mnie.

– Absolutnie nie! Nawet tak nie myśl. Powiedz lepiej, kiedy tutaj zawitasz.

– Mam jeszcze trochę pracy przez najbliższy miesiąc. Może po zakończeniu pokazu w muzeum drezdeńskim. Wtedy będę miała długie wakacje i przyjadę. Zatem jeszcze nie sprowadzaj i nie zadomawiaj u siebie młodych kotek z okolicy.

– Nie ma sprawy. Zresztą wiodę tutaj raczej życie niemal ascetyczne. No, może poza piciem zbyt dużej ilości wina. Wasze wielkie butle wypełniły się ponownie owocem i liczę, że tym razem zrobię jakiś zacny trunek.

– Jak przyjadę, to z przyjemnością będę kiperem.

– Wiesz, Cristina… Coraz częściej myślę o ujawnieniu się, ale wolę to zrobić w moim kraju. Inaczej spędzę tygodnie na deportacjach i innych formalnościach.

– A więc Max Moriel powróci do żywych.

– Sama widzisz, że sytuacja się zmieniła. Przedstawię wszystko bardzo logicznie i wiarygodnie. Zdołałem uciec, obronić się przed oprawcą i wyciągnąć od niego informacje o tym, kto zlecił mój mord. Nie mają podstaw mi nie wierzyć. Ukrywanie się to tylko konsekwencja obawy o życie.

– Nigdy nie możesz być pewny, że zagrożenie ustało. Zrobisz jednak, jak uważasz. Pamiętaj, że moja praca, kontakty i niekontrolowane samoloty, którymi organizujemy transport eksponatów, mogą pomóc ci w dotarciu do kraju lub w inne miejsce. Nie martw się więc już tymi skradzionymi dokumentami.

– Dzięki, choć czuję się jak zwierzyna łowna. A co u Aleksandra?

– Często rozmawiamy telefonicznie i gdy tylko jest okazja, to się spotykamy. Teraz stanowię dla niego oparcie i staliśmy się chyba bliżsi sobie niż dawniej. Jego nie sposób nie lubić.

– Cieszę się – powiedziałem lekko kwaśnym tonem, który nie współgrał z wypowiedzianymi słowami.

– Będę kończyć, bo mam gościa.

– Dobrze. To do usłyszenia albo zobaczenia.

Schowałem telefon do kieszeni. Zastanawiałem się, jakie relacje panują między Cristiną a Aleksandrem. Miałem wrażenie, że mogło się coś między nimi rozwijać. Nie mogłem walczyć z Rosjaninem i nie mogłem go pokonać w walce o uczucia kobiety. Nie chciałem już dłużej o tym rozmyślać. Wybrałem się do miasteczka, a kilkanaście minut później znalazłem się już na bazarze. Było późne popołudnie, więc czas handlu dobiegał końca. Po czwartkowym rwetesie część kramarzy zostawała jeszcze na placu. Pili wino, żartowali, często przyrządzali w dużym kotle wspólną kolację złożoną z gotowanych warzyw i ryb.

– Jest pyszna – zachwalałem, jedząc ulubioną kapuścianą zupę caldo verde.

– Jeszcze dołożymy.

– Nie, dziękuję. – Wymownym gestem pokazywałem swój nadęty brzuch.

Niemal wszyscy poznani na wyspie mieszkańcy odznaczali się niesamowitą gościnnością i przyjaznym usposobieniem. W trakcie kolacji tradycją stało się obstawianie wyniku meczu rozgrywanego przez smyków, którzy na moje oko nie skończyli jeszcze dziesięciu lat. Dwaj z nich byli synami braci Almeidas. Strzelający bramki Alonso to wnuk Pedra. Sędziował Tomcio Paluch, rozpoczynając grę poprzez podrzucenie małej skórzanej piłki. Wkrótce robił się tumult i ośmiu piłkarzy ganiało po miniaturowym boisku wydzielonym z części placu. Bramkami były drewniane palety. Kibice zaczęli głośno rozmawiać i zamaszyście gestykulować.

– Na kogo stawiasz, Johnny?

– Na Czerwone Diabły – odpowiedziałem bez większego zastanowienia, kładąc na stole kilka monet.

Piłka odbijała się często od drewnianych stołów ustawionych po bokach. Nie był to jednak aut w świetle ustalonych tutaj reguł. Kolejną innowacją była zasada, że nie wykonywano rzutów rożnych. Po prostu za trzy sytuacje uprzywilejowane do wykonywania kornerów przysługiwał rzut karny. Niebieskie koszulki dostały właśnie prawo do karnego, ale bramkarz w czerwonej koszulce zwinnie odepchnął piłkę z bramki.

– Brawo, Pepe! – krzyczał Pedro.

Z oczu kibicującej starszyzny biła iskra zapału, jakby została uwięziona w starych spracowanych ciałach. Ale dzisiejszy mecz przebiegał bez zakłóceń. Zdarzało się też, jak choćby ostatnio, że wiekowi kibice potrafili bojkotować decyzję wybranego przez nich samych arbitra. Dochodziło do gwałtownej wymiany zdań, a następnie do szorstkich kłótni, po których każdy senior zabierał juniora i złorzecząc, odchodził z zapowiedzią, że już nigdy nie będą uczestniczyć w oszukańczym widowisku. Tak szybko, jak kłótnia powstawała, tak szybko też odchodziła w zapomnienie i po kilku dniach piłka znowu turlała się między opuszczonymi stoiskami, wśród euforycznych krzyków oddanej publiczności. Ich skandowane okrzyki, doping i szaleńcza gestykulacja zamieniały to niepozorne miejsce w wypełniony po brzegi potężny stadion. Nie było tu miejsca na obiektywizm. Dla każdego z dziadków czy ojców to wnuk czy syn grał najlepiej, a kiedy nawet chwilowo nie grał, to nie z własnej winy.

Dzisiejszego wieczoru murawa targowego boiska była sucha. Często jednak pozostałe po większym deszczu kałuże sprawiały, że ciała i koszulki małych piłkarzy pokrywały się błotem. Ale po powrocie do domu tym małym futbolistom niestraszna była rozkrzyczana matka i jej złowieszcze słowa o praniu i czekającym laniu, kiedy mieli po swojej stronie rozanielonego grą ojca. Może się myliłem, ale w krajach, gdzie futbol urastał do rangi religii, matki chyba witały małych brudasów z większą wyrozumiałością. Tomcio Paluch co chwila odgwizdywał na palcach faul bądź sygnalizował właściwy werdykt. Wydawało się, że ze swych palców uczynił sprawny i posłuszny instrument. Zacząłem się nawet zastanawiać, czy jego przydomek nie wziął się przypadkiem od sprawnych palców, na których wygrywał. I tym razem Tom przeraźliwym gwizdem zakończył mecz. Rozgrywka nie trwała dłużej niż pół godziny, nie było zamiany na połowy boiska, jako że przerwy też nie było. Po zaciętym meczu maluchy dostawały zazwyczaj drobne na orzeźwiające soki i lody, zaś ich starsi kibice koili piłkarskie emocje przy chłodnym piwie. Tomcio uskutecznił teraz pokaz żonglerki. Skórzana piłka była na tyle zużyta, że między jej przepuszczającymi szwami widać było pomarańczowy balon.

– To wygrałeś, Johnny – uśmiechał się do mnie Tomcio Paluch.

Wygranych stawiających na czerwone koszule było jeszcze kilku. Odebrałem pieniądze i rozdałem po równo małym piłkarzom. Jeden z chłopców w niebieskiej koszulce, na którego wołali Veriho, siedział zapłakany na uboczu. Widocznie zbyt ambitnie podszedł do meczu albo jeszcze nie nauczył się przegrywać.

– Nie rozpieszczaj ich tak, Johnny – zawołał Tomcio Paluch – bo zobaczysz, że się później od nich nie opędzisz.

Po skończonym meczu tak jak zwykle bracia Almeidas prezentowali swe piłkarskie dryblingi, żonglerki i strzały. Niewątpliwie żywioł wspólnej zabawy i futbolowego szaleństwa unosił się nad placem. Jak wiele było w nich jeszcze wigoru! Nadrabiali techniką i doświadczeniem. Jak opowiadali bracia Almeidas, rozgrywano kiedyś też mecze starszyzna kontra młodzicy, ale odstąpiono od rozgrywek, gdy młodzież przegrywała i odmawiała później buńczucznie pomocy przy łowieniu ryb, uprawie ogrodów.

– Muszę iść – powiedziałem w końcu.

– Zostań jeszcze – prosili.

– Na pewno będę za tydzień, choć może i wcześniej też uda mi się zajrzeć – odpowiedziałem, żegnając się z zebranymi.

Eskortowało mnie kilku małoletnich piłkarzy, którzy widzieli we mnie dziwnego dobrego wujka, dukającego nieczysto w ich języku. Długo jeszcze miałem przed oczami obraz biegających malców i starszych, jak pantomimę o upływie czasu, o młodości i starości, wigorze i niedołęstwie.

Po drodze odwiedziłem miejscową księgarnię, ale nic nie kupiłem. Wiatr lekko uderzał w czubek mojego kapelusza, a ja jak zwykle pogwizdywałem sobie beztrosko. Kiedy przechodziłem obok karczmy, usłyszałem wołanie:

– Johnny!

Odwróciłem się i dojrzałem bazarowego znajomego o imieniu Miguel wołającego mnie i machającego ręką. Wdrapałem się po kamiennych schodkach na częściowo zadaszony balkon, na którym stały drewniane stoły i ławy, a parapety stanowiły ladę, przez którą wydawano trunki. Przysiadłem obok Miguela, który był już wyraźnie pod działaniem wypitego wina i zamówił kolejny dzban. Był starszym człowiekiem, a jego szczupłą sylwetkę podkreślały żylaste, zbite mięśnie. Domyślałem się bardziej, o czym mówi, niż go faktycznie rozumiałem, zwłaszcza że niewątpliwie bełkotał już po alkoholu. Opowiadał o dobrym utargu dzisiejszego dnia, a następnie zaczął żalić się na żonę, która rzekomo przyprawiała mu rogi. Wcale się przy tym nie przejmował, w jakim stopniu go rozumiem. Wystarczały mu widocznie moje towarzystwo i pocieszające gesty. Oberżystka żartowała z siedzącymi przy stolikach mężczyznami, pewnie stałymi bywalcami. Karczmarka traktowała przy tym poklepywanie i obmacywanie swych rozłożystych pośladków jak nieodzowny element pracy. I raczej przyjemny. Kiedy podeszła do naszego stolika z dzbanem pełnym wina, Miguel przytulał się do jej pleców, czule wymawiając jej imię. Carolina.

– Poznaj naszego Amerykanina!

– Pan z tak daleka? – zagadnęła z ciekawością.

Odpowiedziałem, że mieszkam obecnie w Europie i jestem na dłuższych wakacjach, ale ona mnie nie słuchała, tylko zaczęła powtarzać pod nosem: Amerykanin, Amerykanin. Następnie zaczęła przecierać mokrą ścierką deski naszego stołu tak, że woda ściekała na podłogę. Nachylając się nad podłogą, zbierała tę kałużę, spoglądała na mnie ponętnym wzrokiem i eksponowała obfite piersi. Podziękowałem za wino. Carolina musiała wypytać Miguela o mnie, bo po chwili usłyszałem swoje imię i figlarne zaczepki. Stuknęliśmy się z Miguelem pokaźnymi kielichami. I wtedy na plac przed karczmą weszli muzycy trzymający w rękach gitary i przeróżne bębenki. Widzieliśmy ich z góry bardzo dobrze. Podniosła się wrzawa, rozbrzmiały nagle oklaski, a muzycy zaczęli się witać. Najwyraźniej nie po raz pierwszy umilali gościom czas. Miguel zasnął pijackim snęm, chrapiąc co chwila. Na całe szczęście jego odgłosy zostały wkrótce zagłuszone przez dźwięki bębnów. Po długim wstępie wygrywanym przez congi, bongosy i bębny rozpoczął się popis gitarzystów i zrobiło się naprawdę zmysłowo. Muzycy szarpali agresywnie nylonowe i metalowe błyszczące struny z pasją i wirtuozerskimi umiejętnościami. Bez wątpienia ich wielki kunszt był wypracowany przez długie lata. Pierwsi odważni tancerze ruszyli do tańca, a na placu rozpoczęła się spontaniczna zabawa. Nie siedziałem długo przy stole, ponieważ wkrótce zostałem porwany do węża. Przemykaliśmy z zawrotną prędkością między stolikami i ławami. Następnie wąż ugryzł się w ogon, przeistaczając się w koło. Każdy z nas rozpoczynał popis najbardziej zmysłowych wygibasów, na jakie go było stać. Kolej przyszła i na mnie, więc wysiliłem się na najbardziej nieskoordynowane ruchy, jakie potrafiłem wydusić z mego ciała. Tempo muzyki wzrastało, a bębny wydawały z siebie coraz bardziej porywające dudnienie. Dostrzegłem w głębi karczmy Carolinę, która kręciła seksownie ciałem. Inne tańczące kobiety przy wtórze kastanietów wirowały w szaleńczym rytmie, a ich kolorowe suknie powtarzały piruety ciała. Tancerki przytupywały przy tym raz po raz jak we flamenco. Po dłuższej chwili nasze koło porozbijało się w pary i dostałem za partnerkę młodą uroczą dziewczynę z kwiatem we włosach. W końcu wszyscy tancerze nagrodzili oklaskami muzyków i udali się do stolików, by ochłonąć i ugasić pragnienie. Moja tancereczka wraz z koleżanką podeszły do mojego stolika, a ja zaprosiłem je do towarzystwa. Zaczęliśmy rozmawiać i moja partnerka o imieniu Maria dopiero teraz zorientowała się, że jestem obcokrajowcem. Kolorem skóry upodobniłem się już bowiem do tubylców. Dowiedziałem się, że dziewczyna była studentką matematyki, a teraz spędzała wakacje u rodziców na wyspie. Jej koleżanka była mniej rozmowna, wyraźnie zlękniona popatrywała na bezwładnego Miguela.

– Znam go – odpowiedziałem uspokajająco. – Był trochę zmęczony i musiał odpocząć.

– I zostaniesz na wyspie na stałe?

– Może. Skoro są tutaj takie ładne dziewczyny...

– Wszystkim kobietom tak mówisz? – uśmiechnęła się Maria.

– Tylko studentkom matematyki – odpowiedziałem, widząc, że jej koleżanka zajęła się rozmową z jednym z gości.

Maria najwyraźniej dostrzegła swoich znajomych, bo nagle wstała i pomachała do kogoś za moimi plecami.

– Przepraszam na chwilę – powiedziała krótko i udała się na spotkanie przyjaciół.

– OK – stwierdziłem, jak przystało na prawdziwego Amerykanina, cedząc te dwie litery, które wyrażały wiele, jak i w zasadzie nic.

Żałowałem jej odejścia, bo była naprawdę sympatyczna. Upiłem kolejny łyk wina, wpatrując się we wpółotwartą szczękę Miguela. W tej pozie wyglądał jak zamyślony naukowiec. Na całej sali panował gwar, głośne śmiechy i rozmowy. Słyszałem nawet włoski, flamandzki, co dowodziło, że sezon turystyczny na wyspie jest w pełni. W końcu poczułem skutki nadmiaru wina. Musiałem pilnie opróżnić pęcherz.

– Leż tu spokojnie, mój przyjacielu – powiedziałem do chrapiącego Miguela i chwiejnie podreptałem do toalety.

Kiedy ujrzałem przed męską toaletą kolejkę, w jednej chwili podjąłem decyzję. Pospiesznie otworzyłem inne drzwi z symbolem koła. Na szczęście w środku nikogo nie spotkałem. Z ulgą opróżniłem pęcherz, wygłaszając nad muszlą nieco bełkotliwym głosem maksymę, która właśnie mi zaświtała:

– Dwie najprzyjemniejsze chwile w życiu mężczyzny: wstęp do urynacji i finał kopulacji.

Czułem się wspaniale. Zbierałem w skupieniu myśli, aby stworzyć kolejną sentencję.

– Dwie najgorsze chwile w życiu mężczyzny: moment kastracji i dzień po libacji.

Musiałem przyznać, że toalety damskie były czystsze od męskich. Umyłem ręce niczym chirurg po operacji, spojrzałem w lustro i ułożyłem rozczochrane włosy. Nigdy jednak nie potrafiłem wpatrywać się w swą twarz uwięzioną w lustrzanej tafli. Może nie chciałem dostrzec oznak nadchodzącej starości, choć byłem zadowolony ze swojego wyglądu. Wyszedłem i od razu doszły mnie odgłosy rozbawionej gawiedzi. Poszedłem wąskim korytarzem, ale najwyraźniej pomyliłem drogę, ponieważ znalazłem się nagle w pomieszczeniu ze skrzynkami i pustymi butelkami. Obok skrzynek stały zakurzone beczki. Wycofałem się, ale wtedy usłyszałem dziwne głosy, jakby sapanie. Moja ciekawość nie dała za wygraną. Przeszedłem między drewnianymi skrzynkami w kierunku, skąd dobiegały hałasy. Po przejściu kilku metrów okazało się, że za stłoczonymi skrzyniami i innymi gratami znajduje się puste pomieszczenie. Odgłosy się nasilały. Powoli i ostrożnie wychyliłem głowę zza opartych o ścianę desek. Otwory pod sufitem wpuszczały nieco światła, w którego promieniach wirowały niczym śnieg szare płatki opadającego kurzu. Na masywnym okrągłym stole rozpoznałem obszerne ciało Caroliny, w które wtulał się jakiś mężczyzna. Z szaleństwem i bez opamiętania pieścił jej obfite piersi. Schowałem głowę i już jako świadomy podglądacz obserwowałem to wyuzdane widowisko. Carolina oplotła potężnymi udami zapalonego amatora swych wdzięków. Jej biodra chwilami niemal przysłaniały mężczyznę. Poznałem teraz muzyka siedzącego jeszcze niedawno za bębnami orkiestry. Tego samego, który przyciągał oczy publiczności błazeńskimi minami i sztuczkami polegającymi na żonglerce pałeczkami podczas gry. Widocznie nie spożytkował całej energii i dał się uwieść tęgiej Carolinie, która prawdopodobnie każdą zdobycz tutaj przyprowadzała. Nie czekałem na finał i wyszedłem, rozglądając się przy tym, aby nie zrzucić przypadkiem jakiejś skrzynki.

Przeszedłem znów obok toalet i postanowiłem wyjść na chwilę na dwór z tyłu karczmy. Chciałem odetchnąć wieczornym powietrzem. Nastawała piękna gwiaździsta noc, w czasie której można było poczuć, jak oddycha wszechświat. Zaczerpnąłem głęboko haust tlenu. Mój spokój został przerwany przez cień, który nagle wynurzył się z nocnej czerni i zaczął szybko mówić w tutejszym języku.

– *Do you speak English?* – odpowiedziałem pytaniem na pytanie, sądząc, że słowa zdeprymują mojego rozmówcę. Moja broń okazała się jednak nieskuteczna, bo tubylec od razu przeszedł na płynny angielski.

– Szukam przyjaciela. Nie zabłąkał się tutaj?

– Nie widziałem nikogo. Przynajmniej nie teraz.

Kiedy mężczyzna zbliżył się do mnie, rozpoznałem gitarzystę z grupy muzycznej.

– Witam naszą gwiazdę. Wspaniale gracie. Już dawno nie bawiłem się tak dobrze i nie słuchałem tak dobrej muzyki – powiedziałem z zachwytem w głosie.

– Dzięki, ale gwiazdy są na niebie albo zasilają kabzę muzycznego molocha – odpowiedział z goryczą i jednoczesną ironią. – Ja jestem tylko muzykiem starającym się jak najlepiej wykonywać swoją sztukę.

– Zawsze chciałem umieć grać na gitarze, ale albo brak czasu, albo niewystarczające zaangażowanie udaremniły mi spełnienie tych życzeń.

– Nigdy nie jest za późno.

– Dla mnie chyba już tak. Zresztą chyba powinienem skupić się na pisarstwie, skoro na tym polu mam więcej szczęścia.

– A, to witam w gronie sztukmistrzów. Dużo już napisałeś?

– Niedużo i pewnie dużo nigdy nie napiszę. Chciałbym ofiarować innym tylko potrzebne słowa. Poza tym wiesz, wiek dla rozpoczynania pisarstwa różni się zasadniczo od tego, w jakim należy kształcić umiejętności gry na instrumentach. Dla pisarza najważniejszy jest bowiem czas – potrzebny do nasiąkania obserwacjami, doświadczeniami, emocjami i przeżyciami. Pisarz jest jak uśpiony wulkan. Wybucha później, ale dorodną lawą.

– Naprawdę musisz być pisarzem. Zazdroszczę ci, że możesz działać w pojedynkę i w pełni odpowiadać za to, czego dokonasz, albo za to, czego nie udało ci się osiągnąć. W zespole jest inaczej. Kiedy każdy ma wiarę i daje z siebie wszystko, to kapela mknie do przodu jak rozpędzona lokomotywa, ale kiedy choć jedno ogniwo nie działa tak, jak powinno, odbija się to na całej grupie i na wszystkich z osobna. Ty możesz realizować swoją koncepcję. W zespole zazwyczaj jest ich więcej i podlegają licznym tarciom. Dobrze, gdy wygrywają te wizjonerskie, przyszłościowe. Bywa jednak różnie i dla chwilowego poklasku forsuje się nawet plany bez widoków na przyszłość czy pomysły niepoparte żadną twórczą pracą.

– Nie słychać, aby tej waszej lokomotywie czegoś brakowało – stwierdziłem po chwili.

– Jednak traci stopniowo prędkość i pewnie zatrzyma się na jakiejś małej stacji, gdzie będzie obiektem pożądania tylko małych dzieci i w końcu zeżre ją postępująca korozja.

Jego sceptyczne wnioski zaimponowały mi metaforyką i dosadnością. Zawahał się przez chwilę, rozglądając się dookoła.

– Nasza pieśniarka przenosi się do Lizbony na stałe i ma zamiar działać z nami już tylko w sezonie turystycznym. Z kolei Sergio, bębniarz, zakochał się bez pamięci i zamierza po ślubie zająć się budową domu, muzykę uprawiać w wolnych chwilach.

Zastanowiłem się nad tym Sergiem i jego zakochaniem. Pomyślałem, że raczej obawy się nie ziszczą, bo tak jak bębniarz znajdował wolne chwile w stanie zakochania, tak zapewne znajdzie je w czasie budowy domu.

– Widzisz…

– Johnny – wyszedłem naprzeciw z wyciągniętą dłonią.

– Sanchez – odpowiedział. – Zazdroszczę ci, Johnny. Idę dalej poszukać Sergia. Jeszcze zginie i nie dotrze na własny ślub. No i trzeba ruszać z muzyką, bo ludzie zasną.

– Ja potańczę z przyjemnością. Przy waszej muzyce nogi same skaczą – zagaiłem po portugalsku.

– Mówisz w moim języku, a mnie sprawdzasz w innym? – zdziwił się Sanchez.

– Do dobrego mówienia po portugalsku to jeszcze mi daleko. Ale zawsze miałem predyspozycje do nauki języków.

– To bywaj. Zauważyłem wiele ładnych dziewczyn, więc nie trać czasu.

– Ładne są niewierne, a nieładne wierne.

– Chyba masz rację. Oby dzisiaj wszystkie były jak najładniejsze – odpowiedział wesoło.

Odszedł, a ja udałem się z powrotem do karczmy. Przy stoliku Miguel wciąż spał. Spojrzałem na niego i sprawdziłem, czy aby nie wyzionął ducha. W tym hałasie nie usłyszałbym jednak, nawet gdyby chrapał.

– Już jesteś? Gdzie się podziewałeś tak długo? – Zza moich pleców wyłoniła się nagle Maria.

– Nie spodziewałem się, że wrócisz, i poszedłem na spacer – odpowiedziałem jej, ciesząc się w duchu, że się pojawiła.

– Myślałeś, że mogłabym tak odejść bez pożegnania?

– Skoro Kopciuszek potrafił opuścić bal i księcia...

– Nie zostawiłam jednak pantofelka.

– Rozpoznałbym cię i bez pantofelka.

– To dla was, aby było jeszcze weselej tej nocy – powiedział Sanchez, który wtargnął nie wiedzieć skąd między mnie a Marię.

– Co to takiego? – zapytałem zaskoczony.

– To taki zapachowy ziołowy tytoń. Sam go własnoręcznie urabiałem. Widzę, że masz fajkę, to popalicie sobie przy muzyce. Zobaczysz, że dźwięki mogą też mieć kolor i zapach – powiedział w pośpiechu Sanchez. – I pozdrawiam ładne dziewczyny – dodał, odchodząc w kierunku sceny.

Maria utkwiła w niego zafascynowane spojrzenie. Nie dziwiłem się. Nie dość, że grał niesamowicie, to jeszcze był przystojnym młodzieniaszkiem. Otworzyłem małe pudełeczko. Tytoniu nie było dużo, ale pachniał przyjemnym żywicznym aromatem.

– Wezmę ze sobą. Nie będę raczył cię dymem.

– Nie poczęstujesz mnie? – zapytała zdziwiona.

– Nie wiedziałem, że palisz.

– W takie wieczory jak dziś lubię zapalić. Nie mówiłeś, że znasz muzyków z tego zespołu. Może wymyśliłeś, że jesteś turystą, a w rzeczywistości jeździsz jako członek wędrownej muzycznej trupy? Dziś mnie zauroczysz i wykorzystasz, a jutro będziesz gdzieś daleko.

– Nie będę nigdzie daleko – odpowiedziałem z uśmiechem wobec roztaczanej przez Marię wizji.

– Ale tylko to zanegowałeś – deklamowała z aktorskim gestem. – Czyli zauroczenie i wykorzystanie pewnie niecnie planujesz.

Dokończyłem nabijać cybuch fajki.

– *S'il vous plaît, madame** – oznajmiłem dostojnie, choć czułem nietrafność określenia „madame" wobec tak młodej osoby.

Przekazałem fajkę wraz z małą żelazną zapalniczką. Maria głębokim wdechem rozgrzała zawartość fajki, a następnie kaszlnęła wraz z pierwszym dymem, którego kłęby wzbiły się wełnianymi obłokami ponad stół.

– Mocny? – zapytałem z ciekawością.

– Dobry – odpowiedziała i zaczęła się śmiać, przekazując mi fajkę z takim namaszczeniem, jakbyśmy siedzieli w indiańskim wigwamie i ustalali właśnie warunki zakopania topora po długotrwałej wojnie.

Muzyka ruszyła z werwą. Zakosztowałem tytoniu Sancheza. Był mocniejszy, niż zakładałem. Fajka

* Proszę, pani (fr.).

jeszcze dwukrotnie krążyła między nami, a później nieoczekiwanie znaleźliśmy się wśród tańczących, niczym rozedrgane płomienie na silnym wietrze. Maria przypominała mi teraz arabską księżniczkę potrafiącą ruchem bioder namalować w powietrzu najbardziej wyszukane obrazy. Zrozumiałem, że Sanchez miał rację i dźwięki rzeczywiście mogą mieć kolory. Barwy, których nie potrafiłem nazwać, kojarzyły się z ekstazą. Machałem do Sancheza, jakbym w ten sposób chciał mu oznajmić, że zrozumiałem jego słowa. Dostrzegł to i pokiwał mi dłonią. Za pękatymi bębnami siedział Sergio. Miał twarz pełną spokoju i odprężenia. Gra wydawała się sprawiać mu jeszcze większą frajdę. Pieśniarka wydawała z siebie tak przenikliwe dźwięki, że wydawało się, iż mogą lecieć do gwiazd. Nie wiedziałem, jak to się stało, ale nie było już zadaszenia nad taneczną areną. Pozostało tylko iskrzące się piękne niebo z dryfującymi kometami przelatującymi tak nisko, że zacząłem skakać, aby ich dotknąć. Horyzont tworzył odbicie podobne do tego, jakie oglądałem dawno temu w przyczepie z lustrami śmiechu. Postacie z balu były rozciągnięte w przestrzeni. Musiało to wyglądać komicznie, bo zatraciłem się w nieokiełznanym śmiechu zapierającym mi niemal dech w piersiach. Wszystkie te postacie, do których podchodziłem, wydawały się uśmiechać na mój widok. Ktoś mnie złapał za ramię, ale stwierdziłem to po dłuższym namyśle, jakbym dopiero odzyskał czucie. Była to Maria. Nie wiem, jak to się mogło stać, ale zupełnie o niej zapomniałem. Kolejny raz tego dnia ucieszyłem się na jej widok. Przytuliliśmy się mocno i stopniowo moje uszy odbierały dźwięki orkiestry. Zaczęliśmy się powoli i rytmicznie kołysać. Dziewczyna coraz mocniej się we mnie wtulała, jej piersi stawały się bardziej nabrzmiałe, a sutki wyraźnie stwardniały. Ciśnienie rosło, niczym supernowe na Mlecznej Drodze. Rozbłysk tych gwiazd poczułem niczym Strzelec w konstelacji, który mocno napiął swój łuk i zdawał się być w pełni skupiony na wystrzeleniu strzały. Czas się zatrzymał. Pocałowałem Marię w usta, a potem zsunąłem wargi na jej długą szyję. Muzycy przeszli do bardziej nastrojowych utworów, a ich gra wywoływała we mnie dreszcze.

– Jakie to piękne! Nigdy wcześniej tego nie słyszałem.

– To klasyka fado – poinstruowała mnie Maria.

– Fado – powtórzyłem, tuląc się do Marii. Nasze tańce trwały jeszcze długo, a z karczmy ulatywał stopniowo huczny nastrój. Przegapiłem moment, kiedy muzycy opuścili scenę. Żałowałem, że nie uścisnąłem ich na pożegnanie. Budę z trunkami zamknięto, a goście albo się rozchodzili w grupach, albo usypiali za stołami. Zająłem z Marią ławę, którą zamieniliśmy w leżankę.

Usadowiliśmy się wygodnie i zwróciliśmy wzrok ku górze.

– Widziałaś te barwy, gwiazdy i lustra?

– Lustra? – powtórzyła Maria z zawahaniem w głosie. – Może to były lustra, ale takie, w których nie było odbicia głów. To był taki bal ludzi bez głów. Nie mogłam znaleźć ciebie. Chodziłam między tymi wszystkimi dziwnymi postaciami, rozglądając się za tobą, ale nigdzie cię nie było.

– Może byłem na górze między gwiazdami. Mogłem mieć głowę w kuli komety. Patrzyłaś w górę?

– Nie pamiętam. Nie wszystko pamiętam. Już zaczynałam się bać i chciałam uciekać. Wtedy jednak odnalazłam ciebie.

– A gdy zobaczyłaś mnie bez głowy, to zapewne stwierdziłaś, że chyba czegoś mi jeszcze brakuje.

– Miałeś głowę – powiedziała z uśmiechem i przytuliła się do mojego boku.

– Nie wiem jak ty, ale ja zostaję tutaj do rana. Nie będę się przedzierał po nocy. Tutaj jest ciepło i nie kapie na głowę.

– Myślałam, że zostaniesz z innych powodów.

– Z innych? Nie wiem z jakich – udawałem mało domyślnego.

– Ja nie mogę tu zostać. Odpocznę i wracam.

– Tylko nie zapomnij zostawić pantofelka, tak jak się umawialiśmy.

– Dobrze, mój książę. Właściwie to przy której ulicy mieszkasz?

– Nie mieszkam w miasteczku. Moja chata jest położona bliżej morza. Zapewne wiesz, jak się idzie przełęczą na południe. Mijasz taką charakterystyczną bajkową chatkę, gdzie mieszka stara wiedźma.

– Nie wiedźma, tylko babcia Agata – obruszyła się nagle Maria.

– To twoja babcia? – zapytałem, myśląc gorączkowo, czy nie popełniłem przypadkiem jakiegoś faux pas.

– Nie moja, ale trzeba mieć szacunek dla starszych osób.

– Zgadza się – potwierdziłem spokojnie, ale czułem, że musiałem wejść na grunt, na którym Maria gromadziła znaczny potencjał swej wrażliwości.

Tymczasem z wnęki wyłoniła się nagle potężna postać Caroliny i niebawem zamknęła wrota do wewnętrznych pomieszczeń karczmy. Spojrzała na zadaszoną salę i nas leżących na ławie przy ścianie. Nie miała jednak zamiaru nas wyganiać. Podśpiewywała coś pod nosem i najwidoczniej była zadowolona z minionego dnia bardziej niż z utargu.

– Carolina poszła – szepnąłem do Marii.

– Dlatego tak się przytuliłam do ciebie, aby mnie nie zauważyła. Wiesz, jak to jest w małym miasteczku. Wszyscy się znają, więc lepiej unikać plotek.

– Toby dopiero było, gdyby cię zobaczyli z przybłędą, który pojawił się znikąd.

– Wiesz przecież, że nie o to chodzi.

– Wiem i rozumiem.

– Przypomniałam sobie jeszcze naszą szaloną zabawę. Jak cię w końcu odnalazłam i wołałam: „Johnny!", to mówiłeś, że nie nazywasz się Johnny, tylko...

– Tylko jak? – zapytałem z udawanym spokojem.

– Nie pamiętam. Może mi się przypomni. – Maria ściszyła głos, a po chwili już spała.

Wpatrywałem się w jej młodą, niewinną twarz. Słyszałem jeszcze szum po muzyce i krzykach ludzi. Nie potrafiłem jednak odmówić sobie pocałowania Marii w czoło. Uczyniłem to początkowo z opiekuńczością i namaszczeniem, ale wnet poczułem przeszywający dreszcz. Maria przebudziła się i podniosła głowę, przyciskając niespodzianie i energicznie swoje usta do moich. Zatraciliśmy się w kolejnym tańcu, tym razem w poziomym szaleństwie zmysłów, które okradło nas ze świadomości i pamięci.

* * *

– Gdzie idziesz? – spytałem zachrypniętym głosem. Dostrzegłem pierwsze symptomy nadchodzącego świtu.

– Muszę iść, bo rodzice mnie zatłuką.

Zostawiła mi kartkę z numerem telefonu oraz słodkiego całusa i szybko czmychnęła. Podniosłem się połamany. Drewniane deski odcisnęły się na moim grzbiecie. Pomyślałem, że pewnie przy Carolinie czułbym się jak na łóżku wodnym, ale nie żałowałem, że ta przyjemność mnie ominęła. Wstałem i idąc przez pobojowisko po imprezie, odszukałem swój plecak. Nie zauważyłem Miguela, który musiał się już do tej pory przebudzić. Moja odzież była przesiąknięta dymem i potem. Zataczając się, wyszedłem na ulicę. Przymrużyłem oczy w jasnej zorzy poranka. Wygramoliłem się na chodnik, gdzie natknąłem się na ekspedientkę z księgarni. Poznała mnie, ale widząc mój stan, na „dzień dobry" tylko coś odburknęła pod nosem. Cóż, dobra zabawa to przecież nic złego. A ja się bawiłem wczoraj i przez całą noc świetnie. Wyjąłem z plecaka butelkę z letnią wodą i popijając, ruszyłem na swoje odludzie. Byłem ciekaw, czy Maria się odezwie, czy też będzie miała skrupuły. Kopnąłem kamień, który potoczył się po bruku.

– Gol! – wykrzyknąłem w euforii. Jednocześnie z szelmowskim uśmiechem przywołałem słowa fanów futbolu, iż gol strzelony na wyjeździe liczy się podwójnie.

XV

Niebawem miałem spotkać się z Marią na moich włościach. Od pamiętnych całonocnych tańców widziałem się z nią kilka razy i bardzo ją polubiłem. Miałem jednak nadzieję, że nasze relacje nie przerodzą się w coś poważniejszego. Ona była jeszcze taka młodziutka i niewinna. Gdybym jednak miał dłużej zostać na tej wyspie, to z pewnością Maria dojrzeje i z uroczej dziewczyny stanie się piękną i mądrą kobietą. Lato na wyspie było dłuższe niż na północy kontynentu. Tubylcy mówili, że lata obfitują zazwyczaj w częste deszcze, ale najwyraźniej ten rok nie potwierdzał tych słów. Noce jednak od kilku dni zaczynały robić się dużo chłodniejsze, jakby chciały oznajmić pierwsze kroki jesieni. W ogrodzie i w leśnych zakątkach mogłem rankami podziwiać okazałe pajęczyny, na których zwieszały się krople rosy, jak łzy za odchodzącym latem. Te majestatyczne sieci zaczynały łapać pierwszy puch opadający z koron drzew. Władcy sieci wydawali się zresztą ślepi na te zaczepki. Czekali w bezruchu na swój wyczekiwany cel będący zarazem ich ofiarą.

Niezmiernie cieszyłem się z tego, że moja przyjaciółka mieszkała w okolicy i miło mogłem z nią spędzać czas. Kto wie, może za kilka dni pojawi się Cristina. Tak przynajmniej mówiła podczas naszej ostatniej rozmowy, informując mnie o przygotowaniu premiery wierszy i jakiejś niespodzianki. Dzisiejszy dzień mijał mi głównie na gotowaniu i na odkładanych od dłuższego czasu porządkach. Smakowity sernik wynagrodził moje kulinarne próby. Wieczorem miała przyjść Maria, więc czułem się nieco podekscytowany. Postanowiłem zagłuszyć niecierpliwość i obejść okolicę.

Idąc wśród niezwykle wyrośniętych kwiatów strelicji, oddychałem przedwieczornym powietrzem, rześkim i przesyconym intensywnym zapachem kwiatów. Moje myśli popłynęły ku przyszłości... Czy mógłbym spędzić na tej wyspie resztę życia? Świat się skurczył. Nie musiałem być Napoleonem na Wyspie Świętej Heleny. Mógłbym mieć tutaj stałą bazę i opuszczać wyspę tylko w razie potrzeby. A tyle tu jeszcze miałem miejsc do odkrycia i ścieżek do wydeptania! Przystanąłem nagle, gdy zauważyłem w oddali wysoką postać Agaty. Kiedy wiedźma zniknęła wśród zieleni, poszedłem do miejsca, w którym przed chwilą stała. Wychyliłem się zza krzaka, aby zobaczyć, dokąd się udała. Nie zobaczyłem jej, ale widać było w oddali jej drewniany, niemal wrośnięty w las posępny dom. Pewnie zielarka zmierza teraz do swej chaty leśnymi skrótami. Wpatrywałem się jeszcze przez dłuższą chwilę w okolicę, a następnie zawróciłem i udałem się w swoją stronę. Przystanąłem jednak rychło, gdy ujrzałem leżącą na leśnym podszyciu chustę zawiązaną na trzy supły. „Zapewne zgubiła ją podczas zdrowotnego biczowania" – pomyślałem. Ruszyłem ze znalezioną zgubą do chatki Agaty. Nie zapukałem jednak od razu do drzwi. Przez otwór po sęku dostrzegłem staruszkę. Stała w sieni i rozkładała na ławie nazbierane zioła. Miałem właśnie zapukać, kiedy Agata podeszła do ściany i przesunęła jedną z ław, a następnie przytknęła czoło do rzeźbionej głowy byka i pociągnęła za wystające rogi. Uśmiechnąłem się na ten widok, ale nagle ściana się rozsunęła! Zielarka wchodząca do ukrytego pomieszczenia jawiła mi się teraz jako bardzo zagadkowa postać. Ściana zamknęła się za nią. Odszedłem od drzwi chaty i wróciłem do lasu. Poszedłem na zbocze, skąd rozpościerał się najdogodniejszy widok na chatę, i postanowiłem poczekać, aż staruszka wynurzy się ze środka. Ułożyłem się na leśnym posłaniu, podłożyłem ręce pod głowę i skierowałem wzrok na korony drzew wawrzynowych. Zasnąłem. Nie wiem, jak długo odpoczywałem, ale zerwałem się nagle, słysząc skrzyp drewnianych drzwi. Agata zamknęła chatę na klucz i zrobiła kilka kroków przy ścianie, pochylona, jakby czegoś szukała. Następnie rozejrzała się na boki i ruszyła żwawym krokiem ścieżką prowadzącą do miasta. Domyśliłem się, że w jakimś schowku przy chacie staruszka pewnie chowa klucz. Leżałem jeszcze jakiś czas, odprowadzając ją wzrokiem, a następnie udałem się do mojego domu. Przez cały czas myślałem o dziwnym zachowaniu starowinki. Po kolacji usiadłem na werandzie, żeby się nad tym wszystkim zastanowić. Ciekawość mnie zżerała i była tak uciążliwa jak ten latający wokół mojej głowy i bzyczący moskit. Uderzyłem szybkim ruchem w kark i zmiażdżyłem owada. „Pójdę tam pojutrze" – pomyślałem.

W czwartek Agata jest na bazarze. Ja natomiast zaspokoję ciekawość i zobaczę, cóż ona ukrywa za tą obracającą się ścianą. Usprawiedliwiałem się w myślach, że przecież nie zrobię nic złego, tylko się rozejrzę.

Postawiłem na stole czerwone wino oraz dwie kryształowe lampki, następnie nałożyłem do misy smacznie wyglądającą sałatkę. Sernik już wystygł, więc ostrożnie, ale zręcznie wyłożyłem go z żeliwnej formy na kolorowy duży talerz. Przydałby się jakiś biały obrus, ale nie miałem żadnego. Postanowiłem za to zapalić świecę. Wszystkie znane mi kobiety to uwielbiały. Włączyłem stare radio i dużym pokrętłem ustawiłem stację grającą evergreeny. Na odbiorniku były przyciski do programowania kanałów, ale ich nie używałem. Zaznaczałem na skali kolorowymi pisakami częstotliwości. Nad kreskami malowałem albo małą trąbkę oznaczającą kanał z jazzem, albo mordkę z zębami jako kanał z audycjami, przy których szlifowałem portugalski. Z radia płynęły znane dźwięki, a ja kolejny raz pomyślałem, że muzyka w dzisiejszych czasach też zmienia się w plastikową tandetę. Te niby-piosenkarki wyśpiewujące jakieś denne teksty, te dźwięki podobne do siebie... Poruszałem nerwowo gałką. Najlepszy sygnał miały zazwyczaj stacje serwujące denne, choć zapewne najbardziej popularne produkty przemysłu muzycznego. Jednostajny rytm był rusztowaniem dla banalnej melodyjki śpiewanej kobiecym, ciągnącym się tonem. Zapewne miała tatuaże i wyzywający strój oraz wszelkie atrybuty potrzebne do wzbudzenia uwagi. Już może nawet nie musiała śpiewać, bo została sławna i trzeba było w końcu spędzać czas na pokazywaniu się w szeroko oglądanych stacjach telewizji. Mamy w końcu epokę promocji realizowaną poprzez wszechogarniającą ekshibicję.

Gdy dźwięki zostały brutalnie przerwane przez reklamę szamponu do włosów, pomyślałem przez moment o zakupie nowej tubki jasnej farby do włosów. Już się nawet przyzwyczaiłem do swego kamuflażowego wizerunku. Byłem przekonany, że prędzej czy później reklama z masowych form audiowizualnych zagości na poszczególnych stronach książek.

Dynamiczne dźwięki nawiązywały do stylistyki rocka. Rock się skończył. Przywdział lukrowe szaty i nie wyrażał już żadnych prawdziwych emocji. To nie były już wykrzyczane głębsze myśli i pasjonujące brzmienia, lecz sterylne piosenki, bardzo dobre pod względem jakości dźwięku, ale zbyt mechaniczne. Dzisiaj każdy utwór podlegał regułom potrzeb rynku i gustów muzycznych odbiorców. Dostawał odpowiedni sznyt, opakowanie i miał też datę ważności. Słuchało się go do czasu, kiedy był modny i puszczany przez wszystkie stacje radiowe. Wokalista śpiewał solidnie, ale bez duszy i zrozumienia. Znałem ten stary dobry utwór. Słyszana obecnie wersja nic do niego nie wnosiła i była wyłącznie jałową imitacją. Na cóż było jej nagrywanie? Rzemieślnicza produkcja zabijała treść. Porównywałem to do przepisywania cudzej książki i nie mogłem znaleźć w tym sensu. Pustka, jaką nosili w sobie pseudotwórcy, nie pozwalała na kreowanie nowych wartościowych form, a jej wyrazem było już wyłącznie naśladownictwo. Wykorzystywano naturalne predyspozycje do wielooktawowego śpiewu, wygrywania efektownych i szybkich dźwięków. Pioseneczki najczęściej wyśpiewywane były w języku angielskim, jakby ten język nobilitował wykonawcę. Miałem przeświadczenie, że fach literacki nie został jeszcze aż tak zdegenerowany jak świat dźwięków, ale zapewne i on zostanie niebawem doszczętnie osaczony przez zglobalizowaną popową produkcję tworzącą wielkie beztreściowe wysypisko.

Uszykowałem w końcu naszą skromną kolację i wyszedłem na werandę, aby poczekać na Marię w swoim ulubionym fotelu.

Jej włosy rozwiewał lekki wiatr, który igrał też z długą suknią w roślinne motywy. Na ramieniu dziewczyna miała przewieszoną zamszową torbę wyszywaną ozdobnymi koralikami. Drzewa rosnące na skraju polany dzielonej leśną drogą dostały nagle jakby bardziej jaskrawych, wyrazistych barw. Może to wyłonienie się odzianej w kolorową suknię Marii tak ożywczo podziałało na skupione w swej masie otoczenie, rodząc w jej centrum fetysz impresji. Zbliżała się powoli do mojego domku. Była już tutaj gościem i bardzo się jej podobał. Nawet zdołała przeforsować pewne zmiany w ułożeniu poszczególnych przedmiotów, mebli i innych drobiazgów. Jej głęboko zakorzenione zasady rozmieszczenia przedmiotów, przypominające reguły feng-shui, często dawały o sobie znać. Proponowała już poprzednim razem pewne zmiany, na które przystałem. W konsekwencji wyniosłem kaktusy z sypialni, zastępując je kwiatami o barwnych płatkach i zielonych gładkich liściach. Wszystkich rad nie pamiętałem.

– Witaj, Max. To mnie tak wyglądasz? – zagadnęła na powitanie Maria.

– A kogo mógłbym innego? Tylko ty poznałaś moją pustelnię. Płakałaś? – zapytałem, widząc jej zaczerwienione oczy.

– Trochę. Pokłóciłam się z rodzicami. Takie zwyczajne rodzinne niesnaski. Nie warto o tym rozmawiać. Jakbym była dziś markotna, to wybacz, proszę.

– Sama mówiłaś, że działam na ciebie rozweselająco i uspokajająco.

– Bo tak właśnie jest.

– Zapraszam na salony, ślicznotko. Mam dla ciebie sałatki, sernik i wino.

– Coś taki wesoły?

– Taka ślicznotka mnie odwiedziła, to i humor dopisuje. Idziemy poleżeć czy jeszcze pobiesiadujemy?

– Ty zbereźniku. Ostatnio twoje myśli kręcą się wokół jednego.

– Wy, kobiety, chcecie wszystkiego od jednego mężczyzny, a my jednego od wszystkich kobiet. Ale najpierw może napijmy się wina.

Rozlałem trunek do bardziej niż na co dzień wyglansowanych lampek i nałożyłem na talerze sałatkę. Maria rozsiadła się spokojnie i jakiś czas siedzieliśmy w milczeniu.

– Długo zamierzasz tu być? – zapytała w końcu.

– Tak długo, jak długo będę tu mile widziany.

– Dlaczego masz być niemile widziany? Przecież nie masz chyba wrogów na wyspie.

– Nie, raczej nie mam.

– Ktoś może cię nęka?

– Kto by zechciał nękać nikomu niewadzącego od-ludka. Nie rób takiej zatroskanej miny, wszystko jest w porządku.

– Sałatka pyszna. To czas na twój zapewne nie gorszy sernik.

– Częstuj się śmiało, zwłaszcza winem. Wiesz, po winie dziewczyny są łatwiejsze, a w oczach mężczyzn dużo piękniejsze.

– Ty rzeczywiście jesteś erotoman gawędziarz.

– Nie tylko gawędziarz. Na twoje szczęście oczywiście.

– Tere-fere – mruknęła pod nosem.

Po kilku minutach wstała i rozpoczęła wędrówkę po domu. Wiedziałem, że sprawdza zapewne ułożenie przedmiotów.

– Wszystko na swoim miejscu? – uprzedziłem jej ewentualne wywody.

– Wykonałeś wszystkie moje zalecenia?

– Nie były czasochłonne, a skoro mogłem ci zrobić przez to przyjemność, to dlaczego nie.

Maria ruszyła schodami do pokoju na piętrze, a ja za nią. Sięgnęła po ramkę ze zdjęciem małej dziewczynki i uśmiechnęła się do fotografii. Jakby od niechcenia przerzuciła leżące na stole kartki. Jej wzrok spoczął na wierszu. Odgarnęła włosy z twarzy i z zaciekawieniem czytała.

„OBŁAWA I BABIE LATO"

Brak kompasu, tętno drży
Coraz ciemniej, bardziej mży
Brak pewności echo klnie
Czy ruszyli złapać mnie?

Już słyszalna sfora psów
Noc ta czarna strasznych snów
Muszę zdążyć zgubić trop
Zmrok przeszywa świateł snop

Może jestem winny
Może to ktoś inny
Zmieniam się w ofiarę
Puls wybija karę
Leśna pajęczyna
Owad szał zaczyna
Władca sieci skrycie
Idzie zabrać życie

Już słyszalny ludzki głos
Niezmienialny ślepy los
Mogłem zdążyć – ale gdzie?
Teraz oni mają mnie
Brak nadziei – gęste knieje
Krok pajęczy – pogodzenie
Sieć upiorna – jutro za to
Obiekt westchnień – babie lato

– Coś mówiłaś do mnie? Usłyszałem tylko koniec zdania... A może wykąpałabyś się ze mną? – powiedziałem z szyderczym uśmieszkiem.

– Głodnemu chleb na myśli – uśmiechnęła się szeroko.

– Głodny głodnemu chleb wypowie – zripostowałem.

– Cóż to za wiersz? Jest w nim tyle zgrozy i napięcia.

Zawahałem się, nie wiedząc, co miała na myśli. Odpowiedziałem dopiero, kiedy ujrzałem jego tytuł.

– Nieraz takie utwory powstają i sami nie wiemy, skąd się biorą. Zdarza się często, że niektóre wersy potrafią wyprzedzać czas. Jeśli nie potrafimy ich w pełni odgadnąć, to znaczy że powinny przeczekać w ukryciu, aby ich treść mogła się wypełnić.

– Masz tutaj sporo książek – wtrąciła, przeglądając tym razem zawartość dębowego regału.

– To tylko te, które nabyłem u naszej księgarki o złowieszczym spojrzeniu.

– Nie znam prawie żadnego autora ani tytułu tych książek. Czy zebrane tutaj książki też są przesycone erotyzmem?

– Chyba jednak nie. Na półce, którą penetrujesz, są przede wszystkim bardziej lub mniej znane dzieła myślicieli.

– U siebie mam teraz na regale podręczniki z matematyki, pedagogiki, słowniki i książki do nauki języków obcych. Wiesz, miałam możliwość wybrania filozofii jako przedmiotu dodatkowego.

– I jaki był twój wybór?

– Marketing. Stwierdziłam, że to bardziej mi się

przyda. Pewnie filozofia byłaby ciekawa, ale dziś żaden pracodawca nie potrzebuje magistra biegłego w filozofii, tylko w ekonomii, prawie czy informatyce.

– Skoro twierdzisz, że bardziej ci się przydadzą te dziedziny. Zresztą większość ludzi tak właśnie pojmuje filozofię: jako naukę o myślach i problemach starych dziwaków. Tymczasem to nauka, która zgodnie ze swą nazwą szuka mądrości w życiu. Może nie potrafi odpowiedzieć na wszystkie postawione pytania, ale drąży zaciekle, otwierając zamknięte bramy do sensu wszechwiedzy i naszego bytu. Nawet jeżeli stwierdzimy, że w zasadzie nie znaleźliśmy zadowalającej odpowiedzi, to i tak nasza droga będzie miała nieocenioną wartość.

– Pewnie masz rację, ale jak mówi moja mama, samym myśleniem nie napełnimy garnków.

– Jasne, że nie, ale ważne, byśmy z samego napełniania nie uczynili celu naszego istnienia.

– Miałam cię raczej za beztroskiego żartownisia.

– Jedno nie wyklucza drugiego. Patrz! Matematyków też mam na tym regale.

– On też był matematykiem? – zapytała zaciekawiona, pokazując mi okładkę. – Wiem, że z tego filozoficznego kręgu byli tacy wielcy jak Pitagoras, Tales, Arystoteles.

– On to taki Arystoteles, który dorzucał do matematyki element poetycki. W jego czasach matematyka cieszyła się dużo większym szacunkiem niż dziś. Była przez bezwzględną prawdę ujarzmioną w prawidłowym wyniku uznawana za królową nauk. Możemy rozważać na temat wyboru właściwego przedmiotu dodatkowego na twych studiach i przytaczać argumenty, a prawda i tak będzie gdzieś nad nami.

– Domyślam się, że jesteś kimś innym, tylko nie chcesz się przyznać. Może jesteś wykładowcą matematyki, psychologii, filozofii czy jeszcze jakiegoś podobnego kierunku?

– Nie – uśmiechnąłem się. – Warto studiować życie i twórczość wielkich myślicieli, zachowania ludzkie, jednak prawdziwej mądrości uczy samo życie, pod warunkiem że mamy oczy i uszy szeroko otwarte.

– Może też zacznę zgłębiać świat w poszukiwaniu mądrości i moralności.

– Tutaj nie chodzi o moralność, tylko o sprawiedliwość – odpowiedziałem jej szybko, ale w jej wzroku nie dostrzegłem zrozumienia.

Moje słowa wprawiły ją jednak w zadumę i dalej wędrowała po domu. Czułem się przez chwilę jak uczeń zwiedzający muzeum podczas szkolnej wycieczki. W końcu usiedliśmy na werandzie i sięgnęliśmy po wino. Dziewczyna wypiła już sporo i pomyślałem, że lepiej przystopować.

– Może napijemy się herbaty dla odmiany?

– Wolę z tobą potańczyć przy tej muzyce, którą włączyłeś.

Przypomniałem sobie nasze zmysłowe tańce tej nocy, kiedy się poznaliśmy.

– Może jednak pójdziemy na zewnątrz? – zaproponowałem wymijająco.

– Nie podobam ci się? – zapytała z wyrzutem.

– Nie w tym rzecz. Chodź na świeże powietrze.

* * *

Nastał czwartek i zaraz po śniadaniu udałem się do domu Agaty. Pomimo pewnych skrupułów wzrastało we mnie zadowolenie, że ten tajemniczy incydent wprowadzał trochę żywiołu w moje monotonne życie na wyspie. Wyglądało na to, że Agata udała się już na bazar. Drewniane schody prowadzące do drzwi wejściowych zaskrzypiały pod moim ciężarem. W ręku trzymałem znalezioną chustę, pretekst obecności w tym miejscu. Zastukałem do drzwi, upewniając się, że nikogo nie ma. Nikt nie odpowiadał. Nie słyszałem żadnego ruchu ani szmeru. Ruszyłem do miejsca, gdzie widziałem ostatnio pochylającą się staruszkę. Na drewnianej podłodze stał ciężki żeliwny piecyk. Obejrzałem go dokładnie, włożyłem dłoń do otworu paleniska. Nie myliłem się: był tam klucz. Delikatnie otworzyłem drzwi i znalazłem się w sieni, w której leżały na siatkach suszone zioła. Z lewej strony korytarz przechodził w wyodrębnione pomieszczenie, w którym w półmroku z trudem dostrzegłem na półkach mnóstwo butelek i słojów z rozmaitymi przetworami albo wywarami. Pomyślałem od razu o wspaniałych wekach mojej mamy przechowywanych w ciemnej i chłodnej piwnicy. Choć nie było tutaj butli z winem, to jednak zauważyłem sporo szklanych pojemników i szklanych rur oraz filtrów do odcedzania. Widocznie Agata musiała znać się na przygotowywaniu magicznych mikstur i szamańskich leków. Wyszedłem z pomieszczenia i spojrzałem na rzeźbiony w murze wizerunek byka. Ale najpierw ruszyłem schodami na górę. W pomieszczeniu na piętrze panowała jasność, bo część dachu była oszklona. Na jednej ze ścian znajdowały się ciemne spore drzwi, na końcu stał zaś stary bujany fotel i szafka. Uchyliłem drzwi do pokoju. Było tutaj łóżko, szafa ubraniowa i komody. Najwyraźniej sypialnia Agaty, nic nadzwyczajnego. Nie wchodziłem do środka. Postanowiłem nie marnować czasu i wrócić na dół. W sieni odsunąłem ławę dokładnie tak, jak robiła to zielarka, a następnie złapałem za wystające ze ściany rzeźbione rogi. Spoglądając w ślepia byka, próbowałem poruszyć ścianę. Moje próby na nic się jednak zdały. Ściana ani drgnęła. A przecież widziałem dokładnie, jak się przesuwała, gdy Agata chwyciła za rogi byka! Opuściłem dłonie i odszedłem od ściany. „Czyżbym doznał złudzenia, patrząc przez ten otwór?" – pomyślałem. A może... Wróciłem do ściany i łapiąc ponownie za bycze rogi, zbliżyłem czoło do czoła byka, dokładnie tak jak robiła to Agata. Kiedy próbowałem przesunąć ścianę, czoło rogatej bestii jakby usunęło się w głąb ściany, a następnie cała murowana powierzchnia zaczęła się obracać wokół swej osi. Byłem pod wielkim wrażeniem tych ukrytych wrót. Przypuszczałem, że w byczej głowie była blokada, która puszczała tylko wtedy, gdy jednocześnie nacisnęło się rogi. Wszedłem do środka przez powstałą szczelinę. Dostrzegłem fluoryzujący włącznik oświetlenia i nacisnąłem go odważnie. O dziwo, nie przywitały mnie tutaj zapachy ziół czy marihuany, co podejrzewałem. Sporej wielkości pomieszczenie wypełnione było regałami ze starymi księgami. Przystanąłem z zaskoczenia i wrażenia. Ten zadziwiający widok przypomniał mi antykwariat odwiedzany w stolicy. Drżącymi dłońmi sięgnąłem po zebrane tutaj egzemplarze w drewnianych, ale dziwnie elastycznych, jakby łykowatych obwolutach. Zacząłem z wielkim pietyzmem przeglądać poszczególne pozycje, jednak szybko się zorientowałem, że nie odszyfruję zawartości ksiąg. Były zapisane jakimś bardzo starym językiem. Wertowałem jednak karty z wielką uwagą. Miały aksamitną strukturę, jakąś pośrednią formę między papierem a pergaminem. Pojawiające się na stronach obrazki przemawiały uniwersalnością.

Otwierałem księgę za księgą i zatrzymywałem się dłużej na tych kartach, gdzie dostrzegałem obrazki. Na barwnych ilustracjach podziwiałem plany miast, budowli i dziwnych fortyfikacji. Przy przeglądaniu kolejnej pozycji zawiesiłem wzrok na scenie corridy, ale spektakl ten miał jakieś inne, dawniejsze znaczenie. Pikadorami byli bowiem rośli rycerze odziani w zbroje niczym gladiatorzy. W jednej dłoni trzymali piki, w drugiej czerwone płachty. Księga musiała dotyczyć tradycyjnych widowisk sportowych czy rozrywkowych, ponieważ na kolejnych ilustracjach zawodnicy grali w grę przypominającą futbol. Na boisku bez znanych mi oznaczeń pól i z bramkami bez sztang były rozmieszczone dwie drużyny ośmioosobowe. Dalej natrafiłem na rysunki gonitw konnych, ale nie w rzymskich rydwanach. Dżokejki były skąpo ubrane i miały ciemną karnację. Kolejny rozdział dotyczył dyscypliny przypominającej baseball, ale z większą liczbą kijów. Piłki były zaś łapane w odsłonięte dłonie. Wzdrygnąłem się przestraszony, gdy coś poczułem na nodze, jakieś muśnięcie. Zatrzasnąłem książkę w popłochu, gotów uciekać. Ujrzałem jednak kota, który zaczął się ocierać o moją nogę i zamiauczał donośnie. Pogłaskałem jego miękki grzbiet i podszedłem do innego regału. Tutaj z kolei natknąłem się na rysunki jakichś maszynerii, konstrukcji zegarów słonecznych wyposażonych w szereg zębatych kół i wskaźników. Nie miałem pojęcia, jak stara jest to księga, ale na następnej ilustracji widniał schemat elektrowni wodnej z potężną turbiną. Inne przedstawiały piramidy o różnych kształtach i jak się domyśliłem po powtarzających się znakach, z podaniem ich miar. Były tam też obrazki z układami planet i gwiazd. Czułem wielką bezradność, gdyż nie mogłem odczytać pisma. W duchu doceniłem teraz wszelkie książki obrazkowe, z komiksami włącznie. Lata spędzone nad starożytnymi tekstami źródłowymi nie przydały się teraz do ustalenia cech pisma, czy czerpało ono z wpływów rzymskich, greckich, sumeryjskich czy jeszcze innych. Te układy liter zlewających się w wijące się szlaki nie przypominały mi jednak żadnego ze starożytnych alfabetów. Wiedza dla innych pokoleń powinna być zebrana w obrazach i liczbach zaklętych najlepiej w kamiennych bryłach, uznałem. Pomimo wspaniałości słowa pisanego jest ono bezużyteczne bez klucza do jego odczytania. Papier zaś czy metal jest niezwykle nietrwałym materiałem i każdy żywioł jest dla nich bezlitosny.

I w końcu po długim czasie, gdy przeglądałem kolejne księgi, serce mi drgnęło. Greka! Okrągłe zakończenia liter były jakby znane i zacząłem analizować, czy nie jest to starogrecka odmiana pisma. W końcu mam jakiś punkt zaczepienia. Tytuł mówił o życiu niejakiego Derstenesa. Nie znałem tej postaci. Z niecierpliwością sięgnąłem po następną księgę. Widocznie wszystkie na tej niedługiej półce były pisane jakąś prastarą greką. Wprawdzie wyławiałem sens tylko niektórych słów, ale i tak odczuwałem satysfakcję bliską tej, jaką się zapewne odczuwa, czytając w ojczystym języku, po długich latach zesłania na banicję. Zdawałem sobie sprawę, że czas naglił, więc sięgnąłem po pozostałe na półce księgi. Rozpoznałem to nazwisko od razu – Sokrates. „Droga przez życie", tak należałoby odczytać tytuł księgi, która częściowo pisana była w obcym dla mnie alfabecie. Karta tytułowa wskazywała wyraźnie na tłumaczenie ze starej greki. Jedna księga zawierała więc utwór w dwóch językach. Ale przecież Sokrates nie spisał swych myśli. Tak przynajmniej wynikało z dostępnej obecnie wiedzy. Kolejna pozycja również miała tłumaczenie. Nie znałem jednak autora tekstu, niejakiego Terostratysa.

– Jest i uczeń – powiedziałem podekscytowany, odczytując imię Platona jako autora trzymanej w dłoniach księgi. Zawierała ona dwa dialogi: „Timajos" i „Kritias" z tłumaczeniami. W końcu mam trop, który pozwoli mi na rozszyfrowanie tajemniczego alfabetu. Zebrane w księdze dialogi autorstwa Platona wystarczyło tylko porównać z ich tłumaczeniem znanym w literaturze, aby w rezultacie zrozumieć przynajmniej część słownictwa tego dziwnego języka. Moją euforię szybko jednak ostudziłem, bo uświadomiłem sobie, że takie tłumaczenie było długotrwałą, mozolną pracą, na którą należało poświęcić miesiące, jak nie lata. Szybkie porównywanie tekstów tu i teraz nie miało większego sensu. Ale dlaczego nie ma tutaj „Uczty", „Państwa" bądź któregoś z wcześniejszych sokratycznych dialogów? Akurat te znalezione tutaj nigdy nie zachwycały mnie swą dokumentalną strukturą. Być może zabrakło mi w tych dialogach literackości lub światłych myśli.

Kot ponownie zaczął ocierać się o mnie, pozostawiając mi na spodniach rudawą sierść. Udałem się dalej, do końca ściany. Stały tutaj dwa kufry. W jednym również były księgi, drugi zaś był pusty. Na regałach i podłodze nie było śladów kurzu. Widocznie Agata utrzymywała bibliotekę w czystości. Podszedłem do kufra i sięgnąłem po cienkie, jakby płócienne egzemplarze. Jedna z tych ksiąg zawierała piękne nadruki ślubnych obrzędów odbywających się pod gołym niebem, wśród łąk pełnych kwiatów. Liczne były tutaj sceny tańców przy muzyce granej przez orkiestrę na rozmaitych i niespotykanych instrumentach. Po chwili znów ujrzałem narysowaną mapę wyspy z zaznaczonymi symbolami kwiatów. Kształt wyspy od razu przekonał mnie, że to Madera. Być może w tym obcym języku była nazywana Wyspą Kwiatów albo Wyspą Zaślubin. Prowadziły do niej szlaki od stałego lądu z oznaczeniami łodzi. Sięgnąłem po inne pozycje z kufra. Po pewnym czasie takiego niemal hipnotycznego wpatrywania się w poszczególne stronice poczułem, że zaczynają mnie boleć oczy. Kot podreptał do ściany, przez którą się tutaj dostałem, i drapiąc w nią, zaczął miauczeć. „Same obce języki mnie otaczają, zwierzak, z którym nie sposób się dogadać, i ten nieczytelny alfabet" – pomyślałem z rozgoryczeniem. Odłożyłem księgę do kufra i podszedłem do rudzielca. Przyłożyłem ucho do ściany. Słuch kota był fenomenalny. Jakieś osoby w sieni prowadziły rozmowę! Pobiegłem do końca pomieszczenia, aby ukryć się za regałami. Ale to nie była najlepsza kryjówka. Kiedy więc dostrzegłem pusty kufer, podjąłem niezwłoczną decyzję, aby schować się do jego wnętrza. Gdy zamykałem klapę, otworzyła się ściana wejściowa biblioteki. Przez szczelinę między wiekiem a spodem skrzyni mogłem na szczęście co nieco zobaczyć. Do tajnej biblioteki, jak ją w myślach nazwałem, weszli Agata i jakiś mężczyzna. Po krótkiej chwili rozpoznałem go. Tak, to przecież Herbaciany Dziadek!

– Tu cię zamknęłam – powiedziała Agata, biorąc na ręce kota. – Wchodzisz tam, gdzie nie trzeba, a później siedzisz w tym więzieniu i tęsknisz za swą panią. Dobrze, że światła nie wyłączyłam, bo byś siedział po ciemku.

– Przyjemnie tu i cicho – wtrącił Herbaciany Dziadek, stawiając na podłodze małą skrzynkę. – Wiesz, co jest w tej skrzynce?

– Nie wiem i nie chcę wiedzieć. Ma ona zostać przewieziona wraz z tymi księgami do punktu docelowego. Biblioteka została ukryta tu czasowo i zostanie zapewne niebawem przewieziona, jak mówili, w bezpieczne miejsce. Nie pytaj gdzie, bo tego nie wiem.

Mówili coś niejasno, że już drugi raz te księgi muszą być ocalone przed katastrofą.

– Jaką katastrofą?

– Nie wiem jaką. Sam wiesz, że jesteśmy tylko pomocnikami Strażników Starego Świata. Nad nami są osoby bardziej wtajemniczone. Róbmy swoje w podzięce za pomoc, którą nam ofiarowano, a resztą niech się zajmują inni.

– Jak zawsze masz rację. Pozwól, że odsapnę jeszcze w tym chłodzie.

– Ja też przysiądę – westchnęła Agata. – Wiesz, te księgi są pisane w naszym języku, którego się uczyliśmy.

– A czego dotyczą?

– Różnych tematów, ale już jestem za stara, aby je zgłębiać.

– Sam nie wiem, po co przez kilka lat uczyliśmy się tego języka.

– Jak to po co? To język naszych praojców i tradycja mówi, że powinniśmy go znać.

Było mi ciasno w tej skrzyni, a ograniczony dostęp powietrza sprawiał, że robiło mi się bardzo duszno. Ale to nie było ważne. Słuchałem chciwie ich rozmowy. Dostrzegłem też podobieństwo ich postaci do tych oglądanych na ilustracjach w księgach. A może tylko tak sobie wmawiałem.

– No i widzisz, nie było Amerykanina na bazarze – przerwała milczenie Agata.

– Ja tam nie wierzę, żeby ten John coś knuł. To zwyczajny, uprzejmy człowiek. Wiele razy kupował u mnie herbatę.

– A to, że mieszka w domu, gdzie wcześniej ten Pablo, to nic ci nie mówi?

– To zapewne znajomy tej letniczki, córki Pabla – mówił ze spokojem Herbaciany Dziadek.

– Wtedy też tak mówiłeś, a Pablo okazał się węszycielem, a nie zwykłym naukowcem. Nie pamiętasz już, że dostaliśmy wtedy nagrodę za czujność?

– Już mamy swoje lata, moja Agato. Zadania i obowiązki dotyczące czuwania nad bezpieczeństwem w tej części wyspy powinni przejąć ludzie młodzi i sprawni. Najlepiej, gdyby byli też odpowiednio dozbrojeni.

– Rozmawiałam już na ten temat z naszym opiekunem. Młodzi są jeszcze mniej wtajemniczeni od nas. Poza tym stała ochrona, jak mi mówiono przy okazji tej biblioteki, wzbudza podejrzenia. Od razu byłoby wiadomo, że coś jest nie tak. No i byśmy mieli nie węszących intelektualistów, ale rozmaite służby państwowe szukające baz przemytu narkotyków bądź innych ośrodków działalności przestępczej.

– Pocieszam się tylko, że nic złego w życiu nie robiłem, działając dla naszych opiekunów. Nie podobają mi się tylko te poczęstunki.

– Jakie poczęstunki?

– No te, po których zaginęli ten francuski odkrywca i Pablo.

– To prastara mikstura z rzadkiego zioła, które rośnie tylko na naszej wyspie. Można po niej mieć sny na jawie.

– Próbowałaś?

– Nie, ale sam zapach obezwładniającego zmysły

anyżu był wystarczającym dowodem. Zresztą Amerykanin zostanie poczęstowany miksturą w najbliższą niedzielę.

– Nic o tym nie mówiłaś.

– Musimy zapobiegać, a nie leczyć. Mam podjąć wszystkie środki, które uznam za stosowne. Mija już kilka miesięcy od czasu, kiedy zdobyliśmy jego dokumenty. No i widzisz, nasi opiekunowie cały czas nie mogą ustalić jego tożsamości. Maria spotyka się z nim od dość dawna i też niczego się nie dowiedziała.

– To jeszcze młode dziewczę. Może się w nim zakochała. Nie w głowie jej jakieś ustalenia, o których nie ma pojęcia, dlaczego i dla kogo są potrzebne.

– Nie ma pojęcia, bo ma pierwszy stopień wtajemniczenia, ale zdaje sobie sprawę, że bez pomocy Straży Starego Świata mogłaby teraz nie studiować i mieć liczne problemy, z którymi sama by sobie nie poradziła – ostro rzuciła zielarka.

– Nie bądź taka narwana – powiedział Herbaciany Dziadek, wstając i prostując nogi. – John mówił mi, że nie zabawi tutaj długo. Nadarzyła mu się okazja, by pobyć w domku przyjaciółki, i skorzystał z propozycji. Zobaczysz, że za miesiąc już go tutaj nie będzie.

Dziadek wyraźnie próbował mnie popierać i bronić. Nie rozmawiałem z nim nigdy o końcu mojego pobytu na wyspie. Nie rozumiałem wszystkiego, o czym mówili, ale kontekst rozmowy i to, co najważniejsze, zrozumiałem. Byłem zdumiony. O jakich opiekunach mówili? Co to za straż?

– To w drogę. Pójdziemy szlakiem za chatą, aby być

szybciej – powiedziała Agata. – Chodź tutaj, sieroto – dodała, patrząc na kota drapiącego kufer, w którym byłem schowany.

Zwierzak wyraźnie chciał, abym wyszedł z kufra i wygłaskał go, jak to uprzednio uczyniłem. Dmuchnąłem nerwowo przez szczelinę wprost w jego ślepia. Uparty rudzielec tylko nieco odsunął się w bok. Dostrzegłem nogi Agaty zbliżające się niczym nogi kata do drewnianej skrzyni.

– Może w kufrze jest mysz – zawołał Herbaciany Dziadek.

– Mysz? Niemożliwe – odpowiedziała Agata, dotykając wieka kufra.

Sprężyłem się, przygotowałem do skoku i natychmiastowej ucieczki. Do głowy uderzyła mi fala krwi. Otwieraj! – wypowiedziałem w myślach życzenie. Agata oparła się o kufer i sięgnęła po niesfornego futrzaka.

– Spodobało ci się w niewoli? Co byś tu robił? Czytać nie umiesz i twojej ulubionej miseczki z mlekiem też tu nie ma.

Ściana się obróciła i niedawno przybyli wraz z małym rudzielcem opuścili sekretną bibliotekę. Podniosłem wieko kufra plecami, a następnie wolno wysunąłem się na zewnątrz. Rozmasowałem zesztywniały kark. Podszedłem do ściany i nasłuchiwałem odgłosów z drugiej strony. Tym razem panowała tam jednak cisza. Wróciłem do regałów i wrzuciłem do plecaka wcześniej upatrzone księgi. Jeszcze raz przyłożyłem ucho do ściany, po czym pewnym ruchem przesunąłem zasuwę i znalazłem się w sieni. Ponownie przywitało mnie ciepłe powietrze i zapach suszących się ziół. Otworzyłem małe okienko, ale nim zacząłem się przez nie gramolić, znów dała znać o sobie moja ciekawość. Dojrzałem bowiem duży wiklinowy kosz, którego tu wcześniej nie było. Leżały w nim jakieś łodygi, pod spodem rzemyki z rozmaitymi wisiorkami oraz karty. Zacząłem je oglądać i dwie spadły ze stołu na podłogę. Zdenerwowany zacząłem je zbierać i spojrzałem na obrazki. Na pierwszym była postać jakiejś księżnej w koronie. Trzymała z kapłańskim namaszczeniem obszerną księgę. Na drugiej karcie dostrzegłem sześć kielichów. Włożyłem karty z powrotem do talii i wsunąłem do kosza. Musiałem jak najszybciej opuścić to intrygujące miejsce.

Wszystko wirowało mi przed oczyma, kiedy szedłem przez las, pagórki i wietrzne łąki w drodze powrotnej. Jedno było pewne: spokój, który przepełniał dni na wyspie, ten, z którym się przyjaźniłem i kłóciłem, odszedł na dobre. Jego miejsce zajęły niepewność, niejasność i obawa. Kim naprawdę są Agata i Herbaciany Dziadek? Kto jest ich opiekunem? Kim są Strażnicy Starego Świata? Jakie sekrety skrywa biblioteka i dlaczego ma zostać przeniesiona? Te i mnóstwo innych pytań kołatały mi w głowie. Zastanawiałem się nad Marią. Ona też, świadomie czy nie, grała z nimi w jednej drużynie. Czy to mi w czymś pomoże? Przynajmniej znałem ich najbliższy ruch. Co za miksturę ma dla mnie Maria? Czy jest to trucizna? Pablo, ojciec Cristiny, widocznie musiał stanowić dla nich zagrożenie. Był profesorem etnologii i zaciekłym badaczem zaginionych kultur. Może ten dom nie został postawiony przez niego wyłącznie w celach turystycznych, a spełniał rolę stałej bazy... Ale czego mógł szukać ten profesor? Chciałem telefonować do Cristiny, ale cóż mogłaby mi opowiedzieć o swym ojcu, skoro sama niewiele wiedziała o okolicznościach jego śmierci? Wyczułem, że jest to dla niej traumatyczny temat. Jeden raz tylko usłyszałem o jego ostatnich chwilach. Ponoć upił się jak nigdy dotąd. Jego żona po przyjeździe z miasta bardzo się zdenerwowała, widząc go w takim stanie, i odesłała go spać. Ten wymknął się niepostrzeżenie i poszedł nad ocean. Ale skoro Pablo Vasquez nie nadużywał alkoholu, jak mówiła Cristina, to podano mu wtedy tę miksturę! Jego ciało wyłowiono, ale było ponoć zmasakrowane w wyniku sztormu, który nadciągnął feralnej nocy.

XVI

Już dawno nie czułem tak wielkiej konsternacji. Nocą budziłem się wielokrotnie, zastanawiając się nad strategią, jaką powinienem obrać. Na wyspie odzyskałem spokój ducha i zamierzałem spędzić tutaj jeszcze sporo szczęśliwych chwil. Wszystko jednak wskazywało na to, że mój pobyt tutaj wiązałby się z poważnym zagrożeniem. W końcu stwierdziłem, że mam szczęście, że wcześniej dowiedziałem się o niecnych planach wobec mnie. Szczęście w nieszczęściu.

Obudziłem się dopiero przed południem. Błyskawiczna toaleta, szybkie śniadanie, krótszy niż zwykle spacer. Słońca dziś nie było. Niebo z każdą minutą robiło się bardziej granatowe i szafirowe. Kiedy kończyłem kawę, siedząc jak zwykle o tej porze na zadaszonej werandzie, usłyszałem pierwsze krople deszczu. Częstotliwość ich uderzeń o spadzisty dach zaczęła wyraźnie wzrastać. Chwilę później zacinający i przesycony wilgocią wiatr zmusił mnie do schowania się w domu. Wczorajsze studia nad tekstami wyniesionymi z sekretnej biblioteki nie przyniosły widocznych postępów. Aby odczytać te zapisy albo wyłowić sens przekładów, musiałem przynajmniej w sporej części znać ów archaiczny język. Pierwsze próby tłumaczenia kończyły się fiaskiem. Wpatrywałem się wciąż w ilustracje. Zachowywałem się podobnie jak dziecko, któremu kazano uczyć się czytania elementarza, a ono zmęczone tym ciężkim zadaniem co chwila ucieka wzrokiem do kolorowych obrazków rozsianych po kartach podręcznika. Postanowiłem skupić się na dialogu Platońskim, który zabrałem. Tłumaczenie współczesne kupiłem dziś w księgarni; leżało teraz na stole. Zakupy wywołały nieoczekiwaną reakcję ponurej sprzedawczyni. Takie książki nie były widocznie kupowane ani czytane w miasteczku, a ich obecność w księgarni, jak się domyślałem, miała podnieść prestiż sklepu i oczywiście właścicielki.

— Mam sporo książek u siebie w domu. Może tam pan znajdzie coś ciekawego – zaproponowała.

— A co pani ma? – zapytałem nieco zbity z pantałyku.

— Sama nie wiem, ale warto sprawdzić. Niech pan przyjdzie wieczorem. Mam dobre wino. Po winie lepiej się szuka.

Już wcześniej zauważyłem, że nie miała większego pojęcia o literaturze. Nad zbiorem zgromadzonym w księgarni panowała metodą alfabetycznego segregowania. Autora czy tytuł sprawdzała w elektronicznej bazie danych, pomimo że księgarnia nie była wielka. Wszelkie próby nawiązania rozmowy o literaturze zawsze pozostawały bez odzewu. Teraz prowokacyjnie stanęła między mną a półkami i niby przypadkiem musnęła mnie biodrem. Mogła mieć około czterdziestu lat. Nigdy nie widziałem, aby towarzyszył jej jakiś mężczyzna, ale po jej dzisiejszym zachowaniu wiedziałem, że mógłbym wyheblować skórą jej pleców długą księgarnianą ladę... Była wyraźnie chętna.

– Może skorzystam z pani zbioru, jak będę jeszcze na wyspie – odpowiedziałem uprzejmie, lecz beznamiętnie, i zapewne nie takiej odpowiedzi oczekiwała.

Wyraźnie się zdenerwowała. Podejrzewałem, że wolała mnie dzikiego, nieokrzesanego, czyli takiego, jakiego na pozór nie akceptowała i lekceważyła. Kiedy znów zaczęła się o mnie ocierać, pochwyciłem szukane dialogi Platońskie i zostawiłem odliczoną sumę.

Usadowiłem się teraz przy moim obszernym stole ze stertą ksiąg i z otwartą bazą internetowej informacji. Wyglądałem niczym student w uniwersyteckiej bibliotece. „To już tak dawno napisane" – pomyślałem, wziąwszy kupioną książkę z dwoma Platońskimi dialogami o tytułach „Timajos" i „Kritias". Zacząłem czytać.

W rzeczy samej, nasze księgi opowiadają, jak wasze miasto zniszczyło kiedyś wielką armię, która do pewnego czasu najeżdżała nie tylko Europę, lecz także Azję, wyruszając od Oceanu Atlantyckiego. W owym czasie bowiem można było żeglować po tym morzu. [Potęga owa] posiadała wyspę przed cieśniną, która się nazywała u was Kolumnami Heraklesa. Wyspa ta była większa od Libii i Azji razem wziętych. Podróżni owych czasów mogli się dostawać z tej wyspy na wyspy inne, a z nich na cały kontynent przeciwległy, który się rozciągał dokoła tego prawdziwego morza. Całe to morze, które się znajduje z tej strony cieśniny, o której mowa, wygląda na port o wąskim wjeździe. A co jest po tamtej jej stronie, można by nazwać prawdziwym morzem, a ziemi, która je zewsząd otacza, można by dać, w ścisłym tego słowa znaczeniu, miano kontynentu. Na tej wyspie Atlantydzie kwitła wielka i zdumiewająca potęga królewska, której podlegała cała wyspa oraz wiele innych wysp i części kontynentu. Ponadto z tej strony cieśniny królestwo to obejmowało okolice Libii aż do Egiptu i Europę aż po Tyrrenię. Cała ta potęga zebrała raz wszystkie swoje siły i próbowała jednocześnie podbić wasz kraj i nasz oraz wszystkie okolice, które rozciągają się po tej stronie cieśniny. [...] W następnym okresie czasu pojawiły się trzęsienia ziemi oraz powodzie; w ciągu jednego dnia i jednej strasznej nocy cała wasza armia w jednym momencie zapadła się naraz pod ziemię. Podobnie znikła także wyspa Atlantyda, pochłonięta przez morze. Dla tej właśnie przyczyny to morze jest tam jeszcze do dzisiejszego dnia nieżeglowne i nawet niezbadane wskutek przeszkód, jakie stawia dno pełne szlamu i płycizn – szlamu zostawionego przez pochłoniętą wyspę*.

Zagłębiłem się w tekstach. Czytałem dialog Platona inaczej niż kiedyś. Dawniej nie zrobił na mnie wrażenia, a wręcz uznawałem go za najmniej udany. Teraz z zainteresowaniem śledziłem dysputę prowadzoną przez Sokratesa, Kritiasa, Hermokratesa i tytułowego Timajosa. Zatrzymałem się na słowach Kritiasa, który z powagą powiadamia o istnieniu królestwa Atlantydy, odsłaniając zarazem pochodzenie historii o wyspie.

Posłuchaj więc, Sokratesie, historii bardzo dziwnej, lecz bezwzględnie prawdziwej, takiej, jaka wyszła z ust Solona, najmędrszego z siedmiu mędrców. Był on krewnym i serdecznym przyjacielem Dropidesa, mojego pradziada, jak to zresztą sam potwierdza w wielu miejscach swej poezji. Otóż opowiadał on Kritiasowi, mojemu przodkowi, jak ten na starość lubił wspominać w mojej obecności, że wielkie i zadziwiające czyny dokonane przez to miasto poszły w zapomnienie wskutek upływu czasu i śmierci ludzi [...]. Istnieje w Egipcie, odrzekł Kritias, w Delcie, na końcu której dzieli się bieg Nilu, pewna prowincja zwana Saitycką z największym miastem zwanym Sais. Stamtąd pochodził także król Amasis. Według

* Platon, „Timajos. Kritias albo Atlantyk", przeł. Paweł Siwek, Wydawnictwo PWN, Warszawa 1986.

mieszkańców tego miasta zawdzięcza ono swoje powstanie pewnej bogini, która w języku egipskim zwie się Neith, a w greckim Atena. Są oni szczerymi przyjaciółmi Ateńczyków i twierdzą nawet, że są do pewnego stopnia z nimi spokrewnieni. Solon opowiadał, że gdy przybył do nich, był przez nich przyjęty z wielkimi honorami, a gdy pewnego dnia zapytał o fakty dotyczące starożytności najbieglejszych w tej materii kapłanów, przekonał się, że ani on, ani żaden inny Grek nic, żeby tak powiedzieć, o nich nie wiedział...*

Przez chwilę przypomniałem sobie lekturę „Iliady" i „Odysei", kiedy chwila nieuwagi i dekoncentracji zaburzała odbiór epopei ze względu na jej trudną składnię i szyk przestawny.

Wtem jeden z kapłanów bardzo starych zawołał: „Solonie, Solonie, wy Grecy jesteście zawsze młodzi, a Grek stary w ogóle nie istnieje". Gdy Solon to usłyszał, zapytał go: „Jak to rozumiesz? Co chcesz przez to powiedzieć?". „Wy, odpowiedział kapłan, jesteście wszyscy młodzi duszą, bo w niej nie macie złożonego żadnego poglądu, który by pochodził od starej tradycji, ani żadnej nauki wyblakłej przez czas. A przyczyna tego leży w tym, że wielu ludzi było i jeszcze będzie zniszczonych na przeliczne sposoby; największe [zniszczenia] powodowane są

* Tamże.

przez ogień i wodę, inne, mniejsze, przez inne liczne przyczyny. To bowiem, co jeszcze u was się opowiada, że raz Faeton, syn Słońca, zaprzągł konie do wozu swojego ojca, a ponieważ nie umiał nim kierować po drodze, spalił wszystko na ziemi i sam zginął rażony piorunem, wygląda na bajkę. Prawda jest taka: ciała, które krążą po przestrzeni niebieskiej około Ziemi, zbaczają ze swej drogi. Wtedy ci, co mieszkają na miejscach wzniesionych i suchych, giną w większej liczbie od tych, co mieszkają blisko rzek i morza. Nil, który nam niesie ratunek również w innych okolicznościach, zachowuje nas i od tej klęski, gdy wylewa z brzegów. Kiedy zaś bogowie czyszczą Ziemię wodami i zalewają ją, wtedy tylko wieśniacy i pasterze, którzy zamieszkują góry, zachowują się przy życiu, podczas gdy mieszkańców waszych miast niosą rzeki do morza. Przeciwnie, w tej tutaj okolicy ani wtedy, ani w ogóle nigdy, wody nie schodzą ze wzgórz na pola, lecz zawsze naturalnie wypływają z głębi. Dzięki temu, jak mówią, zachowały się tutaj najstarsze tradycje*.

Przesunąłem palec do końca strony i spojrzałem przez okno. Deszcz nie dawał za wygraną. Sięgnąłem do filiżanki z kawą, zapominając, że na dnie są już tylko fusy. Zaparzyłem sobie herbatę, którą niedawno kupiłem. Miała jakby kwaśniejszy posmak i za bardzo uwydatnioną cierpkość.

* Tamże.

Te genealogie bowiem, które dopiero co cytowałeś, Solonie, lub przynajmniej to, co pobieżnie opowiadałeś z wypadków waszego kraju, niewiele się różni od bajek dla dzieci. Najpierw, wzmiankujesz jeden tylko potop ziemski, podczas gdy dawniej było ich wiele *.

„Pewnie i były inne potopy" – pomyślałem, ale sam kojarzyłem tylko ten od Noego.

Następnie, nie wiecie, że w naszym kraju żyła najpiękniejsza i najlepsza rasa ludzka ani że od tych właśnie ludzi pochodzisz ty i całe wasze obecne miasto dzięki temu, że zachowała się mała ilość nasienia: wy nie wiecie tego, ponieważ w ciągu licznych generacji pomarli ci, co przeżyli owe czasy, lecz nie byli w stanie nic zapisać. Tak, Solonie, w pewnym okresie, wyprzedzającym największą katastrofę spowodowaną przez wodę, miasto Ateńczyków było najlepsze w wojnie, a przede wszystkim było rządzone zgodnie z dobrymi prawami. Jemu przypisują najpiękniejsze czyny, w nim były najlepsze organizacje polityczne spośród wszystkich tych, o których słyszeliśmy dotąd.

Gdy Solon tego wysłuchał, powiedział, że jest tym wszystkim bardzo zdziwiony, i wiedziony ciekawością prosił kapłana, by zechciał powtórzyć dokładnie, i to natychmiast, historię jego dawnych współobywateli. Kapłan odpowiedział: „Nie odmawiam, lecz

* Tamże.

przez wzgląd na ciebie, Solonie, na wasze miasto, a szczególnie na Boginię, która otrzymała losem, wychowała i wykształciła wasze miasto i nasze, uczynię zadość twemu życzeniu. Wasze miasto jest o tysiąc lat starsze, bo otrzymała ona wasze nasienie od Ziemi i Hefaistosa. Nasze jest młodsze. Nasze ksiegi święte podają 8000 lat od chwili zorganizowania tego kraju. Zatem przedstawię ci pokrótce prawa naszych ziomków, którzy żyli przed 9000 lat, i najpiękniejszy z ich czynów, który dokonali"*.

Przebrnąłem przez opisy poszczególnych kast, kapłanów, robotników, wojowników. Poniekąd do dziś nic się nie zmieniło, może tylko bardziej boimy się przestarzałej nomenklatury językowej, ale same kasty wydają się trwać. Znałem stanowisko Platona i wiedziałem, że uważa kasty i niewolnictwo za coś naturalnego. Fakt, że piętnował bezmyślne i przesadnie surowe karanie niewolników, ale podobnie jak tekst Starego Testamentu sankcjonował istnienie poddaństwa osobistego. Może niektórzy uznawali to za niedoskonałość owych zamierzchłych czasów, ale sprawiedliwość powinna być niezależna od czasów i głosów oraz mieć ścisłe uwarunkowanie moralne. Nauki Jezusa były już wolne od sankcjonowania niewolnictwa, choć w tamtych czasach było ono na porządku dziennym. Ale szybko o tym zapomniano i nawet przyjęcie nauki Kościoła za religię państwową nie okazało się żadną przeszkodą w podziale na

---

* Tamże.

ludzi i podludzi. Nieważne, czy nazywano ich obywatelem i nieobywatelem, seniorem czy wasalem, prezesem czy sprzątaczką. Sprawiedliwość częstokroć wymaga zburzenia utartych zwyczajów i reguł.

Przymknąłem na moment zmęczone oczy i próbowałem podsumować informacje na temat tego, co przeczytałem. Niejasne było to, że sam Solon nie pozostawił nawet wzmianki o tej interesującej informacji w swej twórczości. Dziwne, że przez kolejnych dwieście lat nikt oprócz Solona nie poruszył tej bądź co bądź intrygującej wieści. Czyżby Arystoteles miał rację, krytykując swego mistrza za wybujałą fantazję? Próbowałem jednak nie zapominać o sile ustnego przekazu. Wszystko przybierało postać opowieści, mitu. Brak piśmiennych źródeł albo ich wyraźne ograniczenie musiały rozwinąć wśród ówczesnych ludzi niebywałą pamięć, która zastępowała obecne dane komputerowe i obszerne księgozbiory. Nasza wiedza przestawała być już zbiorem faktów, porad lub opowieści, a zaczynała być umiejętnością korzystania ze źródeł wiedzy i wszelakich szybkich i sprawnych baz danych. Dostrzegłem jeszcze jedno, co wcześniej umknęło mojej uwadze. W żadnych innych dialogach Platon nie podkreślał usilnie, że jest to historia prawdziwa, a tutaj kilkakrotnie. Tym razem dialog „Timajos" wydał mi się bardziej intrygujący od samego opisu Atlantydy umieszczonego w „Kritiasie". Dzieła te czytałem na przemian, jakbym bał się, że zaraz ktoś mi je odbierze. Studiowałem architektoniczny plan stolicy mitycznego państwa, opis królewskiego rodu i brnąłem dalej.

Przez liczne pokolenia i jak jeszcze była w nich dostatecznie silna natura Boga, słuchali oni praw i byli przyjaźnie usposobieni względem tego, co było w nich spokrewnione z boskością: ich uczucia były szczere, a oni sami byli wielkoduszni; łączyli łagodność z rozumem wobec nadarzających się z czasem zmiennych kolei życia i wobec siebie wzajemnie. Dlatego gardzili wszystkim z wyjątkiem cnoty, nie przykładali wielkiej wagi do posiadanych dóbr, raczej uważali za ciężar obfitość złota i innych posiadanych rzeczy. Nie upajali się pychą z powodu swoich bogactw, nie tracili panowania nad samymi sobą i w ten sposób uniknęli upadku. Zdawali sobie jasno sprawę z tego, że wszystkie te dobra powiększają się tylko w łączności z cnotą i że, przeciwnie, przesadna gorliwość o nie i cześć, jaką się żywi dla nich, prowadzą niechybnie do ich utraty – a z nimi ginie również sama cnota*.

„Racja" – pomyślałem. Po cóż szukać raju w zaświatach. Możemy go stworzyć sami na ziemi. Wystarczy, aby każdy dał to, co ma w sobie najlepszego, a żylibyśmy naprawdę w szczęściu. To nieprawdopodobne, jak hipotetycznie łatwo moglibyśmy ten raj osiągnąć i zarazem jak trudno to w praktyce urzeczywistnić dla całych społeczności. Gdybyśmy nawet nie wzorowali się na Platonie i nie tworzyli idealistycznych modeli, tylko dali z siebie życzliwość, ofiarowali pomoc czy

* Platon, „Kritias".

tylko uśmiech, to żylibyśmy może jeszcze nie w raju, ale na pewno w o wiele lepszym świecie. Skoro zmiana globalna nie jest możliwa, to powinniśmy zacząć od siebie, od naszych mikrorajów. I ja powinienem częściej starać się dać więcej z siebie. Pomyślałem nie wiedzieć czemu o wizycie w księgarni. Czy powinienem jednak położyć kobietę na ladzie? Wiem, że zrobiłbym dobry uczynek. Ale chyba nawet dobre uczynki powinny mieć swoje reguły i nie kierować się wyłącznie zaspokajaniem kaprysów albo żądz. Cóż, znów uciekałem myślami, w dodatku od wzniosłych słów o nowym ziemskim raju do księgarni. Okiełznałem niesforne refleksje i powróciłem do tekstu.

Gdy jednak zanikł w nich boski pierwiastek, dlatego iż w wielkiej mierze i często zastępował go element śmiertelny i brał w nich górę ludzki charakter, wówczas nie potrafili już dłużej znosić swego obecnego powodzenia i zaczęli zachowywać się haniebnie. Temu, kto umie patrzeć, wydawali się wstrętni, bo spośród wszystkich wartościowych rzeczy zniszczyli całkowicie najcenniejsze. Przeciwnie ci, którzy nie byli w stanie rozeznać życia prowadzącego do szczęścia, uważali ich wtedy właśnie za pięknych i szczęśliwych, gdy byli pełni niesprawiedliwej chciwości i fizycznej siły. Ale ponieważ Bóg Bogów, Zeus, który rządzi według praw, posiada władzę postrzegania tego rodzaju rzeczy, poznał, iż dzielne ongiś pokolenie jest [dziś] w pożałowania godnym stanie, zdecydował nałożyć im karę, aby wrócili do rozwagi i stali się rozumniejszymi. W tym celu zgromadził wszystkich Bogów w ich najczcigodniejszym mieszkaniu, które znajduje się w samym środku całego świata, i skąd widzi wszystko, co bierze udział w powstawaniu. Gdy ich zgromadził, rzekł*

Na słowach tych dialog „Kritias" się kończy i chyba nikt nie wie dlaczego. Czy filozof się rozmyślił tuż przed jego dokończeniem? Ale wtedy prawdopodobnie nie zezwoliłby na wydanie drukiem. Co prawda, Platon napisał go pod koniec życia, ale później powstały jeszcze „Prawa". Śmierć albo choroba nie mogła być w tym przypadku przyczyną. Dlaczego więc dialog urywa się w połowie zdania? Może stwierdził, że ostatnia część dialogu jest na tyle niesamowita i wzbudzi wątpliwości odbiorców, że sam ją ostatecznie zniszczył. Najważniejszym pytaniem było jednak to, dlaczego w zabranej przeze mnie księdze dialog jakoby miał swoją kontynuację i zakończenie. Czyżby jednak to był tylko skompilowany z tekstem komentarz? Zdawałem sobie sprawę, że wszystko to tylko moje przypuszczenia. Mogłem się dowiedzieć, że Kritias był synem Kallaischra i wujem Platona, bliskim znajomym Sokratesa, poetą i filozofem. „Dość z tą analizą" – mówiłem do siebie. Miałem przecież spróbować rozszyfrować część słów obcego alfabetu, porównując je ze znanym tekstem, tymczasem zastanawiałem się usilnie nad brakiem końca dialogu i obszerniejszą jego

* Tamże.

wersją zapisaną w tym nieznanym języku. Po krótkiej przerwie i rozprostowaniu kości wróciłem do lektury. Tym razem zacząłem wypisywać poszczególne wyrazy i dokonując tłumaczeń, tworzyłem swój nowy słownik obcojęzyczny. „Przez tę wieżę Babel to tylko same problemy" – pomyślałem umęczony. Jednak przy tej pracy przynajmniej zapominałem o zagrożeniu. W przerwie powróciłem do obszerniejszego tekstu „Kritiasa". Byłem teraz niemal pewien, że kontynuacja nie była komentarzem, ale ciągiem dalszym dialogu. Słowa Zeusa zostały tutaj podane, a po nich zapisano jeszcze kilkanaście stronic tekstu. Jakże niesamowitych stronic!

Wycierałem pot z czoła po wielogodzinnej i wyczerpującej pracy translatorskiej. Tłumaczenie przestało jednak mieć charakter poznania wyłącznie nowego języka, ponieważ całą energię zacząłem poświęcać nieznanym kartom „Kritiasa". Mój wzrok zatrzymał się w końcu na dacie. Platon stwierdził, że kapłan podał Solonowi datę, także według naszego – helleńskiego kalendarza. Przeliczyłem na kalendarz gregoriański i zdziwiony spoglądałem na te kilka cyfr. Wskazywały datę, która miała niebawem nastać. Wyraźnie zaintrygowany począłem rozszyfrowywać linijki tekstu najbliższe ustalonej dacie. Spędziłem na tym zadaniu kolejne godziny, a kiedy w końcu odczytałem z grubsza treść, ocknąłem się jak z długiego i nieprawdopodobnego snu, wstałem i długo wpatrywałem się przed siebie niewidzącym spojrzeniem. Wszystko wydawało się takie nieprawdopodobne. Czy ciąg dalszy tekstu mógł być autentyczny? Skoro tak, to skąd ta wiedza o przyszłych zdobyczach i astronomiczna dokładność? Teraz już z pewnością wiedziałem za dużo.

XVII

Antonio Merida kroczył między kałużami, które utworzyły się dość szybko na nierówno położonych kostkach chodnika przy placu Rossio. Obsiadły je gęsto lizbońskie gołębie, aby ochłodzić pióra. Ciepły deszcz spływał po płaszczu mężczyzny wąskimi strużkami, które miniaturowymi wodospadami spadały na jego pantofle. Wysoki i szczupły mecenas dotarł w końcu do bramy starej kamienicy. Parasol nie ochronił go całkowicie od deszczu i na jego włosach błyszczały krople niczym rosa na jesiennej trawie. Po zamknięciu drzwi otrzepał się z wody jak wychodzący z jeziora pies, a następnie złożył parasol. Przeskakując po dwa stopnie naraz, ruszył na piętro do swej kancelarii. Przywitała go młoda dziewczyna odbywająca w kancelarii praktykę prawniczą.

– Dzień dobry. Pada? – zapytała retorycznie.

– Chyba widać – odpowiedział Merida.

– Może przygotuję coś do picia? – zapytała uprzejmie.

– Pracuj w spokoju i nie przeszkadzaj sobie.

– Dobrze – odpowiedziała nieśmiało.

– I jak ci się podoba u nas? To jest to, co chciałabyś robić w życiu? – zapytał po chwili mecenas.

– Tak, chociaż jeszcze muszę się dużo uczyć. – Dziewczyna zakręciła się na pięcie i wolnym krokiem wróciła do drugiego pokoju, do sterty pism.

Merida nie oczekiwał innej odpowiedzi. Wszyscy młodzi praktykanci mówili to samo. Wszystkim się nadzwyczajnie podobało czytać godzinami dokumenty. Wiedział jednak, że to nieprawda. Rozumiał, że skrywają swoje rozterki i wątpliwości i dla bezpieczeństwa lub kariery odpowiadają w iście amerykańskim stylu: jest świetnie! Merida podszedł do kuchennego aneksu, aby zaparzyć sobie mocnej kawy. Po drodze włączył swój przenośny komputer, by zainstalowane najnowsze programy ochronne zdążyły się załadować, nim usiądzie do pracy. Z kubkiem kawy rozparł się za biurkiem i zaczął przeglądać pisma procesowe, które wpłynęły do jego kancelarii wczoraj po południu. Szybko się zorientował, że nie ma nic pilnego, zresztą w porównaniu ze znajomymi z palestry miał ten komfort, że nie musiał już czyhać na sprawy, aby polepszyć swój budżet. W ostatnim czasie podniósł swoją rangę w Organizacji. Jego poziom wtajemniczenia przyniósł mu też spore profity finansowe, a praca w kancelarii zaczynała być pralnią pieniędzy, które uzyskiwał od Organizacji. W zasadzie tylko czasem dla własnej satysfakcji albo dla przećwiczenia procedury brał jakąś sprawę. Zależało mu na tym, aby kancelaria dobrze funkcjonowała. Zyski rozdzielał sowicie między swego zastępcę, który wykonywał już od dawna faktyczny nadzór merytoryczny, a pozostałych partnerów, aplikantów i praktykantów. W minionych miesiącach celowo zawężał swoją działalność adwokacką na rzecz spraw dotyczących Organizacji. To one miały bowiem zawsze klauzulę „pilne". A ostatnimi czasy wszystkie dyspozycje i zadania zlecane Strażnikom Starego Świata wskazywały jednoznacznie, że coś dużego wisi w powietrzu. W całej jego wieloletniej działalności w Organizacji nie wyczuwało się aż takiej mobilizacji. Po przejrzeniu dokumentów Antonio zajął się pocztą elektroniczną. Otworzył plik ze zdjęciami Amerykanina, którego tożsamości nie mógł od dłuższego czasu ustalić. Jego szerokie kontakty i starania spełzły na razie na niczym. Oglądane uważnie zdjęcia były już bardziej wyraźne. Twarz wyglądająca spod kapelusza zaczęła z każdym następnym zdjęciem wydawać się znajoma. Samo imię i nazwisko nic Meridzie nie mówiło, ale miał przeczucie, że już gdzieś widział tego mężczyznę.

– Skąd ja cię znam, skąd cię znam, Johnny? – powtarzał monotonnym szeptem Antonio.

I w najmniej oczekiwanym miejscu i momencie sobie przypomniał. Gdy opróżniał pęcherz i utkwił wzrok w pstrokatych wzorach na kaflach.

– Chyba cię znam, Johnny! – powiedział tryumfalnie.

Wróciwszy do biurka, otworzył główny plik z dossier Cristiny Vasquez.

– Wychodzę z korespondencją do mecenasa Jamrosé – zaanonsowała praktykantka, stając w progu jego gabinetu.

– Dobrze – machinalnie odpowiedział zamyślony Merida.

Kiedy spojrzał na dziewczynę stojącą w drzwiach,

przypomniał sobie, jak sam był na praktyce i krążył niczym goniec. Jego zwierzchnik potrafił wydusić z człowieka wszystkie soki. Pilność i zaangażowanie pomogły mu jednak przezwyciężyć wszystkie trudności. Zresztą miał ten komfort, że we wszelkich problemach mógł liczyć na pomoc Organizacji. Wiedział, że nawet gdyby nie zdał tych ciężkich egzaminów, to ostateczne oceny zamieniłyby się na pozytywne. Nieraz zdumiewała go skuteczność i wpływy Organizacji. Miał wrażenie, że sięgały nawet w kręgi najwyższych instytucji krajowych i międzynarodowych.

Po kilku kliknięciach otworzyły się zdjęcia tragicznie zmarłego pisarza promowanego przez Cristinę Vasquez. Antonio zaczął dogłębnie studiować wiadomości dotyczące Maxa Moriela. Jego uwagę zwróciły w szczególności opisy tej tragicznej śmierci. Następnie przebrnął przez streszczenia opowiadań i wierszy. Analiza wyszukiwanych materiałów zajęła mu sporo czasu. Kiedy jego oczy zawołały o należny odpoczynek, mecenas wyłączył komputer i podszedł do okna. Po przedpołudniowym deszczu nie było już śladu. Słońce zaczęło się odbijać w powierzchniach kałuż.

Merida zastanawiał się intensywnie nad przyczynami symulowanej śmierci Moriela. Niepokoiła go myśl, czy Cristina Vasquez próbuje ze swym przyjacielem kontynuować działalność ojca. Po cóż jej potrzebny do tego ten pisarz? Czy to jej kochanek? Pytań było jednak więcej. Antonio podniósł słuchawkę telefonu, postanawiając od razu powiadomić o swym odkryciu jeszcze jedną osobę.

– Witam. Tutaj adwokat Merida z kancelarii „Merida i Wspólnicy".

– Witam mecenasa.

– Chciałbym uprzejmie poinformować, że pisma procesowe czekają do odbioru w kancelarii.

– To się dobrze składa. Jestem akurat w okolicy, więc zaraz odbiorę je osobiście.

Antonio odłożył słuchawkę. W kontaktach z szeroko pojętym zapleczem ambasad ulokowanych w kraju należało zachować szczególną ostrożność. Podsłuchy w telefonach były normą. Poza tym Antonio, jak chyba każdy z wieloletnich Strażników, prowadził podwójne życie.

David dotarł do kancelarii po blisko półgodzinie od ich rozmowy.

– Witam cię, Antonio. Co jest, u licha, tak pilnego?

– Już wiem, kim naprawdę jest nasz Johnny. Masz tutaj materiały, usiądź sobie wygodnie. Napijesz się czegoś?

– Zrób kawę, bo czuję się ospały.

– Czytaj, czytaj, to się obudzisz – odpowiedział Merida, idąc do przestronnego aneksu kuchennego.

David przytaknął i z uwagą zaczął przeglądać wydruki. Przemówił dopiero po kilku minutach.

– No, to zrobiło się ciekawie. Stary od razu to wiedział, wydając mu dokumenty. Nie zostałem jednak wtajemniczony, więc nie mogłem ci pomóc.

Antonio przypomniał sobie opowieści o starym, czyli przełożonym Davida. Była to ponoć wielka kanalia w ciele macho o cygańskiej urodzie.

– Teraz ty masz przewagę. Wiesz, że ten Moriel jest na Maderze. Stary o jego bazie na wyspie nie ma pojęcia. Myśli, że przebywał w Lizbonie w mieszkaniu Cristiny Vasquez, a potem wyjechał wraz z nią i jeżdżą po świecie. Jak czegoś się dowiem, to będę meldował na bieżąco – skończył David.

– Jasne. To do usłyszenia. Aha, i weź te pisma procesowe na wszelki wypadek.

– Ich potrzebuję najbardziej – uśmiechnął się ironicznie David i zamknął za sobą drzwi kancelarii.

Antonio lubił jego specyficzny sposób bycia. Ponadto wiedział, że jako osoba pracująca w strukturach dyplomatycznych USA David był dla Straży nieocenionym źródłem informacji.

Mecenas udał się na obiad do pobliskiej restauracji. Miał tutaj swój stolik. Jego prestiż i renoma cenionego adwokata sprawiały, że witano go z honorami i niskimi ukłonami. Szacunek ten z pewnością kupił sobie bardziej hojnymi napiwkami. Tego dnia nie planował już wracać do kancelarii. Musiał w spokoju pomyśleć. Jeżeli brał jakąś sprawę, to rozkładał ją na części pierwsze. Każdy szczegół miał znaczenie i mógł okazać się kluczowy. Już dawno nie czuł takiej adrenaliny podczas obowiązków wykonywanych dla Straży. Ostatnie symulacje zarządzania większymi obszarami przypominały mu grę strategiczną. Nie mógł sobie uzmysłowić, czemu ma służyć nowy program szkoleniowy. Może, jak przypuszczał, jego wtajemniczenie było też ograniczone i nie posiadał stosownej wiedzy, tak jak mniej wtajemniczeni od niego nie wiedzieli o istnieniu biblioteki Starego Świata, która zmieniała obecnie swoje miejsce.

Nazajutrz po orzeźwiającym prysznicu siadł do śniadania. Jego poranne rozkojarzenie było dziś szczególnie silne. Musiał się skupić. W głowie kłębiły mu się wszelkie możliwe hipotezy. Sięgnął po telefon i wybrał numer.

– Co tam u mecenasa? – zabrzmiał w słuchawce serdeczny ton.

– Witam cię, Danielu. Dzwonię w sprawie naszego Johnny'ego. To żaden jankeski kowboj, tylko pisarz, i to nad wyraz intrygujący. Jak będziesz u mnie w kancelarii jutro, to opowiem, jak się z nim sprawy mają. Zresztą uważam, że trzeba z nim zagrać w otwarte karty.

– Co masz na myśli?

– Zdaje się, że on prędzej ukrywa się na wyspie, niż czegoś szuka. Zapewne jest coś, czego nie wiemy, i będzie najlepiej, aby nam sam o tym powiedział. Poza tym z przyjemnością zobaczę się z nim osobiście.

– Może napisze ci dedykację na książce – zaśmiał się Daniel. – Ale wiedz, że nasi stali rezydenci z wyspy dostali wolną rękę w sprawie Amerykanina.

– Jak to wolną rękę?

– Sam wiesz, że ustalenia trwały długo i nie dawały żadnych rezultatów. Ja jestem odpowiedzialny za tę sprawę i nie mogę sobie pozwolić na zbędne ryzyko. Daj mi trochę czasu, skontaktuję się z Toresem. Dogląda teraz spraw na wyspie, więc wkrótce będę na bieżąco.

– To dzwoń, będę pod telefonem – odpowiedział poirytowany Antonio.

Wszystko sprzysięgło się w tej chwili przeciw jego wczorajszym nocnym postanowieniom. Dlaczego Moriel znalazł się na Świętej Ziemi, i to akurat w miejscu, w którym zarządzono ostatnio przerzut ksiąg z kontynentu i gdzie miał trafić niebawem transport z Afryki? I tam też planowano zjazd, na którym miały zapaść ważne decyzje. Wrócił myślami do ostatniego spotkania z Mestusem.

* * *

– W końcu rzeczy się odmienią i zobaczysz, że to wszystko miało sens. Tym razem to ziemia naszych ojców przetrwa i to my zaczniemy organizować wszystko od początku. Przeczekaliśmy tysiące lat w ukryciu i nasza więź się umocniła. Świat zboczył z drogi duchowej i się zdemoralizował. Oczyszczenie, które nastąpi, jest już blisko. Morze krwi będzie nawozem, na którym zbudujemy wszystko od nowa, a społeczeństwa będą wyrastać i dojrzewać na zasadach miłości i wzajemnego poszanowania. Cieszę się, że moje życie przypadło na tak doniosły moment.

Mestus pożegnał się w ten charakterystyczny dla siebie sposób, ściskając dłoń rozmówcy i przykładając do niej lewą. Następnie nakładał staromodny kapelusz i znikał gdzieś za rogiem tak dyskretnie, jakby go w ogóle wcześniej nie było. Antonio uwielbiał jednak najbardziej długie rozmowy z Mestusem. Jego wiedza i umiejętność wyciągania wniosków były fascynujące. Merida jako doświadczony adwokat i człowiek wiecznie się uczący czuł przed Mestusem wielki respekt. On, Antonio, miał wprawdzie silną pozycję jako Strażnik, ale wiedział, że nie posiada wiedzy o najważniejszych sprawach, zwłaszcza tych mających się niebawem rozegrać.

* * *

Merida wyszedł przed swój dom. Przechadzał się spokojnie, doglądając niedawno posadzonych krzewów. Ich widok jednak ponownie skierował jego myśli do słów o gotowości do zostawienia dobytku. Uzmysławiał sobie, jak bardzo ceni sobie tę spokojną okolicę, tę własną przystań. Mrówki urządzały na korze drzewa wielką wędrówkę. Szły w długim szeregu. Mrowisko było oddalone o kilkanaście metrów od drzewa, więc Antonio z uwagą i ciekawością oglądał ten niebywały przemarsz. „Może szukają nowej kryjówki w dziupli tej starej jabłoni" – pomyślał. Wyglądało na to, że owady dokładnie zaplanowały swoją akcję. Wśród maszerujących panowała niewiarygodna karność i porządek. Ciszę przerwał dźwięk telefonu dobywający się z kieszeni jego jasnych spodni. Imię „Daniel" wyświetliło się na ekranie.

– Tu Daniel. Sytuacja się skomplikowała. Tores opuścił wyspę i będzie dopiero we wtorek. Przed wyjazdem zlecił zakończenie sprawy.

– To znaczy?

– To znaczy zlecił... pozbycie się intruza – wyartykułował niepewnie Daniel.

– Lecę na wyspę. Przyjedź do kancelarii za chwilę. Muszę wziąć namiary na pisarza i ludzi Toresa oraz hasła i odzewy.

– Jesteś szalony, Antonio.

– Już podjąłem decyzję. Bądź więc w kancelarii. Ja za chwilę wyjeżdżam.

Wbiegł do domu, aby po chwili wyjść z małym plecakiem, który wrzucił na tylne siedzenie swojego nowego volvo. Tej niedzieli silnik jego auta zadudnił głośniej, a wprawione w wysokie obroty opony rozrzuciły na bok równo usypane kamienie.

XVIII

Wszystkie wypadki, które rozegrały się tej niedzieli, potoczyły się nagle. Poddałem się ich biegowi i czułem, że z góry określony los musi się wypełnić. Działałem, słysząc niewytłumaczalne wołanie. Wołanie to miarowo wdzierało się do moich myśli i stymulowało moje ruchy. Chociaż wiele razy nęciła mnie myśl, aby skontaktować się z Cristiną, to jednak za każdym razem stwierdzałem, że to, co się ostatnio wydarzyło, mogło być przez nią odebrane jako wytwór mojej wybujałej wyobraźni bądź jako skutek pijaństwa. Miałem nadzieję, że jeszcze się z nią zobaczę. Nie była to jednak dobra pora, by czekać na mojego Godota. Czyżby planowała swój przyjazd niebawem? Zapewne były to tylko jej pobożne życzenia. Musiałem popłynąć na kontynent i po prostu zniknąć stąd. Wiadomość do Cristiny z opisem całej niewiarygodnej sytuacji zajęła mi prawie dwie strony i była już gotowa do wysyłki. Postawienie jej przed faktem dokonanym uważałem za najlepsze rozwiązanie w tej złożonej sytuacji. Ubrania rozrzuciłem nad brzegiem oceanu, a telefon cisnąłem do wody. Kiedy wspiąłem się na skarpę, obejrzałem się ostatni raz za siebie. Plecak z księgami oraz podręczne rzeczy schowałem do skrzyni przy werandzie. Zastanawiałem się cały czas, czy Maria będzie zdolna do umyślnego pozbawienia mnie życia. Nasze ostatnie spotkania, spędzane tak wesoło i beztrosko, kazały na szczęście myśleć inaczej. Jej młodzieńcza niewinność i nieporadność to potwierdzały, a przynajmniej starałem się tak myśleć. Wystarczyło tylko wspomnieć jej różowiutkie rumieńce na twarzy. Z drugiej strony ugodowość i nieśmiałość Marii mogły być dobrym gruntem dla wywarcia presji i nacisków. Cała ta dziwna sekta była niewątpliwie bardzo skuteczna w realizowaniu celów. Ile lat mogło działać to tajne zrzeszenie? Próbowałem odpychać te myśli od siebie, ale napięcie mnie nie opuszczało. Postawiłem na stole karafkę i przyniosłem przekąski. Ostatnia wieczerza miała niebawem nastąpić.

* * *

Maria krzyknęła przeraźliwie i wybiegła z domu. Chwilę jeszcze zachowywałem się głośno i pobiegłem w jej stronę, aby sprawdzić, czy oddaliła się na dobre. Spokojniejszym krokiem wróciłem do domu. Zakończyłem symulację pijackiego szału. Udałem, że wypijam podaną przez nią miksturę. Zrobiłem przegląd rzeczy i zdecydowałem się zabrać jeszcze kilka drobiazgów. Przysiadłem na fotelu i nalałem sobie wina. Musiałem odpocząć. Czekała mnie długa droga na statek. W ostatnich dniach zdążyłem wejść w komitywę z palaczem i zdobyć miejsce w kotłowni na statku. Było jasne, że kończy się dla mnie kolejny etap przygody, ale i zaczyna nowy, zupełnie nieznany. Przypomniałem sobie dzień, w którym się tutaj znalazłem, rozmowy z Cristiną, wyprawy do miasteczka. Moją harmonię, którą niespodziewanie zakończyła ta niewiarygodna intryga. Zawisłem w czasie i przestrzeni. Nie wiedziałem już, czy mam siłę i ochotę na ucieczkę, i zastanawiałem się, czy nie zrezygnować i poczekać na dalszy bieg wydarzeń. Poczułem się jak te stare przedmioty sprzedawane na bazarze. Miały swoją historię, ale kończyły na porozrzucanych na trawie kocach. Jednak czułem, że mój pobyt na wyspie nie jest zamknięty. Wciąż pozostawały pytania bez odpowiedzi, niespełnione pragnienia i oczekiwania. Tak już jest, że zazwyczaj nie dostrzegamy początków kolejnych faz, w które wkracza nasze życie. Poznajemy je dopiero w trakcie, kiedy już są obecne na dobre. Są jednak chwile takie jak ta teraz, które wydzielając woń specyficznych doznań, zdradzają nam ukradkiem mającą nadejść zmianę. Nigdy nie wiemy, czy jest początkiem czegoś lepszego.

Kiedy wychodziłem z domu, już prawie zapadł zmrok. Wyciągnąłem wcześniej ukryty plecak i poczułem w sercu wielki żal za domem, w którym spędziłem tyle szczęśliwych i niezapomnianych chwil. Tęsknota dopadła mnie, kiedy o zmroku opuszczałem ten swój przyczółek. Ale nie mogłem tam dłużej stać, bo zauważyłem na skraju lasu idących ludzi. Skryłem się natychmiast odruchowo. Nie wiedziałem, czy to może Maria sprowadziła pomoc. Oddaliłem się w głąb ogrodu. Kiedy postacie wyszły z cienia, poznałem Agatę i Herbacianego Dziadka. Nie, mężczyzna nie był jednak Dziadkiem, był dużo młodszy, ale podobny. Może to syn. Nie spodziewałem się, że zjawią się tak szybko, i poczułem zimną trwogę. Zgromadzone z tyłu ogrodu suche gałęzie utworzyły w tej sytuacji niewdzięczną pułapkę i łamały się pod stopami. Już słyszałem ich głosy. Poczułem się jak zwierzyna otaczana przez hałasujących ludzi i ujadające ogary. Przykucnąłem za zarośniętym oczkiem wodnym i przypomniałem sobie wtedy o odkrytej przestrzeni pod kamienną płytą. Nie tracąc cennych sekund, przesunąłem ją jak najciszej i kiedy szczelina była na tyle szeroka, że mogłem się przez nią przecisnąć, wepchnąłem plecak, łom i na końcu sam wszedłem. Wiedziałem, że dno znajduje się na tyle nisko, że śmiało schowam się w środku. Próbowałem, zapierając się ze wszystkich sił nogami, zasunąć za sobą kamienną pokrywę. Udało się! Nie zastanawiając się, ruszyłem w niezmierzoną i ukrytą w ciemności dal.

W tym czasie przybysze dotarli do chaty.

– Proszę szukać wokół domu, ja zajrzę do środka – rzekł pełnym napięcia głosem Antonio.

Zapukał do drzwi, jednocześnie je otwierając. Wiedział dobrze, że zwłoka byłaby największym błędem.

– Halo! – krzyknął.

Zatrzymał się, widząc ślady zniszczeń, które wyrządził z pewnością Moriel w amoku. Następnie zajrzał do pozostałych pomieszczeń i małej łazienki. Nikogo tutaj nie było. Wyszedł na werandę przed domem, ale nie dostrzegł staruszki. Dopiero kiedy udał się za dom, zauważył, jak przemykała między przydomowymi zaroślami.

– Nie ma go tutaj – stwierdziła Agata.

– Dom też jest pusty – dodał Antonio. – Ta dziewczyna mówiła jeszcze o jakimś miejscu?

– Była roztrzęsiona. Mówiła, że po wypiciu nalewki wpadł w szaleńczy trans. Dostał obsesyjnej chęci na pływanie w oceanie. Krzyczał, że odpłynie gdzieś daleko. Maria próbowała go uspokoić i powstrzymać, ale gdy zaczął się zachowywać bardzo agresywnie oraz powtarzać, aby sobie poszła, dziewczyna z płaczem stąd uciekła. Była przerażona, że tak się skończył ten wieczór.

– Chyba nic w tym dziwnego – przerwał zdenerwowany Antonio. Staruszka powiedziała to tak, jakby nie miała z tym nic wspólnego!

Agata nic nie odpowiedziała. Odeszła nieco dalej i rozglądała się po krzakach. „Jakby Moriel zamienił się nagle w skrzata" – pomyślał kwaśno Antonio i usiadł w fotelu na werandzie. Pomimo zapadającego zmroku mógł teraz stwierdzić, że ten domek na odludziu wyglądał na zadbany i uroczy. Zobaczył, że w stronę chaty zmierza starzec, którego poznał przed paroma godzinami i który wyruszył nad brzeg morza w poszukiwaniu pisarza.

– I jak? – zapytał zdyszanego dziadka.

– Została na brzegu tylko jego koszula i spodnie – odpowiedział Herbaciany Dziadek i położył na balustradzie werandy znalezione ubrania.

Antonio nic nie odpowiedział. Wiedział, że nie może już nic poradzić. Próbował zdusić w sobie zawód. Agata podeszła do Herbacianego Dziadka i zaczęli rozmawiać. Merida bardziej mógł teraz ich widzieć, niż słyszeć. Spacerowym krokiem doszedł do przydomowego ogrodu i wodził wzrokiem po czerwonej smudze zachodzącego słońca. Zaczął sobie przypominać sekretne lekcje o losach ojczyzny przodków. Pamiętał z nich, że wyspa była miejscem zaślubin oraz obszarem wybranym do kontemplacji dla tych, którzy musieli odnaleźć tutaj równowagę duchową. Antonio zobaczył w tym jednak ironię losu, bo czuł, że właśnie lina życia, po której stąpał jak wytrawny akrobata, zaczyna coraz bardziej drgać nad twardą powierzchnią. Przypomniał sobie legendy o rozmieszczonych na wyspie komnatach, w których można było ponownie odnaleźć siebie, krocząc przez wspomnienia, nieczystości zaśmiecające duszę. Ekstremalna kumulacja pustelniczej terapii i szamańskie praktyki odbywające się na wyspie. „Cały czas popełniamy jednak błędy" – pomyślał. Tak jak nigdy nie przekonał się, że podpalenie zbiorów w Aleksandrii było jedynym środkiem dla zapewnienia bezpieczeństwa przyszłemu odrodzonemu narodowi, do którego przynależał, tak i tym razem czuł, że Max Moriel nie stanowił żadnego poważnego zagrożenia.

Antonio zauważył obok małe oczko wodne wystające nad poziom ziemi. Te wielkie płaskie głazy wydawały

się nie do ruszenia. Pełen niemocy i rezygnacji zamo-
czył w wodzie dłonie i przetarł twarz, a następnie usiadł
na kamiennym okręgu wokół źródełka. Ponownie spojrzał nad znikające ponad lasem krwiste smugi. Ruszył
w końcu do mieszkania. Domyślając się, że w pozosta-
wionym na stole flakonie jest mikstura, dał go Herba-
cianemu Dziadkowi, który o nic nie pytając, schował
buteleczkę za pazuchę.

— Jesteście wolni. Ja zostanę tutaj na noc, a jutro
opuszczę wyspę.

Staruszkowie nie protestowali. Pożegnali się i od-
dalili żwawym krokiem, niosąc zgodnie z tradycją Gu-
anczów błyskającą latarnię. Tymczasem Antonio nalał
sobie wina i wypił kilka lampek, zanim znalazł w ku-
chennej szafce mocniejsze trunki. Choć prawa ojców
to potępiały, tej nocy zamierzał odurzyć się na tyle
skutecznie, aby już o niczym nie myśleć.

XIX

Kiedy przesuwałem się w zawiesinie mroku, moje ręce
zatrzymały się na sporej wielkości zasuwie. Nie zastanawiałem się długo, bo wiedziałem, wewnętrzny
głos podpowiadał, abym ją pociągnął. Wraz z nią ru-
szyły kamienne wrota, z ciężkim zgrzytem, jakby były
włazem do wielkiego skarbca. Nie wiedziałem, czy to
ciemne pomieszczenie to korytarz czy komnata. Nie
czułem ścian, ale szedłem do przodu. Chwilami po-
jawiała się myśl o powrocie. Ale szedłem dalej. Było

tu rześko i niezbyt chłodno. Straciłem już poczucie czasu i odległości. Moje kroki nie odbijały się echem, były właściwie niesłyszalne, więc miałem wrażenie, jakbym stąpał gdzieś w próżni albo po elastycznym, gąbczastym podłożu. Nie wiedziałem, kiedy dotarłem do jaśniejącego, prowadzącego do góry tunelu. Zdałem sobie sprawę, że nie mam plecaka, który musiałem zostawić gdzieś z tyłu, ale nie miałem zamiaru po niego wracać. Zachowywałem się tak, jakby już żadne rzeczy nie były mi nigdy potrzebne. Spoglądając w kierunku wylotu, ujrzałem gwiaździste niebo. Zatknięty na końcu ujścia wał z nawiniętą na nim liną wyglądał jak mechanizm studni, ale od dawna pozbawionej wody, skoro stałem teraz na jej dnie. Dostrzegłem nagle jedną z gwiazd, która zaczęła jakby bardziej migotać i powoli się przemieszczać. Ten cudowny obraz był niesamowity. Moje ciało drgnęło, kiedy wycinek nocnego nieba został przysłonięty kołyszącym się warkoczem. Nie był to jednak warkocz sunącej komety, ale niewiasty. A za nim pokazała się kobieca twarz.

– Maria! – krzyknąłem z nieoczekiwaną radością.

– Witaj, Max – odpowiedziała jak zwykle spokojnie.

– Cieszę się, że cię widzę. Szkoda, że nie jesteś ze mną tutaj na dole. Widać stąd niebo w całej okazałości.

– Widzę je też tutaj na górze. Widok mój jednak nie jest ograniczony studnią i sięga daleko, do horyzontu. No i mamy dziś piękny słoneczny dzień.

Zaniemówiłem. Byłem przekonany, że jest noc albo przynajmniej późny wieczór. Zagadkowe wydawało się też to, że byłem witany tak, jakby nic się między nami wcześniej nie wydarzyło. A Maria tajemniczo dodała:

– Sprzyjające warunki są wszędzie wokół nas. Wśród piaszczystej pustyni możemy odnaleźć oazę bądź życiodajną studnię. Należy je tylko odkryć albo samemu stworzyć wokół siebie odizolowaną studnię.

Dziewczyna się wyprostowała, a jej warkocz i twarz znikły. Nie wiedziałem, dlaczego odeszła. Chciałem z nią rozmawiać. Nawet jej nie zapytałem, gdzie jestem, ale to pytanie z każdą chwilą mojej wędrówki stawało się jakby mniej istotne. W tej dziwnej sytuacji postanowiłem o niczym nie myśleć. Przymknąłem oczy. Znaczenia zaczynały nabierać sensu.

Kiedy otworzyłem oczy, nad studnią stał mały chłopiec i spoglądał na mnie zadziwiony.

– Ty jesteś pan echo? – zapytał.

– Mogę nim być. Jestem echem dla ciebie, a ty dla mnie. Nie boisz się, że wpadniesz tutaj na dół?

– Nie boję się, bo jestem tutaj często.

– Maria to twoja siostra?

– Nie znam Marii – odpowiedział zaskoczony.

Dopiero teraz zdałem sobie sprawę z tego, że chłopiec mówił do mnie w moim ojczystym języku. Po chwili włożył do studni wiadro, które uniosło się nade mną, zawieszone na łańcuchu. Domyślałem się, że wał był zakończony z jednej strony korbą, którą spuszczano i podnoszono zawieszone na łańcuchu wiadro.

– Co będziesz robił z tym wiadrem? W tej studni nie ma wody.

– Jest woda. Muszę napoić mojego konia, a gdy to zrobię, pójdę do lasu po chrust na opał.

– Pracowity jesteś. Rodzice przymuszają cię zapewne do tej pracy.

– Sam to lubię robić. Tutaj jest mi najlepiej. Kiedyś chciałem wyjechać do miasta albo odległych krajów i kiedy o tym myślałem, to mi się to przyśniło. Mama mówi, że jak się o czymś długo myśli, to się to później śni.

– To był dobry sen?

– Był długi. Wyjechałem stąd daleko do małego miasta. Miałem rodzinę, ale im byłem starszy, tym bardziej tęskniłem za moim drewnianym domkiem pokrytym strzechą, za moim konikiem. Studnia zarosła i pokryła się mchem. W nowym świecie miałem murowany dom, samochód. Było w nim dużo wynalazków, a ludzie nawet dotarli na Księżyc.

– Już dawno przecież dotarli.

– Najadł się pan szaleju.

– A który mamy rok? – zapytałem, szukając punktu zaczepienia.

– Pięćdziesiąty drugi.

– Pięćdziesiąty drugi? – powtórzyłem za chłopcem zdziwionym głosem.

– Idę zaraz z kolegami nad strumyk. Będziemy puszczali nasze statki z kory.

Znów zaczął opuszczać w dół cynowe wiadro. Nie wiedziałem, po co to robi, ale po chwili wiadro uderzyło w lustro wody, która nagle w niepojęty sposób wypełniła studnię nade mną. Na jej powierzchni rozchodziły się szerokie kręgi i tlenowe bańki. Zastanawiałem się, gdzie się kończy, a gdzie zaczyna woda, którą widziałem nad sobą. Nie miałem też pojęcia, dlaczego nie spada w dół. Chłopiec wciągnął wiadro, a ja ponownie zobaczyłem gwiaździste niebo.

– Do widzenia, panie echo.

– Do widzenia – odpowiedziałem. Zauważyłem jednak, jak do jego opartych na krawędzi studni dłoni zbliża się sporych rozmiarów utykający pająk z uszkodzonym odnóżem. Chłopiec zauważył moje skinienie.

– Nie boję się go. Wiesz, jak ten pająk… – zawahał się i widocznie kogoś dostrzegł, bo zawołał: – Muszę już iść. Czołem! – I znikł, odchodząc w niewiadomym kierunku.

Echo w studni kotłowało dopiero teraz wszystkie jego słowa. A chciałem jeszcze zadać tyle pytań temu chłopcu… Gdzieś za sobą usłyszałem szept. Nie wiedzieć czemu, korytarz był tym razem widoczny, choć nie zauważyłem żadnego źródła oświetlenia. Trudno było zgadnąć, czy tunel jest długi, ponieważ był kręty. Zastanawiałem się, skąd dobiegał szept. Tymczasem w bocznych ścianach korytarza zaczęły się pojawiać małe puste komnaty. Cała misterna konstrukcja zaczęła powoli przypominać labirynt. Wtem zobaczyłem siedzącego przy stole szatyna z małą trójkątną hiszpańską bródką.

– Dobrze, że pana widzę, mister Moriel – przywitał mnie z szelmowskim uśmiechem, wyrzucając jednocześnie słowa po angielsku.

– Czy my się znamy? – zapytałem niepewnie.

– Znamy się. Może jeszcze nie za dobrze, ale nasza współpraca rozkwitnie niebawem. Teraz jesteście moim rodakiem.

– Zgubiłem paszport – wtrąciłem nieznajomemu bez sensu. Ale musiał zapewne o tym wiedzieć, skoro tytułował mnie swym rodakiem.

– Nic nie szkodzi. Nie zgubicie za to swej wschodniej mentalności i – mam nadzieję – swej podróżującej przyjaciółki. Nie wymagam wiele, tylko współpracy za okazaną pomoc.

– Nie wiem, czego pan oczekuje i kim pan jest – powiedziałem zdenerwowany.

– Po co ta złość? Trzeba podpisać tylko dokument potwierdzający naszą współpracę. – Jego śmiech stał się jeszcze bardziej szalony, a ręce wyciągnęły spod stołu pożółkły papier, czerwony atrament i bażancie pióro.

Pomyślałem, że kałamarz jest pęknięty, kiedy na kamiennej posadzce zobaczyłem czerwone krople. I wtedy na mojej ręce dostrzegłem ciętą ranę, z której płynął schnący wąski strumyk krwi. Nie przypominałem sobie momentu okaleczenia, ale wybiegłem jak najszybciej z komnaty i popędziłem gdzieś przed siebie. Mimo to słowa tajemniczego mężczyzny wciąż słyszałem tak wyraźnie, jakby siedział obok.

– Do zobaczenia na premierze.

Zignorowałem usłyszane zdanie. Szedłem dalej. Korytarz zaczął się rozwidlać, ale bez zastanowienia wybierałem dalszą drogę. Moje stopy kroczyły jakby przyciągane dziwnym i niewyjaśnionym impulsem. Czując nagły przypływ zmęczenia, przysiadłem na kamiennej ławie, która wyłoniła się nagle z bocznej części korytarza. Bolały mnie nogi, chciało mi się pić. Wtedy pojawił się skądś starszy szczupły mężczyzna z nasuniętymi na oczy okularami w okrągłych oprawkach. Po ostatniej rozmowie z demonicznym szatynem spojrzałem na tego nieufnie. Szybko dostrzegłem jednak jego ciepły uśmiech i odprężyłem się momentalnie.

– Zmęczony? – zapytał.

– Troszkę – odpowiedziałem, mierząc wzrokiem swojego rozmówcę.

– Napij się wody, młodzieńcze – zaproponował i podał mi ciężki posrebrzany kubek.

Przyjąłem poczęstunek. Woda była chłodna i miała źródlany nieskazitelny smak.

– Dawno nie piłem tak dobrej wody.

– Smak zależy głównie od tego, czy bardzo jesteśmy spragnieni i głodni. Oczywiście woda z naszej studni musi być dobra.

Pomyślałem o studni, przy której byłem, jednak nie dopytywałem o nic. A mój rozmówca kontynuował rozmowę:

– Mogę jeszcze coś dla ciebie zrobić?

Choć byłem zagubiony w gąszczu niespotykanych doznań, to jednak nie wiedziałem, o co mogę prosić i o co zapytać. Zaciekawiło mnie, co też tutaj robi ten przyjaźnie usposobiony mężczyzna.

– A pan dokąd zmierza? – odważyłem się w końcu zadać pytanie.

– Idę posłuchać, jak koncertują wspólnie Mozart i Chopin.

Nie wiedziałem, o jakim koncercie mówi, ale zagadnąłem:

– Jest pan miłośnikiem muzyki?

– Tej muzyki, która została ujarzmiona w tych nieprzemijających korytarzach wieczności. W zasadzie od dziecka uwielbiam wszystko, co piękne, bezużyteczne, zabawne i próżne. Do kręgu tego należy też muzyka, poezja i wiele innych zajęć, które nie zyskały miana sztuki. Tym bardziej cenię sobie taką dziedzinę, im mniej jest w niej racjonalności i praktyczności.

Rozmowa z nim wciągała i była orzeźwiająca jak wypita przed chwilą woda. To on wydawał się posiadać magiczny klucz do tego niezbadanego laboratorium. Ja natomiast z racji młodego wieku i skromniejszego bagażu doświadczeń przyjąłem pozycję pomocnika w naszej alchemicznej konwersacji.

– Sam nie wiem, jak długo chodzę po tym labiryncie... A może dłużej. I znowu czuję się jak dawniej, kiedy wiodłem beztroskie życie. Zrobiłem się jednak starszy i doskwierała mi myśl, że przy całym tym bagażu wrażeń, wiedzy i odnalezionych myśli znaczna część mnie wiedzie byt w ludzkiej próżności zwanej grzechem. Jednak po twych słowach zaczynam czuć się usprawiedliwiony – powiedziałem z nadzieją.

– To żaden grzech. Kiedyś mówiłem to człowiekowi, który niewłaściwie odczytał swój los. Bóg potrzebował go takiego, jakim jest. Wędrował w jego imieniu i w ludziach osiadłych wzniecał tęsknotę za wolnością.

– Mówisz to z wielkim przekonaniem, ale nawet

teraz nie wiem, w którą stronę w tym korytarzu mam się udać.

– Udasz się tam, gdzie cię poprowadzi. Właściwa droga nie prowadzi prawym albo lewym korytarzem. Jedyna prawdziwa droga powinna prowadzić wprost do twego serca i nawet gdy kroki zagłuszą prawa i wzniosłe zasady, i tak osiągniesz spokój i szczęście.

– Dajesz mi zbyt wiele drogowskazów. Boję się, że któryś z nich pominę i nie zapamiętam.

– Przyswoić można wiedzę, nie mądrość. Mądrość musi być przeżyta i jest wówczas esencją dobrze wykorzystanej wiedzy. Domyślam się, że jesteś w stanie ziemskiej egzystencji, młodzieńcze?

– Ziemskiej egzystencji? – zapytałem, nie rozumiejąc.

– A więc jesteś – sam dał odpowiedź na swoje pytanie. – I czymże się zajmujesz?

– Obecnie mam takie wymuszone długie wakacje. A w ogóle to jestem początkującym pisarzem, który wyjechał na zjazd przyszłej awangardy pisarskiej, a sam nie wie, gdzie teraz jest.

– Szkolenie pisarzy? Wydaje się zabawne! Jednak wiedz! Poczucie misji jest czynnikiem najbardziej istotnym, którego nie da się rozumieć jako definicji. Niewielu z was zostanie pisarzami, których myśli będą mogły przepłynąć i zmieszać się z wodami naszej studni.

Pewność siebie jest dodatkowym żaglem, dzięki, któremu możemy płynąć po niespokojnych wodach. Pamiętaj też, że istotą życia nie jest to, czy będziesz dobrym pisarzem, sprawnym wyrobnikiem, genialnym naukowcem. Najważniejsze, abyś był dobrym człowiekiem. Świat zbudowany jest na zasadzie sprawiedliwości.

– Sprawiedliwości – powtórzyłem z zadumą w głosie. Sam już chyba doszedłem do takiego wniosku jakiś czas temu.

– Tak, sprawiedliwości, choć pozornie wydaje się to niemożliwe, dlatego, że mierzy się ją ludzką miarą. Uwierz mi, że każdy ma równe szanse na nagrodę za swe czyny i nie może się uskarżać na gorsze predyspozycje, stan fizyczny i psychiczny bądź zamożność. Ci, którzy dostają z pozoru więcej ziemskiego szczęścia i dobrobytu, są poddawani najtrudniejszym próbom, jakimi są pokusa posiadania dla siebie jak najwięcej dóbr i doznawania przyjemności. No i nie rób takiej smutnej miny. Bez dobrego humoru daleko nie zajdziesz.

– Twoje słowa szargają moje sumienie. Chciałbym kierować się zawsze tymi wzniosłymi ideami. Zapewne byłbym lepszy, ale chyba jestem zbyt ograniczony wiedzą, wiarą i niedoskonałością własnej duszy – powiedziałem z rozgoryczeniem.

– Może nie jest tak, jak myślisz. Przypomnij sobie to, co sam wiesz.

Doświadczyłem teraz, iż ten mądry człowiek potrafi przejrzeć mnie na wskroś, prześwietlić moje doświadczenie i moją wiedzę.

– Wyobraź sobie, że wiedzę o istnieniu dobra zawdzięczamy naszej duszy, która kiedyś w tym świecie przebywała – kontynuował. – W wyniku planu wyższego niematerialna dusza zlała się jednak z ciałem i towarzyszyła życiu poszczególnych ludzi, w tym tobie. Kiedy twa dusza odkupi swoje winy, będzie mogła na powrót istnieć niezależnie od ciała. Dzięki pierwotnemu pobytowi duszy w świecie idealnym możemy przypominać sobie naszą wrodzoną wiedzę pochodzącą z innego świata. Uczenie się nie jest więc poznawaniem nowych nauk i rzeczy, tylko przypominaniem. Im więcej dobra uczynimy, tym więcej przypomnimy sobie tego, co znała nasza dusza. Musimy się odradzać, dopóki nie nastąpi pełne przypomnienie. Wszystko, czego szukasz, jest więc w tobie.

Odpłynąłem myślami i szeptałem do siebie wolnym hipnotycznym tonem:

– Muszę więc sobie przypomnieć, muszę więc tylko to wszystko sobie przypomnieć...

Mój rozmówca ruszył, machając mi ręką na pożegnanie, a ja stałem zdezorientowany naszym spotkaniem i naszą rozmową. Zniknął mi z oczu, mimo iż nie skręcił w żaden korytarz. Odniosłem wrażenie, że rozpłynął się po prostu. Ruszyłem przed siebie. Ponownie straciłem poczucie czasu; nie mogłem nawet określić, kiedy rozstałem się z wędrującym starcem. Doszedłem w końcu do zaułka, w którym piął się po kamiennej ścianie gęsty bluszcz. Nie widziałem wylotu, lecz na łodygach pnącza dostrzegłem nagle kawałek jakiejś tkaniny. Ściągnąłem ją i rozpoznałem w niej chustę z charakterystycznym wzorem w czerwone kwiaty. Taką nosiła Agata.

Udałem się dalej. Droga wiła się i kołysała, a panujący spokój potęgował senność. Nieoczekiwanie w tym letargu zaplątałem się w zawieszoną na ścianie korytarza kurtynę. Delikatnie odsunąłem zasłonę i poczułem, jak dziwna siła wciąga mnie do środka. Znalazłem się w środku wielkiego teatru. Nad sceną odczytałem napis: TEATR WIECZNEGO ŻYCIA. Na widowni byłem jednak sam, zaś na scenie trwała pełna emocji akcja, w której aktorzy odgrywali rozmaite sceny. Reprezentowali różne zawody i sytuacje życiowe. Ujrzałem rybaka z siecią, dziecko budujące domki z klocków, urzędnika przy biurku. Następnie wynurzył się wędrowny muzyk ze strunowym instrumentem. Szedł właśnie obok starszej pani siedzącej na bujanym fotelu. Ci ludzie, jak się domyśliłem, reprezentowali nie tylko różne profesje, ale pochodzili także z różnych epok.

– Zamień narzekanie w twórcze działanie – powiedział właśnie człowiek, którego twarzy nie widziałem, przechodząc obok skarżącej się na swój los kobiety.

Ani kobieta, ani pozostałe obecne tutaj osoby nie widziały go jednak, choć słyszały wypowiadane sentencje. Kolejne sceny komentowała osoba odziana w białą szatę, niewątpliwie narrator tego przedstawienia. Dostrzegłem też sporej wielkości szczura siedzącego w pierwszym rzędzie. Odziany był we frak, a na jego oku widniał monokl zawieszony na łańcuszku. Choć było to niedorzeczne, to jego szczurza twarz wydawała mi się znana. Jego wytworność podkreślała także błyszcząca od brylantyny sierść na głowie. Z kamizelki wystawał mu natomiast zegarek z dewizką. Tymczasem przechodzący po zatłoczonej scenie człowiek zniknął za kurtyną. Narrator zaś rozpoczął swoją deklamację:

Po drogach krętych
Po miejscach zaklętych
Swoimi idą śladami
Stąpają powoli, łypią oczami
Są klanu poetów synami

W lesie sideł
W duszach klepsyder
Ukryte ich tajemnice
Choć krzyczą na wietrze, łamią granice
To milczą jak puste ulice

Są zamaskowani
Są czasu szpiegami
Są klanu poetów synami

Narrator rozejrzał się po teatrze i zdawało mi się, że spojrzał mi prosto w oczy. Deklamował jednak dalej z pasją. Kiedy skończył, usłyszałem gromkie brawa. Drgnąłem, zaskoczony aplauzem nieistniejącego audytorium. Aktorzy znikali za sceną, a na balkonie teatru dostrzegłem przemykające postacie niknące w ciemności. Zdołałem jednak rozpoznać ich cienie na sklepieniu sufitu. Cofnąłem się zadziwiony i w tym momencie wypadłem na korytarz. Nie wiedziałem, czy był to koniec sztuki, czy tylko jednego z jej aktów. Kurtyna nie dała się już odsunąć i nie mogłem zajrzeć ponownie do środka. Uznałem to za omen i ruszyłem dalej.

Na ścianach korytarza zaczęły się pojawiać imiona i dziecięce wierszyki oraz kolorowe obrazki, niewątpliwie malowane przez malców. Próbowałem dotknąć tych malunków, ale nie mogłem. Mój dotyk zaczął jednak kreować inną wizję. Czy był to obraz? Na środku sali stała starsza pani. Rozpoznałem w niej swoją przedszkolną opiekunkę. Skierowałem dłoń na drzwi i znalazłem się w sali przylegającej do pokoju zabaw, z którego dochodziły głosy rozszalałych dzieci.

– Dzień dobry. Po kogo pan przyszedł? – zagadnął mnie niespodzianie dziecięcy głos.

Spojrzałem na chłopca.

– Jesteś wychowawcą? – zapytałem żartobliwie.

– Jestem dyżurnym – odpowiedział chłopiec z wielką dumą w głosie.

– No dobrze, mój chłopcze. Max dzisiaj jest?

– Max? – zapytał zdziwiony. – Tylko ja tutaj mam tak na imię.

– To znaczy że przyszedłem tutaj, aby cię odnaleźć.

Chłopiec po tych słowach wyraźnie się spłoszył i pobiegł do sali zabaw, wołając:

– Proszę pani!

Nie czekając na rozwój sytuacji, opuściłem hol, który szybko przeistoczył się w korytarz. Obrazki na ścianach i wyżłobione napisy zaczęły zanikać. Z komnaty, którą minąłem, padało światło. Gdy tam zajrzałem, ujrzałem zachodzące czerwone słońce. Na polanie wyścielonej sianem płonęło ognisko, a wokół niego siedziała młodzież. Wyraźnie poczułem aromat palonej akacji. Chłopcy długimi kijami wydobyli z żaru upieczone ziemniaki i podstawili najdorodniejsze egzemplarze swej koleżance. Dogadzali dziewczynie, jakby była królewną na zamkowej uczcie. Po pewnym czasie chłopcy zaczęli rzucać kamieniami w pasącego się na łące konia. Zwierzę tylko zastrzygło uszami, ale kolejny kamień trafił je tuż pod grzywą, a kary rumak zarżał i zerwał się. Dopadło mnie znowu. Tak, to już kiedyś przeżyłem. Obraz widziałem tym razem z innej perspektywy. Spojrzałem na wpatrującego się we mnie konia i choć stał daleko, to zdołałem dostrzec w jego oku łzę.

– Nie chce uciekać daleko – powiedział przechwalający się młodzik. – Zaraz znajdę lepszy kamień.

Moja ręka w niewiadomy i niewidoczny sposób sięgnęła do ogniska i wyjęła rozżarzony kamień. Przypomniawszy sobie ponownie zabawę w gorące pieniążki, rzuciłem kamień obok młodzieniaszka.

– Teraz ci pokażę! – wycedził młody rozbójnik.

Jednak w tej samej chwili upuścił gorejący kamień i krzyknął z bólu. Łza konia spłynęła w dół po pysku i zjednoczyła się z kroplami deszczu. Zwierzę tymczasem odleciało w odmęty przestrzeni, ku odległemu gwiazdozbiorowi. „I gdybym mógł dawniej wiedzieć, że te nieszczęścia, które mnie dotknęły, mogą też pochodzić ode mnie samego" – pomyślałem, spoglądając na starą bliznę na prawej dłoni. Zapach dymu i pieczonych ziemniaków mile łechtał moje nozdrza, ale ruszyłem dalej. Kiedy dotarłem do kamiennych włazów z wygiętym żelaznym uchwytem, wiedziałem, że nie może być w tym przypadku i powinienem je uchylić. Podczas całej drogi oderwałem się nie tylko od bariery czasu, ale nie pamiętałem też, w jaki sposób znalazłem się w prowadzących od studni labiryntach. Nie odczuwałem przy tym potrzeby dotarcia do celu, a metafizyczna tułaczka stała się nadanym przez wyższe siły obrządkiem, którego reguły po prostu zaakceptowałem. Spojrzałem w górę i dostrzegłem widok znanej mi studni. Ponownie zachwyciłem się gwieździstym niebem. Korytarz rozdwajał się u ujścia studni na ten, którym poszedłem, i ten zakończony komnatą z włazami. Zdałem sobie sprawę, że mogłem przecież od razu znaleźć się tutaj, że wróciłem do punktu wyjścia. Zatoczyłem koło u źródeł studni czasu. Zapewne nie wszystko pojąłem, ale zrozumienie pozostawiłem sobie na później, na przyszłość. Moje myśli ostygły, a ja pchnąłem właz. Przez wąski przesmyk przecisnąłem się do środka, a kiedy dałem krok naprzód, usłyszałem zgrzyt zasuwanego kamienia.

XX

W pomieszczeniu, w którym się znalazłem, panował zwyczajny mrok. Powietrze także wydawało się złożone z innych pierwiastków, jakby zawierało mniej tlenu. Nie czułem się przygotowany na wizytę w tym niecodziennym mroku. Macałem ręką ścianę, ale była jednolita, trochę tylko szorstka i chropowata. Jakby bardziej rzeczywista. Skierowałem się w lewo i znów dotknąłem ściany. Teraz wystarczyło iść do zapewne nowej tajemnicy. Moje ramię uderzyło nagle o coś twardego. Skrzywiłem się z zaskoczenia i bólu. Ostrożnie wymacałem, co to jest. Był to drewniany przedmiot rozszerzający się ku górze, z wyżłobioną powierzchnią. Czy to nie łódka? Szedłem dalej. Pod stopami usłyszałem metaliczny dźwięk i schyliwszy się, podniosłem ciężki mały toporek. Zdałem sobie sprawę, że był dokładnie taki jak ten, który od wielu lat służył mi do przeróżnych prac. Miał na kancie ostrza to charakterystyczne szczerbienie. Czyżbym był...? Niecały metr dalej wyczułem w ciemności deskę zawieszoną wysoko na ścianie i służącą za półkę. Stały na niej puszki i słoiki ze śrubkami oraz innymi drobiazgami potrzebnymi do majsterkowania. Byłem już pewny, że jest to wnętrze mojej szopy. Doszedłem do drzwi i wiedząc, gdzie znajduje się zasuwa, odsunąłem ją i pchnąłem drzwi. Oślepiło mnie światło słoneczne. Zamknąłem oczy, a po chwili, chroniąc je dłonią, ostrożnie zerknąłem przed siebie. Poznałem własne podwórze. Powoli wysunąłem się z szopy. Wszystko wyglądało po staremu. Dlaczego nie jestem na wyspie? Widok był na tyle realistyczny, że poczułem się, jakbym naprawdę był u siebie w kraju. Zawróciłem do szopy i doszedłem do końcowej ściany. Nie zauważyłem ani śladu po włazach, przez które tutaj dotarłem. Ściana była nienaruszona i nie miała żadnych otworów. Mogłem się tylko domyślać, że jest to niezwykła imitacja mojego domu i całego obejścia. Uznałem to za wytwór mojej wyobraźni. „Może jednak skosztowałem tej demonicznej mikstury, którą przywiozła mi Maria" – zastanawiałem się. Schyliłem się nisko, aby dotknąć źdźbeł traw. W dotyku wydawały się najzwyklejszymi roślinami.

Przykucnąłem i wodziłem palcami po łodygach, aż moje opuszki dotknęły podłoża. Na dłoniach osadziły się ciemnobarwne kruszyny. Nad trawami migały teraz koniki polne. Wszystkie zmierzały w jednym kierunku, a za nimi sunęły małe czerwone robaczki. Te same, nad którymi pastwiliśmy się w dzieciństwie z kolegami. Wciąż nie wiedziałem, gdzie naprawdę jestem. Jeżeli nawet moja wędrówka się skończyła, to dlaczego nie wyszedłem w pobliżu ogrodu lub przez drzwi piwniczne na wyspie? Przeszedłem przez podwórze i stanąłem przed drzwiami domu. Sam nie wiedziałem, ile czasu mnie tutaj nie było. Drzwi były zamknięte, a za futrynę ktoś wsadził list.

Odczytałem uważnie jego treść.

Jesteśmy nad rzeką. Jedźcie leśną drogą koło wielkich dębów, następnie kamienistą drogą do starej przystani. Pa.

Kto na kogo czekał? Miałem wrażenie, że znam ten charakter pisma, ale nie mogłem skojarzyć. Sprawdziłem, czy za wyciąganą w ścianie cegłą wciąż jest mój zapasowy klucz. Był. Owładnięty chęcią poznania nadawców listu stwierdziłem jednak, że powinienem najpierw udać się na spotkanie. Nie wiedziałem tylko, czy ono już się nie odbyło... Kartka mogła tkwić w drzwiach od dłuższego czasu. Dobrze znałem drogę do starej przystani. Nie było tam blisko, ale znałem leśne skróty. Ruszyłem więc w drogę. Na gałęzi starego dębu przy ścieżce prowadzącej do mojego domu wiewiórka zawisła przez moment na rudej kicie niczym zwierzęcy wisielec. Nie mogłem jednak skupić się na tym widoku z powodu ciągłego blasku. Oślepiał mnie nieustannie i ustabilizował się dopiero wtedy, kiedy byłem nad rzeką. Przystanąłem na moment, aby popatrzeć z daleka na moją zabiedzoną chatę. Dotychczas nie zwróciłem uwagi na to, jak idealnie wtapiała się w otoczenie. Zawiesiłem wzrok na okolicy. Ptaki ćwierkały i urządzały gonitwy między drzewami. Jakoś wciąż nie mogłem uwierzyć, że nie jestem już na wyspie. Ale nie byłem; została przynajmniej chwilowo utracona. Zobaczyłem wygrzewającego się w słońcu turystę, który wyglądał, jakby usnął na łące przy brzegu rzeki. Zbiegłem w okolice portu. Przywitały mnie tutaj jak zwykle te rozwichrzone kandyzowane korony starych topoli. Z oddali dostrzegłem zacumowany żaglowiec. Nie był za duży, bo takie statki nie wpływały do przystani, ale przywoływał na myśl zdobywcze eskapady po morzach. Blisko statku biwakowała grupka ludzi. Kim byli ci turyści? Czy to oni oczekiwali na kogoś?

Kiedy byłem już blisko, zauważyli mnie. Przed nimi tliło się ognisko i leżał koc zastawiony naczyniami z jedzeniem. Kobieta w długiej, białej, powiewającej na wietrze sukni i w stylowym letnim kapeluszu wyszła w moją stronę. Rozpoznałem ją dopiero, gdy stanęliśmy przed sobą. Rzuciła mi się na szyję, a ja okręciłem ją dwa razy i dopiero postawiłem na ziemi.

— I jak ci się podobam?

— Wyglądasz szałowo, aż zaniemówiłem z zachwytu.

Cristina wzięła mnie za rękę i podeszliśmy do stojących nieopodal.

– To jest... – zawiesiła głos Cristina – Aleksandr.

Uścisnęliśmy sobie dłoń i zaserwowaliśmy wzajemny niedźwiedzi uścisk.

– Dziękuję za wszystko. Zawsze będę twym dłużnikiem.

– Nie ma o czym mówić – odpowiedział lekko speszony Ławronow.

Następnie Cristina przedstawiła mi Erica i Luisa, którzy byli – jak powiedziała – jej najbliższymi współpracownikami. Panowie uścisnęli mi dłoń. Luis mówił coś szybko po francusku. W pasiastej marynarskiej koszulce pasował do otoczenia. Eric był Portugalczykiem, ale płynnie mówił w języku angielskim. Miał przyciemniane okulary, gruby nos, gęstą brodę i nosił spodnie dzwony, które niemal całkowicie zakrywały jego białe trampki.

Zza drzewa wyszła kobieta z bukietem świeżo zebranych kwiatów.

– Nazbierałam polnych kwiatków na twoje przywitanie.

– Witaj... So-niu – rozciągnąłem sylaby, wymawiając jej imię.

– Widzę, że jesteś w szoku, Max – powiedziała Sonia i przycisnęła do mnie korpulentne ciałko.

– A wy jak się poznaliście? Jestem tak zdezorientowany, że pewnie przywitałbym ze spokojem Alicję z Krainy Czarów i Królewnę Śnieżkę, gdybyście mi je teraz przedstawili – zapytałem.

– Świat jest mały – rzekła Cristina. – Kiedy jechałam do ciebie na Azory, znałam listę obecnych na zjeździe pisarzy. Szybko ustaliłam, że Sonia jest córką znanego mi dobrze malarza. Chwalił się bardzo swą latoroślą zaczynającą pisarską karierę.

– Przestań – wtrąciła Sonia. – Żadna to kariera.

– Jesteś zaskoczony, Max? – kontynuowała Cristina. – Zgotowaliśmy ci małą niespodziankę. A gdzie Marco?

– Jaki Marco?

– Ten, który cię tutaj przywiózł.

– Nikt mnie nie przywiózł. Sam tutaj dotarłem, ale wyjaśnienie tej drogi chyba jednak mnie przerasta.

– Dobra, dobra. Marco pewnie cię wysadził i pojechał jeszcze gdzieś.

– Szampan już rozlany. Proszę brać lampki – powiedziała Sonia. – Trzeba wypić za to szczęśliwe spotkanie.

Przytaknęliśmy jej z aprobatą i stuknęliśmy się kieliszkami. Następnie skosztowaliśmy sałatki i innych wymyślnych przekąsek przyrządzonych przez Sonię i Cristinę. Dopiero teraz poczułem, jak bardzo byłem głodny. Kiedy ostatnio miałem coś w ustach? Nie wiem nawet, ile czasu minęło od ostatniej kolacji na wyspie. Nasze rozmowy szybko przeszły do wspólnego planu, choć ja nie znałem jego założeń. Jak powiedziała Cristina, chodziło o wyjazd.

– Teraz wyglądasz jak prawdziwy macho. Na Azorach twoja skóra była dużo jaśniejsza – pochlebiła mi Sonia.

– Większość czasu spędziłem na świeżym powietrzu

i kolor mojej skóry zaczął przypominać kolor skóry tubylców.

– Chłopcy, gasimy powoli ognisko. Trzeba nasypać sporo piasku, bo puścimy łąkę z dymem – powiedział przezornie Aleksandr.

Przy gaszeniu ogniska pomyślałem o ziemniakach pieczonych w czerwonym żarze przez chłopców, których niedawno odwiedziłem i nieco ukarałem. Cristina tymczasem wyjęła z kieszeni dzwoniący telefon.

– I gdzie się podziewasz, Marco? Dlaczego nie przyjechałeś na przystań razem z Maxem?

– Właśnie zaszło nieporozumienie. Nie mogłem się do ciebie dodzwonić. Wiem, że mnie zakatrupisz, ale zgarnęliśmy kogoś innego z tej chaty, a że był pijany, to myślałem, że to ten cały Max. Poza tym nieustannie powtarzał po nas „Max", więc myśleliśmy, że się przedstawia w zamroczeniu.

– Nieźle to sobie z Maxem obmyśliliście. Pewnie w samolocie. Teraz chcecie mnie wkręcić w waszą gierkę.

– Cristina. Mówię prawdę. Ten gość to jakiś adwokat z Lizbony. Widzieliśmy jego legitymację. Musieliśmy wstrzymać wylot z Lizbony.

– Jeszcze pogadamy, jak tu będziesz.

Marco jeszcze próbował coś wyjaśniać, ale Cristina się rozłączyła. Była trochę rozzłoszczona.

– Ale z was manipulatorzy.

– Z kogo? – zapytałem.

– Z ciebie i z Marco.

– Znowu ten Marco. Kto to jest?

– Zostawmy te słowne zabawy i zbierajmy się.

Zrozumiałem, że Cristina czekała tutaj na mnie. Miałem być dostarczony przez Marco. Pamiętałem jednak jedną drogę, która mnie tutaj doprowadziła. Lecz ten sekret postanowiłem wyjawić Cristinie w odpowiednim momencie.

– Piraci najburzliwszych mórz na pokład! – wykrzyknęła Cristina po zakończonym pikniku.

W odpowiedzi na jej zawołanie weszliśmy po drewnianych schodkach na bajkowy żaglowiec, który kształtem przypominał mi teraz łódź wikingów. „Po raz kolejny wchodzę na pokład z Cristiną" – pomyślałem. Ciekawe, gdzie tym razem poniesie nas nurt wody. Na razie nikt nie chciał zdradzić szczegółów rejsu. Eric z Luisem mieli zająć się sterami.

– No to, moi drodzy, płyniemy. Dobry humor obowiązuje. Mamy do dyspozycji dwie duże kajuty. Proponuję jedną na sypialnię, drugą jako salę balową.

– Tak jest, panie kapitanie – głośno wykrzyknął Eric przez małe okienko z kabiny sterowniczej.

Sonia zajęła się przyrządzaniem kolejnych przekąsek, mówiąc, że przydadzą się one na długą noc. Poprosiła o pomoc Aleksandra, który zaśmiał się, że pewnie chcemy z niego zrobić kucharza okrętowego. Po chwili zostaliśmy z Cristiną sami.

– To powiesz mi w końcu, na czym ma polegać ten plan i gdzie płyniemy? – zapytałem, przerywając ciszę.

– Płyniemy do portu miejskiego.

– Tak myślałem. W końcu nie znaleźliście tego statku w lesie.

– Jestem w twoim kraju trzeci dzień i muszę przyznać, że bardzo mi się tutaj podoba. Jest tak ciepło jak u nas.

– Nie zawsze jest. Zimy bywają srogie. To jednak nie to samo, co na kontynencie czy na wyspach. Teraz mogę to porównać.

– Pewnie zabalujemy do późna, a później...

Cristina rzuciła swój czarujący uśmiech. Tak dobrze się przy niej czułem, że czas przestawał płynąć, podobnie jak w mojej ostatniej niezbadanej podróży. Odnosiłem wrażenie, że jestem dla niej ważny, ale nie wiedziałem, co tak naprawdę o mnie myśli.

– A później – powtórzyła – zostawimy nasz okręt na przystani i udamy się do Salonu Literackiego na oficjalną premierę twojej nowej książki. Planuję otworzyć to wydarzenie specjalnie przygotowanym wstępem. Wiesz, jak to ciebie poznałam i kilkoma ciekawostkami. A w drugiej odsłonie ujawniłby się powracający do żywych... Proszę państwa! – Cristina zmieniła tembr głosu. – Powitajmy naszego autora. Przed państwem żywy Max Moriel! To będzie wspaniała premiera.

Słowo „premiera" podziałało na mnie jak kubeł zimnej wody i aż stare deski na pokładzie zaskrzypiały pod naciskiem moich stóp.

– Co tak zamarłeś? Myślałam, że się ucieszysz. Sam przecież chciałeś powrócić do żywych.

– Powiedz mi. Ten amerykański urzędnik z ambasady był wysoki, miał czarne włosy i muszkieterską bródkę?

– Tak, dokładnie. Spotkał się z tobą?

– W pewnym sensie.

– Jesteś taki enigmatyczny – powiedziała zmartwionym głosem. – Zdołałam już nawet zainteresować tematem stołecznych dziennikarzy, i to same grube ryby z waszej telewizji. Dla nich to dobra okazja do lansu, a dla nas do promocji.

– Nie martw się – objąłem Cristinę mocno i przytuliłem do siebie. – Już nie potrzebuję premiery i promocji. Szukam raczej rozproszenia.

Spod pokładu wynurzył się Aleksandr. Na nasz widok wyraźnie się speszył i zbladł. W jednej sekundzie dostrzegłem w jego wzroku całe pokłady uczuć, jakimi darzył Cristinę. Ale udał, że czegoś szuka, i ponownie zniknął pod pokładem. Nie odzywaliśmy się dłuższy czas, wpatrując w przyrzeczne łąki i bujne krzewy. Ciszę między nami przerwała Cristina.

– Mamy wszyscy zamiar osiąść na odludnej brazylijskiej prowincji. Sonia pisze książkę o kulturach pierwotnych, a jej ojciec w obawie o córkę prosił mnie bardzo o wspólny wyjazd. Moglibyśmy pobyć tam dłużej. O dokumenty się nie martw. Potem wrócimy do Europy. Ty możesz się wtedy ujawnić i czas pokaże dalszą drogę. Co o tym myślisz, Max?

– To świetny pomysł. Jesteście mi bardzo bliscy i sporo wam zawdzięczam.

– Ale?

– Ale teraz płyńmy dalej i nie myślmy o tym, co przyniesie jutro. A jak się ma Aleksandr? – zapytałem, badając grunt.

– To wspaniały człowiek, choć może nie ma w sobie tego szaleństwa co ty.

Nic nie odpowiedziałem. Cristina schowała się pod pokładem, a ja stałem jeszcze i wyrzucałem nagromadzone emocje. W końcu i ja udałem się po schodach na dół. A tam panowała już imprezowa atmosfera. Towarzystwo nie należało do spokojnych. Na srebrnej tacy czekało osiem napełnionych kielichów.

– Dlaczego napełniłaś aż osiem kielichów? – zapytałem Sonię z zainteresowaniem.

– Sama nie wiem, Max – odpowiedziała zdziwiona. – Tak przez przypadek chyba.

Zapasy wina i mocniejszych trunków kurczyły się z każdą minutą, a my żwawo ruszyliśmy do tańców. Co jakiś czas Eric zmieniał się przy sterach z Luisem – jedyni wytrawni żeglarze i jedyni niepijący w naszym gronie. Wywijaliśmy jak szaleni, nosiliśmy z Aleksandrem na plecach Cristinę i Sonię. „To moje kolejne dzikie tańce w ostatnim czasie" – pomyślałem, kiedy moje ciało drgało w szaleńczym rytmie. Gdy ktoś zmienił muzykę na bardziej nastrojową i spokojną, mrugnąłem znacząco do Luisa, aby odbił Sonię. Zrozumiał mój gest. Cristina lekko bujała się w objęciach Aleksandra, przytulając głowę do jego piersi. Tak dużo i szybko dziś piła, że dziwiłem się, że stoi na własnych nogach. Aleksandr, spoglądając na mnie, delikatnie całował Cristinę po włosach i szyi. Powoli wygramoliłem się na pokład. Głęboki haust świeżego powietrza zadziałał orzeźwiająco, choć do burty doszedłem chwiejnym krokiem. Noc była gwiaździsta. Nasz statek cumował przy brzegu. Na pokład wszedł Eric i podszedł do mnie.

– Oświetliłem bardziej naszą łajbę i jak widzisz, zacumowałem w tej zatoczce – powiedział zadowolony. – Przenocujemy tutaj. Ludzie z barki pokazali mi dokładną mapę i poradzili, gdzie można znaleźć najdogodniejsze przystanie. Zapomniałem, że ty zapewne też niezgorzej znasz topografię tego terenu.

– O nich mówisz?

– Tak. Właśnie odpływają w przeciwnym kierunku.

Rzeczywiście, barka szykowała się do dalszego rejsu. Dojrzałem sternika z barki, który zdjął czapkę i ocierał spocone czoło. Zszedłem na drewniany pomost i spacerowałem wśród rozłożystych trzcin, a później położyłem się na deskach mola. Kiedy zauważyłem zacumowaną przy brzegu tratwę, zadziałał jakiś niewytłumaczalny impuls. Wskoczyłem na nią, lekko się chwiejąc. Spojrzałem na nasz jacht i jego bielejące na czarnym niebie żagle. Przysunąłem się bliżej burty, po czym zawiesiłem wzrok na tafli wody, w której odbijał się księżyc. Opadła na wodę kora ułożyła się na kształt flotylli złożonej ze wspaniałych okrętów. Pływały one po własnych rzekach i morzach, żegnając się ze mną, a ja przechodziłem do krainy snów. Żaglowiec jeszcze długo majaczył mi przed oczyma. Na rzece zaczęła się rozpościerać mgła. Początkowo były to tylko delikatne, prześwitujące welony, lecz z każdą chwilą gęstniała tak, że nie widziałem własnych nóg. Mgła ustąpiła, kiedy ocknąłem się ze snu. Czułem grzejące słońce. Odkryłem starą matę, którą widocznie przykryłem się w nocy. Nabrałem wody w dłonie i opłukałem twarz. Wdrapałem się na sosnowy pomost i ruszyłem na nasz jacht. Zdziwiłem się, kiedy nie zastałem nikogo pod pokładem. Musieli opuścić żaglowiec i udać się gdzieś na ląd. Zlustrowałem jeszcze małe kajuty i zakamarki, a gdy wyszedłem na pokład, zorientowałem się, że statek płynie. Pewnie cuma się odczepiła. Żagle nadymały się na wietrze, a jacht sunął z nurtem rzeki. Dotychczas płynąłem pod prąd, więc tym razem szalupa zdawała się niemal unosić nad zawiesistą tonią rzeki. Złapałem ster i skorygowałem kierunek, aby nie uderzyć o strome brzegi rzeki.

* * *

Upłynęło sporo czasu. Stałem za sterem. Spływał na mnie niewyobrażalny spokój. Przyglądałem się brzegom. Stwierdziłem po charakterystycznych drzewach i urwiskach, że jestem już w pobliżu przystani. Tej samej, z której wypłynęliśmy w nocy. Barwa traw była teraz jasnozielona, soczysta, świeża. Miałem wrażenie, że jeszcze wczoraj moje nogi brodziły w wyrośniętej i już częściowo wysuszonej, późnoletniej trawiastej gęstwinie. Wiosna ewidentnie budziła się do życia. Słońce również wędrowało inaczej, jakby po innej elipsie. Tak bardzo chciałem i ja się przebudzić! Mój wewnętrzny zegar został jednak przestawiony i nie potrafił się jeszcze dostroić. Woda gęstniała, tworząc glazurową taflę. Wśród przybrzeżnej zieleni dostrzegłem nieruchomą postać przypominającą posturą Aleksandra. Niebawem jednak jego sylwetkę przysłoniły wysokie trawy, lecz dojrzałem jeszcze białą, długą suknię. To była ona.

Kreśliła dłonią pożegnalne znaki, ofiarując mi w świetlistej temperze swój pastelowy uśmiech. Trzymając się koła steru, odpowiedziałem natychmiast zamaszystym i radosnym skinieniem ręki. Nie mogliśmy wydobyć z siebie głosu, ale wzajemnie wyczuwaliśmy, że to wszystko ma swój głębszy sens. Wpatrywaliśmy się w siebie, zanim jej postać zupełnie zastygła i zaczęła znikać w oddali.

Unosiłem się teraz bezszelestnie wśród niemego wołania piaskowych urwisk. Zagaszone brzegi podpowiadały mi, że jestem jedynym żywym okazem, ocalałym tylko dzięki mocy niezatapialnej arki. Statek ratujący tylko jedno istnienie nie mógł być jednak arką. Stawał się raczej łodzią przewożącą ostatnie tchnienie. Zostawiałem wszystko za sobą i wszystko przed sobą, próbując znaleźć miejsce najbardziej odpowiednie do wybicia się ze stygnących kolorów. Wijące się wodorosty słów wymykały się zastygającej rzece i pozwalały mi łapać ich wyzwoloną treść, jakże wyrazistą w kontraście bezgranicznie zasnutej głuszy.

Rozglądam się jak duch
Na brzegi dookoła
I tańczy życia puch
Rytmem woła
Wychodzą z rzeki nut
Wychodzą z liter lasu
By sobą tylko być
Opuścić formę czasu
Nie czekaj nim zastygnie

Niepamięć farby-wroga
W nas samych zapisana
Prosta droga
Jak słowa lecą z pisma
A dźwięki z rzeki nut
Wychodzę z malowidła
Bym sobą zostać mógł

Żaglowiec wpłynął tryumfalnie do zatoki i zaczął chwytać w rozpostarte płótna mocniejsze podmuchy wiatru. Sunął teraz wyraźnie szybciej i pewniej. Tło milkło, a widok scalał się w sepię. Zaczynałem przypominać sobie więcej, coraz więcej.

Anamnesis
Wydanie pierwsze, Gdynia 2014, ISBN 978-83-7942-143-5

© Mat Sidal i Novae Res s.c. 2014

Redakcja: Barbara Kaszubowska
Korekta: Beata Gorgoń-Borek
Okładka: Wiola Pierzgalska
Skład: Monika Burakiewicz
Druk i oprawa: Elpil

Novae Res – Wydawnictwo Innowacyjne
al. Zwycięstwa 96/98, 81-451 Gdynia
tel.: 58 698 21 61, e-mail: sekretariat@novaeres.pl, http://novaeres.pl

Publikacja dostępna jest w księgarni internetowej zaczytani.pl.

Wydawnictwo Novae Res jest partnerem
Pomorskiego Parku Naukowo-Technologicznego w Gdyni.

Pomorski Park Naukowo-Technologiczny

62067